KB046251

폰더 씨의 위대한 하루

이 책은 자기계발의 주제와 픽션을 멋지게 결합시켜 독자들의 큰 관심을 모으고 있다. 긍정적이고 적극적인 삶에 관한 과거의 교훈들을 오늘날에도 여전히 의미 있는 것으로 되살려내고 있다.

퍼블리셔스 위클리

인생의 중요한 건널목을 건너는 이들에게 폰더 씨처럼 자신의 삶을 재발견하게 하는 책. '성공을 위한 7가지 결단'이라는 이름이 붙은 선물은 우리에게도 큰 도움이 된다.

라이브러리 저널

《폰더 씨의 위대한 하루》는 나의 오랜 신념을 다시 한 번 확인시켜주었다. 성공의 기본 원칙은 지난 6천 년 동안 전혀 바뀌지 않았다는 것이다. 앤디루스의 책은 당신의 영혼에 큰 감동을 줄 것이다.

하이럼 스미스(프랭클린-코비 사 공동회장)

이 책을 통해 우리는 위대한 인물들의 입에서 그동안 늘 듣고 싶어 했던 조언을 들을 수 있다. 책을 다 읽고 나면 당신은 몇 년 걸려도 얻지 못할 귀중한 지혜를 얻게 될 것이다.

팀 샌더스(야후! 수석이사)

요즘처럼 가짜 정신적 양식, 엉성한 삶의 원칙이 넘쳐나는 시대에 실제적이고 영감에 넘치는 진짜 정신적 양식을 만난다는 것은 행운이다. 감사합니다. 앤디 앤드루스 씨!

팻 분(가수·연예인)

인생에서 성공하고자 하는 모든 사람들에게 하나의 선물이 되는 책. 이 흥미진진한 이야기 속에 당신의 인생을 바꾸어놓는 7가지 강력한 원칙이 제시되어 있다.

돈 모언(인테그리티 미디어 수석 부사장)

《폰더 씨의 위대한 하루》는 인생의 고속도로를 통과하는 데 커다란 도움을 주는 감동적인 여행 지도이다.

존 슈어홀츠(애틀랜타 브레이브스 총감독)

오래된 지혜와 새로운 경험을 집약한 이 7가지 비결은 인생에서 성공하는 핵심이다. 배우기도 쉽고, 응용하기도 쉽다. 미래로 나아가는 탁월한 가이드이다.

브라이언 트레이시(작가)

작가는 성공의 메시지를 재미있고 흥미진진하고 감동적인 방식으로 전달하고 있다. 나는 책을 내려놓을 수가 없었다. 스토리가 어떻게 전개될지, 또 어떻게 끝나게 될지 정말 궁금했다. 역사 속의 인물들과 만나는 것도 매혹적이다.

피터 보스플러그(커뮤니케이션 이사)

끝까지 읽고 싶지 않아지는 책, 페이지 한 장 한 장을 음미하며 읽는 책, 끝이 가까워올수록 더욱 천천히 읽게 되는 책, 그런 책을 발견하는 것은 아주 드물게 만나는 경험이다. '성공을 위한 7가지 결단'과 작가의 뛰어난 이야기 구성은 《폰더 씨의 위대한 하루》를 그런 진귀한 책으로 만들어준다.

스코트 제프리(베스트셀러 작가)

한 남자의 인생을 바꾼 7가지 선물 이야기

폰더 씨의 위대한 하루

앤디 앤드루스 지음 | 이종인 옮김

The Traveler's Gift

세종

차례

위대한 행동은 그 향훈香薰을 뒤에 남긴다. 위대함의 들판에는 그 여운이 계속 머무른다. 형태는 바뀌거나 지나가고 신체는 썩어 없어지지만 정신은 계속 머무르면서 영혼의 신성한 자리를 빛내어준다. 아주 여러 세대 전에 살아서 우리가 알지 못하고, 또 우리를 알지 못하는 위대한 사람들이 이곳에 와서 깊이 생각하며 인생의 심오한 꿈을 꾼다. 그리하여 그 비전의 힘이 그들이 알지 못하는 후대 사람의 영혼 속으로 흘러든다.

—조슈아 로런스 체임벌린

Joshua Lawrence Chamberlain, 1828~1914

1

실직

택시는 헤드라이트 불빛으로 집의 현관을 슬쩍 한 번 비추더니 돌아나갔다. 택시에서 내려선 데이비드 폰더David Ponder는 집 앞마당의 잔디밭에 홀로 서서 지난 20여 년 동안 아내 엘렌과 함께 살아온 그 집을 멍하니 쳐다보았다. 데이비드는 갑자기 다리에 힘이 풀려 잔디밭 위에 쪼그려 앉을 수밖에 없었다. 그는 자신의 영혼 속에 깊은 공포를 느꼈고, 목구멍을 타고 기어오르는 구역질에 부르르 몸을 떨었다. 그 공포는 사람의 등을 천천히 기어올라 목덜미를 감아 젖히는 뱀처럼 데이비드의 전신을 옥죄어왔다. 그는 이제 자신의 인생이 끝장났다는 것을 천천히, 그러나 분명하게 깨닫고 있었다. 올해 마흔여섯인 그는 직장도 돈도 인생의 목적도, 아니 그 어떤 것도 가진 게 없는 사람이었다.

잠시 뒤 데이비드는 딸의 방문 앞에 서 있었다. 그가 깨어 있는 딸을 본 것은 한 달도 더 된 것 같았다. 최근 들어 그의 근무 시간은 일정하지 않았다. 다니고 있는 회사가 다른 회사에 넘어가는 것을 막기 위해 필사적인 노력을 기울이느라고 데이비드는 해 뜨기 전에 출근하여 가족이 모두 잠든 후에야 퇴근하곤 했다. 지난 몇 주 동안 너무 바빠서 아예 퇴근하지도 못하고 사무실에서 밤을 샌 경우도 많았다.

데이비드는 서류 가방을 옷장 옆에 살짝 내려놓은 다음, 딸의 침대 쪽으로 걸어갔다. 방 안이 조용해서 그런지 딸애의 숨소리가 크게 들렸다. 데이비드는 침대에 다가가 손을 뻗어 딸의 머리카락을 쓰다듬었다. 촉감이 너무나 부드러웠다. 딸아이가 네 살 때 크리스마스 선물로 받은 신데렐라 나이트 스탠드는 딸애의 얼굴에 천사 같은 은은한 불빛을 던지고 있었다. 제니퍼 크리스틴 폰더. "내 귀여운 딸 제니." 그는 중얼거렸다. 데이비드는 딸 아이가 태어나던 그 순간을 기억했다……. 바로 12년 전 오늘이었다. 시계를 쳐다보니 시간은 벌써 새벽 2시 18분이었다. "아니, 12년 전 오늘이 아니라 어제였구먼." 그가 중얼거렸다. 그의 뺨으로 천천히 눈물이 흘러내렸다.

"데이비드?"

엘렌이었다. 아내는 방 안으로 들어와 데이비드의 어깨를 어루만졌다.

"당신이 들어오는 소리를 들었어요. 당신 괜찮아요?"

데이비드는 고개를 들어 아내의 얼굴을 바라보았다. 그녀는 자다가 깨서 그런지 머리카락이 헝클어졌고, 얼굴은 화장이 지워져 있었다. 그녀는 검은 머리를 어깨까지 풀어헤쳤는데, 하얀 티셔츠와는 강한 대조를 이루고 있었다. 아내의 갈색 눈동자는 졸음이 가득했지만, 그래도 25년 전 처음 만났을 때처럼 아름다웠다.

엘렌은 남편 옆에 무릎을 꿇었다. 그녀는 손으로 남편의 이마에 흘러내린 머리카락을 뒤로 넘겨주었다.

"데이비드, 정말 괜찮아요?"

엘렌이 다시 물었다. 그는 양손으로 아내의 손을 모아 쥐고 입술로 가져가 손등에 키스했다.

"아니, 그렇지 못해."

* * *

새벽 5시. 엘렌은 데이비드의 가슴에 머리를 기댄 채 모로 누워 잠들어 있었다. 데이비드는 침대에 누워 천장을 빤히 쳐다보면서, 어떻게 아내는 저리도 편안하게 잠잘 수 있을까 하고 의아해했다. 그는 다시 잠들지 못할 것 같았다. 그는 거의 2시간에 걸쳐 그날 회사에서 있었던 일을 아내에게 다 말해주었다.

그날 오후 데이비드와 임원진은 회사 중역 회의실에 모두 모였다. 그들은 오후 5시가 될 때까지 계속 전화를 걸어서 주주들의 지원을 간절히 호소했다. 적대적인 재벌이 데이비드의 회사를 강제 매입하려는 것을 막기 위한 최후의 안간힘이었다. 자정 직전 최종 통보가 중역 회의실로 날아들었다. 그들의 눈물, 애원, 기도 등 필사적인 노력에도 불구하고 적대적 기업 인수가 마무리되었다. 모든 중역과 간부들은 그날 자정을 기해 자동적으로 계약이 해지되었다.

최종 통보 전화가 걸려온 지 15분 후에 경비원이 데이비드의 사무실로 들어와 책상 정리를 도와주겠다고 말했다. 한 시간 뒤 데이비드는 회사 입구의 경비실 앞에 서서 택시를 기다리는 신세가 되었다. 데이비드는 23년이나 장기근속을 했는데도 불구하고 사무실 키, 회사 체육관 키, 회사 업무용 차 키를 당일로 반납해야 했다.

데이비드는 침대에 누워 눈이 말똥말똥한 상태로 자신의 인생에 대하여 생각해보았다. 그와 엘렌은 아이오와 주립대학을 졸업한 그다음 날 만났다. 경영학과를 졸업한 데이비드는 포춘 선정 500대 기업에 들어가는 회사에 취직하여 회사원으로 성공할 계획을 갖고 있었고, 교육학과 졸업생인 엘렌은 교사 자리를 알아보는 중이었다. 그들은 2년 동안 교제를 했는데, 연애 기간 중에는 그들을 가리켜 오누이냐고 묻는 사람들이 많았다. 둘의 차이점은 데이비드의 키가 좀 크다는 것 정도였다. 188센티미터인 그는 엘렌보다 컸지만, 그 밖에 검은 머리, 갈색 눈동자, 호리호리한 몸매 등이 엘렌과 아주 비슷했다.

데이비드가 좋은 직장에 취직하여 자리를 잡을 때까지는 결혼하지 않겠다고 우기는 바람에 그들의 결혼은 늦어졌다. 그는 전국의 여러 회사에 이력서를 보냈고, 그동안 아버지의 구두 가게에서 임시로 일을 했다. 엘렌이 초등학교 5학년생을 가르친지 1년쯤 되었을 때 데이비드는 화학회사의 관리직으로 취직했다. 그 직후 두 사람은 결혼했다.

데이비드는 자신의 일에 온 신명을 다 바쳤다. 그는 회사 일만 열심히 하면 가족의 미래는 저절로 열린다는 믿음 아래 자기 사업을 하는 것처럼 정성껏 일했다. 엘렌도 즐겁게 교사 생활을 시작했다. 제니가 태어날 때까지만 근무한 엘렌은, 그 후에는 다시 교직으로 돌아가지 않았다. 맞벌이 부부였다가 남편 한 사람의 수입만으로 살아야 했기 때문에 처음에는 좀 힘들었으나, 딸 애를 하루 종일 돌볼 수 있다는 기쁨으로 그 정도의 희생은 기꺼이 감수했다.

"여보."

데이비드가 아내의 팔을 살짝 치면서 말했다.

"네? 방금 뭐라고 했어요, 여보?"

아내가 잠결에 중얼거렸다.

"제니가 나한테 화나지 않았나?"

"뭐라고요?"

"내가 딸애 생일을 챙겨주지 않아 삐치지 않았느냐고?"

엘렌은 별걸 다 신경 쓴다는 듯이 데이비드의 어깨에 팔을 감았다.

"아니에요, 여보. 제니는 아무렇지도 않아요."

"나는 정말 미안해. 당신도 알다시피……여보……나는…… 엘렌?"

데이비드는 한숨을 내쉬었다. 엘렌은 다시 꿈나라를 헤매고 있었다. 세상이 끝장나려고 하는데도 쿨쿨 잠만 잘 자다니. 평소 그녀는 낙관적이었다. 엘렌은 남편이 모든 것을 다 해줄 것이라고 믿고 따랐다. 데이비드의 머릿속은 복잡했다. '아내는 어떻게 저리도 무사태평할 수 있을까? 내가 이렇게 처참하게 실패해서 가족을 도저히 보살필 수 없게 되었는데도?'

데이비드는 어둠 속을 응시하면서 세인트존 섬의 달빛 어린 해변을 아내와 함께 걸었던 때를 떠올렸다. 그들은 장인어른의 호의 덕분에 카리브 해로 신혼여행을 떠날 수 있었다. 장인은 당시 잔디밭 관리 사업을 하고 있었는데, 딸의 결혼식을 아주 특별하게 축하해주고 싶어 했다. 특별한 신

실직 **15**

혼여행을 다녀올 수 있었 던 그들은 해변을 함께 거닐며 많은 이야기를 나누었다. 해변을 걷던 한순간, 데이비드는 발걸음을 멈추고 엘렌의 얼굴을 양손으로 감싸면서 말했다. "당신에게 이 세상의 모든 것을 다 해주겠다고 약속할게." 그때 데이비드는 아주 진지했기 때문에 그녀는 웃지 않았다.

그 후 10년 동안 그들은 아이가 태어나기를 간절히 바랐으나 임신이 되지 않았다. 그래서 결혼 12년째 되던 해 엘렌이 임신하자, 데이비드는 뛸 듯이 기뻤다. 이제 그들의 가족 생활은 완성되었던 것이다. 데이비드는 더욱 열심히 일해서 가족이 편안히 쉴 수 있는 멋진 집을 마련하고, 또 남부럽지 않은 생활수준을 유지하려고 애썼다. 하지만 회사에서의 일은 어렵지 않게 생활을 할 정도는 되었지만, 풍족한 생활을 보장해주지는 못했다. 데이비드는 직장 동료에게 이렇게 말한 것이 한두 번이 아니었다. "난 내 가족에게 멋진 생활을 마련해주기 위해 열심히 일하고 있지만, 아무리 해도 그건 어려울 것 같아."

세월이 흘러가면서 그들이 저축해둔 돈은 서서히 줄어들었다. 데이비드가 과거 대학 동기와 부업으로 시작한 컴퓨터 회사는 2년 만에 파산했고, 은행 금리가 상승하면서 그들의 부동산 투자도 많은 손실을 입게 되었다. 딸애가 태어나자마자 붓기 시작한 대학용 적금도 6개월 전 딸애의 치아 교정 비용 때문에 해약했다. 하지만 치열 교정 의사에게 미리 준 돈이 충분한 액수인지도 알 수 없었다. 데이비드는 이런 생각이 들었다. '이럴 때 왜 이런 황당한 생각이 떠오르는 거지. 치아 교정기를 제거하는 비용을 미리 내지 않았다면 제니는 서른 살이 될 때까지 교정기를 계속 차고 다닐 뻔 했잖아.'

데이비드의 생각은 다시 세인트존 섬의 해변으로 되돌아갔다. "당신에게 이 세상의 모든 것을 다 해주겠다고 약속할게."

'내가 그렇게 말했었지. 하지만 지금까지 단 하나도 제대로 해준 게 없잖아.' 데이비드는 또다시 구역질이 치밀어오르는 것을 느꼈다. 그는 재빨리 화장실로 달려가 변기에 토했으나 멀건 물만 나올 뿐이었다.

엘렌은 아침 7시쯤 잠에서 깨어났다. 실내복을 입고 슬리퍼를 신은 그녀는 아침 식사를 준비하기 위해 주방으로 들어갔다. 남편은 식탁에 혼자 앉아 있었다. 청바지에 티셔츠를 입은 남편은 그녀에게 생소하게 보였다. 지난 여러 해 동안 남편은 집 안에서 제일 먼저 일어났고, 이 시간쯤이면 양복에 넥타이를 매고 현관문을 나서고 있어야 했다. 엘렌은 남편이 지난밤 전혀 잠을 자지 못했다는 것을 단번에 알아보았다.

"좋은 아침이에요. 여보."

그녀가 말했다.

"제니는 아직 자고 있어."

데이비드가 말했다.

"내가 당신을 위해 커피를 끓여놨지."

그녀는 잠시 남편을 쳐다보았다.

"여보, 모든 게 다 괜찮아질 거예요."

그녀가 말했다. 그는 고개를 돌려 창 밖의 마당을 쳐다보았다. "여보, 모든 게 다 좋아질 거예요. 우리는 전에 이보다 더 어려운 때도 견뎌냈잖아요."

"여보, 난 올해 마흔여섯이야. 맥도널드 햄버거 가게를 빼놓고 마흔여섯 살짜리 남자를 직원으로 뽑아주는 곳은 아무 데도 없어. 우리는 이 집을 저당까지 잡혔어. 당신의 차는 월부금이 밀려 있고, 나는 이제 차도 없어. 지난해 연봉 계약을 갱신할 때 선택을 하지 않았기 때문에 회사에서 받을 퇴직금도 없어. 우린 이제 빈털터리일 뿐만 아니라 돈을 빌려올 데도 없어. 지금은 예전과는 비교가 되지 않을 정도로 상황이 나빠. 전에는 이렇게 궁지에 몰려본 적이 없다고."

"그럼, 우린 어떻게 해야 되나요?"

"모르겠어. 정말 감이 안 잡혀."

2

폰더 씨

실직 후 7개월이 지나자 데이비드는 인생이 완전히 거덜 난 느낌이었다. 전 직장에서 대신 내주던 건강보험은 기간이 만료되었고, 데이비드가 철물 가게에서 구한 파트타임 일은 용돈 정도 밖에 되지 않았다. 오히려 엘렌이 그보다 더 많은 돈을 벌었다. 그녀는 손으로 직접 쓴 구직 광고를 온 동네 게시판에 붙이고 다닌 끝에 1주일에 닷새 동안 파출부 일을 할 수 있었다. 데이비드는 여러 달 동안 매일같이 직장을 찾아다녔다. 그러나 이력서를 낼 때마다 퇴짜를 맞았고, 그때마다 당황하기도 하고 분노하기도 하고 낙담하기도 했다. 그래도 그는 희망을 잃지 않고 이렇게 혼잣말을 했다. "이제 바닥을 친 거야. 이제 올라갈 일밖에 없어. 설마 내가 여기서 더 내려가기야 하겠어?" 하지만 그의 상황은 자꾸만 더 나빠질 뿐이었다.

어느덧 겨울이 되었다. 겨울의 아침은 늘 차갑고 서늘하게 동터왔다. 그렇지 않아도 데이비드는 겨울을 제일 싫어했다. 구정물을 뿌려놓은 것 같은 칙칙한 하늘, 매서운 채찍 같은 바람, 온몸을 얼리는 영하의 날씨, 이런 모든 것이 거대한 창칼이 되어 데이비드의 몸을 사정없이 찔러댔다. 아버지한테서 빌린 돈으로 간신히 사들인 중고차에 올라타면서 데이비드는 짜증이 울컥 치밀어 올라와 공연히 욕설을 해댔다.

그 고물차는 데이비드가 인생의 실패작임을 대변해주었다. 그는 벼룩 신문의 광고란에서 9백 달러짜리 중고차를 판다는 광고를 보고서 연락했는데, 아직 머리에 피도 마르지 않은 고등학생이 주인이었다. 그는 임시로 쓸 차인데 상관없다는 자기 위안을 하면서 그 차를 넘겨받았다. 그 차는 문이 두 개 달린 은색 다지 콜트였는데, 검은색 범퍼를 빼놓고는 차체가 하얗게 바래 있었다. 데이비드가 그 차를 사들이고 10분도 지나지 않아 브레이크 미등이 나갔고, 히터는 아예 작동되지 않았다.

고물차를 몰고 임시 직장으로 나가는 데이비드의 몸과 마음은 겨울 날씨 못지않게 차가웠다. 요사이 엘렌은 제니 때문에 날밤을 새우고 있었다. 딸애는 목이 붓고 온몸에 열이 나는 증세로 벌써 사흘 동안이나 고통을 받고 있었는데, 모녀는 잠을 제대로 자지 못해 건강 상태가 아주 나빴다. 아무래도 제니는 많이 아픈 게 틀림없었다. 딸애는 이번 겨울만 해도 벌써 대여섯 번 고열에 시달리면서 힘겨워했다. 그날 아침 그는 샤워를 마치고 거실로 나서면서 엘렌이 전화기를 내려놓는 소리를 들었다.

"누구야?"

"닥터 리드 병원이에요. 오늘은 제니를 병원에 데리고 가 봐야겠어요. 타이레놀 가지고는 아무래도 안 될 것 같아요."

차를 몰고 가면서 아침의 그 장면을 회상하는 데이비드는 마음이 답답해져왔다. 콜트 차는 마셜 철물점 뒤의 주차장 안으로 들어서고 있었다.

"도대체 나라는 인간은 어떻게 되어먹은 자인가? 내가 과연 아버지라고 할 수 있는가?"

데이비드는 커다랗게 소리질렀다.

"나는 도대체 어떻게 된 건가? 내가 왜 이 지경이 되었는가?"

엘렌이 딸애를 의사한테 데려가야겠다고 했을 때, 그는 벌컥 화를 냈다. "도대체 돈이 어디 있다고 의사 타령이야." 그는 빽 소리를 질렀다. 하지만 아내도 지지 않고 맞고함을 질렀다. "걱정하지 말아요. 필요하면 내가 훔쳐서라도 내겠어요. 딸애가 다 죽어가는데 그 따위 돈이 문제예요? 제니는 어떻게 되어도 상관없다는 거예요?"

데이비드는 집을 나서기 전에 딸에게 아침 키스를 해주기 위해 제니의 방으로 갔다. 제니는 눈물이 그렁그렁한 채로 침대 위에 앉아 있었다. 부모의 이야기를 모두 들었던 것이다.

그날 아침 10시쯤 데이비드는 철물점 앞에 세워진 트럭 적재함에다 널판을 싣고 있었다. 그는 아침에 아내와 다투었던 일을 잊어버리기 위해 일에 몰두했다. 널판은 묵직했고, 그는 그 작업에 정신을 집중하면서 분노를 삭이려고 애썼다. 그때 누군가가 소리쳤다.

"폰더!"

데이비드가 고개를 돌려 쳐다보니 가게 주인 마셜 씨였다. 마셜 씨는 키가 크고 몸집이 호리호리한데다 물결치는 백발을 뒤로 빗어 넘긴, 딸기코의 노인이었다. 그는 가게 뒤쪽의 문에 기대어 서서 데이비드에게 손짓을 했다.

"전화 왔어."

데이비드는 노인의 신경질적인 말을 귓등으로 들어 넘기며 공기가 훈훈한 가게 안으로 들어섰다.

"당신 아내야. 간단하게 받아. 일과 시간에 개인 전화는 안 된다고 이미 말했잖아……."

"엘렌, 어디서 전화하는 거야?"

데이비드가 전화기를 집어 들며 말했다.

"집이에요. 방금 의사한테서 전화를 받았어요."

"뭐라 그래?"

"여보, 제니의 편도선이 문제래요."

"문제?"

엘렌은 잠시 말을 멈추었다.

"여보, 의사가 그러는데 제니의 편도선을 절제해야 한대요. 지금 즉시 말이에요."

"폰더!"

데이비드는 고개를 돌렸다. 마셜 씨가 화를 내며 소리쳤다.

"빨리 나가 널판을 실어야지. 운전사가 기다리고 있잖아."

"여보? 듣고 있어요?"

엘렌이 안절부절못하는 목소리로 말했다.

"그래, 듣고 있어. 하지만 엘렌, 우리는 보험도 없잖아."

"병원비는 내가 알아봤어요."

"수술비하고 입원비까지 해서 1천 2백 달러면 된대요."

"1천 2백 달러? 우린 그런 돈이 없어."

데이비드는 깜짝 놀랐다.

"신용카드를 쓰면 되잖아요."

"이봐, 폰더. 내 말 안 들리는 거야? 왜 아직도 전화통을 붙잡고 있어? 빨리 끊어."

가게 주인이 으르렁거리며 말했다. 데이비드는 손으로 귀를 가리면서 아내와의 대화에 집중하려고 애를 썼다.

"여보, 신용카드에 여유가 없어. 이미 한도가 다 되었어."

"그럼 어디서 돈을 좀 빌려봐요. 제니가 정말 아파요."

엘렌은 훌쩍거리기 시작했다.

"여보, 나도 그건 알아. 하지만 돈 빌릴 데가 어디 있어? 집세도 한 달이 밀렸고, 당신 자동차 할부금은 두 달이나 밀렸어. 은행에서는 우리의 대출 신청을 받아주지 않을 거야. 우리 부모님도 빌려줄 돈이 없고……."

엘렌은 눈물이 앞을 가려 거의 말을 하지 못했다.

"오, 여보. 우린 어떻게 하면 좋아요?"

"걱정하지 마. 내가 어떻게든 돈을 마련해볼게. 이 가게에서 잔업을 할 수도 있고, 어쩌면 가불을 받을 수 있을지도 몰라."

엘렌이 계속해서 울자, 데이비드는 그녀에게 애원했다.

"여보, 제발 진정해. 이제 전화를 끊어야 해. 내가 다 해결해줄게. 여보, 사랑해."

그는 전화를 끊었다. 데이비드는 카운터 뒤를 돌아나가면서 마셜 씨의 얼굴을 마주 보게 되었다.

"죄송합니다……."

데이비드가 막 설명을 하려는데, 노인이 그의 말을 가로막고 나섰다.

"당신은 직장의 규칙에 좀 더 신경을 써야 할 것 같소."

마셜이 말했다. 데이비드는 무슨 말인지 몰라서 어리둥절해했다.

"뭐라고요?"

"금요일에 다시 오면 그동안의 월급을 주겠소. 다른 데 일을 알아보는 게 좋을 것 같소."

"제가……제가 해고당한 겁니까?"

데이비드가 말을 더듬었다.

"전화 한 통 썼다고요?"

마셜은 팔짱을 낀 채 무표정한 얼굴로 그를 쳐다보았다.

"제 딸애가 아파서 전화를 한 겁니다."

노인은 아무 말도 하지 않았다. 귀찮으니 어서 가달라는 표정이었다. 데이비드는 믿어지지 않는다는 듯이 전화통을 가리키며 말했다.

"딸이 아파서 아내가 전화한 겁니다."

데이비드는 잠시 말을 끊었다가, 이번에는 거의 속삭이는 목소리로 말했다.

"내 딸이 아프다고요."

데이비드는 무기력하게 턱을 주억거리다가 손을 흔들며 몸을 돌려 천천히 문 쪽으로 걸어갔다.

주차장으로 나온 그는 자동차 키를 꺼내면서 웃음을 터뜨렸다. 그는 잠시 차의 시동이 걸리지 않는 광경을 상상했다.

그러다가 중얼거렸다. "마셜 씨, 차의 시동이 걸리지 않습니다. 전화를 한 통만 더 쓸 수 있을까요?" 데이비드는 시동 홈에 키를 집어넣어 돌리면서 웃었고, 이내 차는 웽 하는 소리와 함께 시동이 걸렸다.

'내가 이 순간에 왜 웃고 있을까?' 그는 생각했다. '난 미쳐가고 있는 거야.' 데이비드는 철물점의 주차장을 빠져나오면서 이런 생각이 들기도 했다. '내가 미쳤다는 것을 스스로 깨달을 정도라면 미친 건 아닌 것 같은데.' 그는 다시 웃음을 터뜨렸다. 이번에는 너무 웃어서 눈물이 찔끔 나왔다.

고속도로에 들어선 데이비드는 집 방향으로 빠지는 나들목을 지나쳐버렸다. 도로에 차는 거의 없었고, 시간은 겨우 오전 11시 15분이었다. 집에 일찍 들어가서 임시 직장에서 잘린 얘기를 황급히 해줄 필요는 없었다. 데이비드의 머릿속으로 많은 생각이 흘러갔다. '엘렌에게 너무 미안해. 그리고 제니가 무슨 죄가 있나. 나 같은 아버지를 만난 게 불운이라면 불운이지. 1년 전만 해도 나는 세상을 다 움켜쥘 것 같은 기분이었는데 이제는 가족 하나도 제대로 보살피지 못하는 신세가 되었구나.'

데이비드는 차의 속도를 줄여 갓길에 차를 세웠다. 그는 양손으로 깍지를 끼고 그 위에다 이마를 얹었다.

"오, 하느님!"

그가 크게 소리쳤다. 그는 말문이 막혀서 잠시 멍하니 앉아 있었다. "오 하느님……." 그는 다시 소리쳐보았으나, 그이상 말이 나오지 않았다. 잠시 뒤 다시 고속도로 위로 올라섰다. '난 이제 기도마저도 제대로 못 올리는 사람이 되었구나.'

데이비드는 갑작스런 충동에 사로잡혀 그레이턴 나들목으로 빠져나갔다. 이제 집에서 64킬로미터 떨어진 지점까지 달려온 데이비드는 그야말로 정처 없이 달리고 있었다. 생각은 더욱 빠른 속도로 그의 머릿속을 흘러갔다. '이 길은 내인생하고 똑같군. 정처 없고 목적 없는 꼬락서니가 말이야. 내게도 삶의 목적이 뚜렷한 때가 있지 않았던가? 나도 뭔가 이루고 있다고 생각하며 살아오지 않았던가? 하지만 지금은 이게 뭐란 말인가?'

데이비드가 속도계를 쳐다보니 눈금은 시속 120킬로미터를 가리키고 있었다. 이제 주위에는 오가는 차량들이 보이지 않았다. 그는 가속 페달을 더욱 세게 밟았다. 130, 140……. 차가 언덕길을 올라가고 커브를 도는 동안, 데이비드는 서서히 속도 감각이 무뎌졌다. 차는 시속 150킬로미터로 내달렸고, 그의 생각은 그보다 더 빠른 속도로 질주했다. 아름답고 착한 아내 엘렌은 아직도 젊은 여자였다. 자신이 사라져준다면 엘렌은 얼마든지 그녀와 제니를 돌봐줄 남편을 만날 수 있을 터였다. '가만있자, 내 이름으로 생명보험 들어놓은 거 있지? 차라리 내가 사라져준다면 아내와 딸애는 더 행복하지 않을까? 나라는 인간은 아예 없어지는 게 이 세상을 위해서도 더 좋지 않을까?'

데이비드는 아무런 생각 없이 가속 페달을 있는 힘껏 바닥까지 밟아댔다. 데이비드가 마치 자신의 목숨을 내던질 각오로 운전대를 굳세게 부여잡고 가속 페달을 밟아대자, 작은 차는 비명을 지르면서 앞으로 내달렸다. 그는 눈물이 뺨 위로 줄줄 흘러내리는 상태로 롤러를 돌려 창문을 내리면서 직선 코스를 달려나갔다. 차가운 바람은 잠시 그의 생각을 맑게 해주는 것 같았다.

"내가 왜 여기 있는 거지?"

데이비드는 큰 소리로 말했다.

"왜 이런……모든 일이 나에게만 벌어지는 거지?"

그는 손으로 운전대를 쾅쾅 때리면서 가속 페달에서 잠시 발을 떼었다가 다시 픽, 하고 밟아댔다.

"왜……하필이면 나야?"

그가 비명을 질렀다.

"왜 나냐고?"

그 순간 데이비드의 차는 살얼음이 덮인 다리 위를 건너가고 있었다. 자그마한 개울 위에 걸린 그 다리는 길이가 겨우

15미터 정도였으나 노면에 살얼음이 끼어 있어서 그 위를 빠르게 달리던 콜트 차는 바퀴가 헛돌며 팽글팽글 돌기 시작했다. 타이어에서 끼익 하는 소리가 났으나 차는 달리던 속도 때문에 비틀거리면서도 그 짧은 다리를 건너서 다시 고속도로 위에 올라섰다. 하지만 회전이 걸린 차는 계속 요동쳤고, 좌우로 크게 흔들리더니 마침내 길 옆으로 벗어났다.

생사가 걸린 절대 위기의 순간을 맞이한 사람들은 그 짧은 순간에 자신의 과거가 영화 필름처럼 재빠르게 눈앞에 스쳐 지나가는 것을 경험한다고 한다. 그 몇 초의 순간에 유년 시절, 청소년 시절, 성인 시절이 간결한 하이라이트로 압축되어 나타난다는 것이다. 그 순간 어떤 사람은 후회와 자책을 느끼기도 하고 또 어떤 사람은 불가피한 것을 받아들이고 마음의 평안을 찾기도 한다.

콜트 차가 거대한 참나무를 들이박는 순간, 데이비드 폰더는 마음속에 여러 가지 의문이 가득했다. 의식이 꺼지기 바로 직전, 데이비드는 운전대에서 양손을 떼고 주먹을 쥐면서 허공을 찔렀다.

"제발, 하느님!"

그가 소리쳤다.

"왜 하필이면 나란 말입니까?"

그리고 데이비드는 어둠의 블랙홀 속으로 빠져 들어갔다.

3

트루먼

"거기 서 있지 말고 여기 의자에 와서 앉으시오."

데이비드는 천천히 눈을 뜨고서 약간 낯익어 보이는 얼굴의 남자를 빤히 쳐다보았다. 키가 자그마한 늙은 신사였다. 짧은 백발의 머리는 단정하게 뒤로 빗어 넘겼는데, 약간 흐트러진 옷매무새와 대조를 이루었다. 그의 와이셔츠 소매는 팔꿈치까지 말려 올라갔고, 빨간색과 검은색의 줄무늬 넥타이는 목 부분이 느슨하게 풀어져 있었다. 뾰족한 코허리에는 둥근 안경이 걸쳐져 있었는데, 도수가 높은 탓인지 그의 푸른 눈을 훨씬 더 커보이게 만들었다.

"내가 바쁠 때 찾아오셨구먼. 거기 좀 조용히 앉아 계시오."

그는 재빨리 몸을 돌려 커다란 책상 쪽으로 걸어갔다. 그는 책상에 앉아서 서류를 집어 들더니 이렇게 투덜거렸다.

"그러잖아도 결재해야 할 서류가 많은데, 이건 또 뭐야?"

데이비드는 어리둥절해하며 주위를 돌아다보았다. 그는 커다란 페르시아 양탄자 위에 서 있었다. 그의 등 뒤에는 천장이 높은 화려한 방의 벽이 있었다. 그의 바로 왼쪽에는 나이 든 신사가 가리킨 딱딱한 등받이의 마호가니 의자가 있었다. 신사는 방 맞은편의 책상에 앉아 열심히 서류를 검토했다. 데이비드의 오른쪽 테이블 위에는 커다란 지구의가 있었다. 불을 지피지 않은 벽난로도 눈에 띄었다.

"저, 목이 꽤 마르군요."

데이비드가 의자에 앉으며 말했다.

그 신사는 고개를 들지 않고 말했다.

"잠시 뒤 마실 것을 갖다주겠소. 우선은 조용히 앉아 있기 바랍니다."

"여기는 어디입니까?"

데이비드가 물었다.

"이봐요."

신사는 서류 더미를 책상 한쪽으로 밀치면서, 데이비드에게 가볍게 검지손가락을 들어 보였다.

"조용히 앉아 있으라고 하지 않았소. 영 말을 듣지 않는구면. 당신은 독일 베를린 근교의 도시 포츠담에 와 있소. 이곳은 현재 붉은 군대가 통제하고 있는 자유 지역이오. 그리고 오늘은 1945년 7월 24일 화요일이고."

신사는 심호흡을 한 번 하더니 마음의 평정을 되찾은 듯 다시 서류 더미에 고개를 떨구었다. 그는 서류를 분류하면서 말했다.

"자, 이제 조용히 앉아서 그 사실을 한번 곰곰이 생각해봐요."

데이비드는 눈썹을 찌푸렸다. '내가 병원에 들어온 게 틀림없어. 그런데 아주 음침하게 낡은 곳이군. 저 친구는 아마도 나를 담당하는 의사인가 본데, 환자를 대하는 태도가 영 틀려 먹었는걸.'

데이비드는 조용히 앉아서 맞은편의 신사를 쳐다보며 생각을 가다듬으려고 애썼다. '근데 왜 내가 독일에 와 있는 거지?' 그는 갑자기 호기심이 발동했다. '붉은 군대는 또 무슨 얘기야? 난 크게 부상을 당한 게 틀림없어. 여긴 정신병원 검사실인가?'

그는 진청색 스웨터의 목 부분을 가볍게 잡아당겼다. 너무 더웠다. 데이비드는 방 맞은편의 창문 바로 옆에 있는 작은 테이블 위의 물 주전자와 유리잔을 보았다. 그는 천천히 일어나서 물 주전자 있는 곳으로 갔다. 그러자 책상에 앉아 있는 신사가 잠시 머리를 들더니, 얼굴을 한 번 찌푸리고 다시 서류에 고개를 떨구었다. 데이비드는 곁눈질로 그의 모습을 살펴보면서 아무 말도 하지 않았다.

데이비드는 조용히 물 한 잔을 따라 마시면서 창 밖을 내다보았다. 그는 건물인지 집인지 알 수 없는 구조물의 2층에 있었다. 저 아래쪽으로 약 15미터 떨어진 곳에 천천히 흘러가는 강물과 좌우의 강둑이 보였다. 보트를 타는 사람이나 놀이를 하는 아이들은 보이지 않았다. 사실 그는 아무도 볼 수가 없었다. "이거 이상한데?" 데이비드가 중얼거리는 순간 산들바람이 불어와 그의 얼굴을 쓰다듬었고, 옆에 있는 커튼을 살짝 들었다가 놓았다.

열린 창 밖으로 팔을 내뻗으면서 데이비드는 공기가 따뜻하면서도 축축한 것을 느끼고 깜짝 놀랐다. 눈에 보이는 나무들은 모두 무성한 잎새를 달고 있었고, 잔디밭은 푸릇푸릇했다. 아니 한겨울에 무성한 나무 잎새라니?

데이비드는 물잔을 테이블 위에 내려놓고 창틀에 양손을 얹고서 상체를 창 밖으로 쑥 내밀어보았다. 날씨가 아주 더운 건 사실이었다. 데이비드의 머릿속으로 생각이 바쁘게 흘러갔다. '여긴 도대체 어디지? 왜 창문이란 창문은 다 열어놓았지? 이렇게 덥다면 에어컨을 아주 세게 틀어놓아야 하는 거 아닌가?'

그는 의자로 다시 돌아가면서 온도계가 있는지 살펴보았다. 하지만 보이지 않았다. 방 안에 있는 유일한 온도 조절 장치는 누군가가 벽난로 속에 갖다놓은 낡은 히터뿐이었다.

'저 히터는 정말 낡아 보이는군. 저렇게 낡은 것이라면 상당히 오래전에 만들어진 것일 텐데. 아마도…….' 데이비드는 그렇게 생각하다가 멈추었다.

"그렇군. 1945년에 만들어진 거였군."

데이비드는 책상에 앉아 있는 신사를 다시 쳐다보았다. 백발의 신사는 고개를 들더니 천천히 서류를 책상 옆으로 밀쳐놓았다. 신사는 얇은 입술에 가벼운 미소를 띠면서 의자 등받이에 몸을 기대더니, 흥미롭다는 듯이 데이비드를 쳐다보았다.

데이비드의 생각은 재빨리 내달리기 시작했다. '포츠담……포츠담……포츠담. 가만있어, 이거 어디서 많이 듣던 이름인데.' 그러자 갑자기 천둥과 번개가 치듯이 생각이 떠올랐다. 그는 텔레비전 다큐멘터리를 본 게 기억났다. 독일의 포츠담은 제2차 세계대전 당시 저 유명한 전쟁 대책회의가 열렸던 곳이었다. 이 회의 직후에 일본 본토에 원자폭탄을 투하한다는 결정이 내려졌다.

데이비드는 양손으로 머리를 움켜쥐면서 생각을 모아보려고 애썼다. '잘 생각해봐. 포츠담 회의에 누가 참석했지? 처칠, 스탈린, 그리고…….' 데이비드는 자기 뒤에 있는 의자를 더듬으면서 순간적으로 숨이 멈추는 것을 느꼈다. 그는 힘겹게 의자에 엉덩이를 내려놓으면서 앞에 있는 신사를 응시했다.

"당신은 해리 트루먼이군요."

그가 충격을 받은 목소리로 말했다.

"맞소."

신사가 말했다.

"내가 바로 트루먼이지. 하지만 지금 이 순간 내가 대통령이 아니라면 얼마나 좋을까 하고 생각하고 있다네."

데이비드는 침을 꿀꺽 삼키며 말했다.

"사람들은 당신을 가리켜 '그들에게 엿먹여 해리Give 'Em Hell Harry'라고 부릅니다."

트루먼은 얼굴을 찡그렸다.

"난 그 누구에게도 엿을 먹인 적이 없어."

그는 코웃음을 쳤다.

"난 단지 진실을 말한 것뿐인데, 사람들은 그게 엿먹인 거라고 생각하지."

그는 안경을 벗고 눈을 비비면서 말했다.

"난 지금 이 순간부터 아무런 마음의 평화도 얻지 못할 거야. 그러니 자네와 나는 빨리 우리의 이야기를 끝마치는 게 좋겠네."

그는 다시 안경을 쓰고 책상에서 일어나 앞으로 나왔다.

"그런데, 자네는 얼마 전에 '왜 하필이면 나냐?'고 말했지? 하지만 자네만은 안 된다는 법이라도 있나?"

"무슨 말씀이신지?"

"왜 자네는 안 된다는 거지?"

트루먼은 데이비드의 눈을 응시하면서, 마치 아이에게 따져 묻듯 천천히 말했다.

"자네는 여기 도착하기 직전에 '왜 하필이면 나냐?'고 질문을 던졌잖아. 이건 그 질문에 대한 나의 답변이야. 왜 자네는 안 된다는 거지?"

데이비드는 얼굴을 찌푸리며 기억해내려고 애썼다.

"저는 사고를 당한 것 같습니다."

"그랬지."

트루먼이 말했다.

"때때로 그런 사고가 발생하여 이런 현상이 벌어지곤 해. 많은 사람들이 엄청난 위기를 당하면 '왜 하필이면 나인가?'라는 질문을 던지지. 그건 아주 오래전부터 많은 위대한 사람들이 그들 자신을 향해 던진 질문이기도 해. 지난 며칠 동안 그 질문이 내 머릿속에 맴돌면서 나를 놓아주지 않았지. 25년 전 옷 가게의 일개 점원이었던 내가 이런 엄청난 결정을 내려야 한다는 게 믿어지지 않아."

트루먼은 손을 내뻗으며 데이비드에게 가까이 다가오라는 신호를 보냈다.

"이봐, 젊은 친구. 자네 이름은 뭐지?"

"데이비드 폰더입니다. 저는 정말 괜찮은 겁니까?"

"데이비드 폰더, 자네 지금 '나는 죽었습니까?'라고 묻는 건가? 그렇다면 그 대답은 '아니요'야. 그렇지 않고 자네의 현재 상태가 괜찮은 거냐고 묻는 거라면……."

여기서 트루먼은 어깨를 한 번 들썩했다.

"나는 잘 모르겠네. 나도 이런 현상이 왜 벌어지는지 잘 모르니까 말이야."

갑자기 데이비드는 마음이 푸근해지면서 긴장이 풀어지는 듯 했다. 그는 미소 지으며 말했다.

"아, 이제야 알겠습니다. 저는 꿈을 꾸고 있는 겁니다."

"어쩌면 그럴지도 모르지."

대통령이 말했다.

"하지만 데이비드, 나는 꿈을 꾸고 있지 않아. 설사 자네가 지금 이 순간 꿈을 꾸고 있다고 하더라도 그건 그리 큰 문제가 아니야. 지난 수세기 동안 꿈은 목표가 뚜렷한 사람들에게 지시와 조언을 내려주는 수단이 되어왔으니까. 가령 하느님은 꿈을 이용하여 야곱의 아들 요셉에게 민족의 지도자가 될 미래를 준비하라고 계시하셨지. 잔 다르크, 야곱, 조지 워싱턴, 마리 퀴리, 사도 바울……이런 모든 사람들이 꿈의 도움을 받았어."

"하지만 저는 평범한 사람에 지나지 않습니다."

데이비드가 말했다.

"저는 그런 위대한 인물들과는 비교가 되지 못합니다. 제가 어떻게 감히 사도 바울 같은 분과 비교될 수 있겠습니까? 게다가 전 마음속으로 하느님을 믿는지도 확신할 수 없습니다."

트루먼은 데이비드의 어깨에 손을 얹으며 미소를 지었다.

"이봐, 젊은 친구, 그건 상관없어. 그분께서 자네를 믿어주시니까."

"그걸 어떻게 알죠?"

"왜냐하면, 그분께서 자네를 인도하지 않으셨다면 자네는 여기에 오지 못했을 테니까 말이야. 때때로 하느님께서는 어떤 사람을 선택한다네. 그 사람에게 시공간을 초월하는 역사 여행을 시킴으로써 미래에 필요한 지혜를 얻으라고 위임하시지. 때때로 전능하신 하느님께서 몸소 땅에 내려와 인간의 어깨에 손을 얹으며 일을 맡기시는 거야. 이번 경우에는 바로 그렇다네."

대통령은 안경 너머로 데이비드를 쳐다보았다. 그때 날카로운 노크 소리가 나서 두 사람은 고개를 돌려 문 쪽을 바라보았다. 덩치가 크고 어깨가 옆으로 떡 벌어진 남자가 대답도 기다리지 않고 안으로 들어왔다. 트루먼의 특별 경호원 프레드 캔필이었다.

"각하, 이렇게 느닷없이 들어오게 되어서 죄송합니다."

그가 방 안을 둘러보면서 말했다.

"각하께서 누군가와 말씀하고 계신 듯해서요."

"아닐세, 프레드. 여긴 아무도 없어."

트루먼이 데이비드를 빤히 쳐다보며 말했다. 이어 손으로 문을 가리키면서 대통령이 말했다.

"내가 지금 바삐 일해야 한다는 건 자네도 알지?"

"물론입니다. 대통령 각하."

캔필은 걱정스러운 표정을 지으면서 천천히 문 쪽으로 물러났다. 그는 여전히 대통령을 쳐다보면서 말했다.

"1시간 이내에 각하를 회의장으로 모셔갈 겁니다. 하지만 그 전에라도 부르실 일이 있으면……."

"가까운 곳에 있도록 하게."

트루먼이 당황해하는 경호원을 방 밖으로 내보내며 말했다.

"일이 있으면 곧 부를 테니까 나가 있게. 고맙네, 프레드."

대통령이 문을 닫자, 데이비드가 물었다.

"그는 나를 보지 못합니까?"

"아무도 자네를 보지 못하지. 자네가 방문하게 될 사람을 빼놓고는 말이야. 그래서 나도 약간 묘한 기분이 들어."

그가 빙긋 웃으며 말했다.

"결과적으로는 나 혼자서 중얼거리는 것처럼 보일 테니까 말이야."

대통령의 얼굴에서 웃음이 사라졌고, 그는 계속해서 말했다.

"하지만 그걸 이상하다고 생각하지 않을 거야. 지금 이곳은 아주 심각한 상황이기 때문에 나의 혼잣말을 이해해줄 거야."

트루먼은 고개를 갸우뚱하면서 데이비드를 쳐다보았다.

"내 인생의 아주 중요한 고비마다 이렇게 사람들이 나를 찾아 오다니 정말 신기한 일이야."

"그럼, 이런 일이 전에도 있었다는 말입니까?"

"그랬지."

트루먼은 계속 말을 이어나갔다.

"대통령이 되고 나서 세 번 있었는데, 자네가 세 번째야. 첫 번째 사람은 루스벨트가 죽던 날 밤에 나를 찾아왔어. 내가 백악관 집무실에 앉아 있는데, 난데없이 그 아이가 나타났어. 그때도 경호원 프레드가 갑자기 방문을 열고 들어오는 바람에 나는 심장이 멎는 줄 알았지. 아무튼 나의 눈에만 그 애가 보인다는 게 이상했어."

"아이요?"

"응, 그 아이."

트루먼이 잠시 말을 멈추었다.

"아이라고 했지만 실제로는 10대 소년이었어. 대학생이었는데, 대학을 끝까지 다녀야 할지 여부를 놓고 심각하게 고민하는 중이었지."

데이비드는 의아한 표정을 지었다.

"그건 대통령이 함께 고민해줄 정도의 문제가 아닌 것 같은데요."

"자네는 여기 무슨 일로 왔나?"

트루먼이 물었다.

"잘 모르겠습니다."

대통령은 방 안을 가로질러 책상 쪽으로 가면서 말했다.

"그 아이에겐 그게 일생일대의 고민이었던 거야."

대통령은 책상에 몸을 기대더니 데이비드에게 지구의 옆에 있는 의자에 앉으라고 손짓했다.

"아무튼 그 애는 그만두고 싶었는데 학교를 끝까지 마쳐야 한다는 주변의 압력이 너무나 강했던 거야."

"그래서 어떻게 하라고 말씀하셨습니까?"

"구체적인 조언은 해주지 않았네. 그건 그 상황에서 내가 맡은 역할이 아니었어. 그저 큰 것만 말해주었지. 인생의 궁극적 결과는 당사자 본인이 개인적으로 선택하는 것이라고 말이야."

대통령은 계속해서 말했다.

"나는 그 아이가 두 번째로 찾아온 사람이었어. 그 아이는 이미 알베르트 아인슈타인과 1시간 정도 면담을 했다더군."

의자에 앉아 있던 데이비드는 좌불안석이었다.

"그럼, 저도 이 면담 뒤에 다른 어떤 곳으로 가게 되나요?"

"그래야 할 거야."

트루먼이 말했다.

"이런저런 곳을 찾아가게 될 거야. 하지만 걱정하지는 말게. 그들 모두가 자네를 기다리고 있으니까."

"그렇다면 당신은 제가 여기 찾아올 것을 미리 알았다는 말씀입니까?"

"지난밤 꿈에서 통보를 받았네."

트루먼은 책상 뒤로 돌아가 맨 위 서랍을 열었다. 그는 접혀진 종이 한 장을 꺼내어 데이비드에게 내밀며 말했다.

"자네를 위해 이걸 준비하라는 통보를 받았지. 바로 이것 때문에 자네는 여기에 온 거야. 이건 '성공을 위한 결단 사항' 중 하나인데, 앞으로 여섯 번 더 받게 될 걸세. 자네는 이걸 잘 간직하고 있다가 하루에 두 번씩 시간 날 때마다 읽어서 마음속 깊이 새기도록 하게. 그렇게 해야만 그 가치를 다른 사람들과 나눠가질 수 있을 테니까."

데이비드는 접힌 종이를 펼치기 시작했다.

"안 돼, 안 돼."

대통령이 데이비드의 손길을 제지하며 말했다.

"지금 읽으면 안 된다네. 우리의 면담이 끝날 때까지 기다려야 해. 그걸 읽는 순간, 자네는 다음 목적지에 곧바로 가게 되어 있어. 아주 놀라운 일이지."

데이비드는 종이를 다시 접고 허리를 숙여 지구의를 가볍게 만졌다.

"당신은 저의 미래를 아십니까?"

"몰라. 그건 도와줄 수가 없어. 설혹 안다고 해도 알려주지 않을 거야. 자네의 미래는 자네가 결정하기 나름이니까. 어쩌면 자네는 나의 미래를 내게 말해줄 수 있을지 모르겠지만."

데이비드가 그걸 얘기해주려고 하자, 대통령은 손을 내저으며 만류했다.

"고맙기는 하지만 사양하겠네. 얘기해주지 않는 게 더 좋겠어. 그것 말고도 나는 지금 생각해야 할 것들이 너무나도 많아."

"당신은 나의 미래가 내가 결정하는 데 달려 있다고 말씀하셨습니다."

데이비드가 의아하다는 어조로 말했다.

"나는 그 말씀에 전적으로 동의할 수 없습니다. 나의 현재는 어느 모로 보나 내가 만든 게 아닙니다. 나는 지난 여러 해 동안 열심히 일해왔지만 결국 직장도 없고, 돈도 없고, 전망도 없는, 그야말로 아무것도 없는 신세가 되고 말았습니다."

"데이비드, 우리는 모두 우리가 선택한 상황 속에 있는 걸세. 우리의 생각이 성공과 실패의 길을 결정하는 거야. 우리는 현재에 대한 책임을 회피함으로써 엄청나게 멋진 미래의 전망을 없애버리고 있는 거야."

"무슨 말씀인지……."

"내 말은, 자네가 오늘날 심리적으로, 육체적으로, 정신적으로, 경제적으로 이렇게 된 것은 결코 외부의 영향 때문이 아니라는 거야. 자네 자신이 현재의 상황에 이르는 길을 선택했다는 거지. 자네의 상황에 대한 책임은 결국 자네가 져야 하는 거야."

데이비드는 벌떡 일어섰다.

"그건 그렇지 않습니다."

그는 화난 목소리로 소리쳤다.

"저는 회사에서 지금껏 열심히 일했습니다. 조기 명예퇴직을 할 수도 있었는데 회사 생각을 해서 계속 회사에 남았습니다. 어떻게든 회사를 살려야겠다는 생각으로 물불 가리지 않고 열심히 일했습니다. 그런데도 저는 해고를 당했습니다. 그건 절대로 저의 잘못이 아니었습니다."

"흥분하지 말고 의자에 앉게."

트루먼이 부드러운 목소리로 말했다. 데이비드는 분노와 흥분으로 몸을 부들부들 떨고 있었다.

트루먼은 데이비드 옆에 의자를 당겨오면서 말했다.

"데이비드, 흥분을 가라앉히고 이렇게 한 번 생각해봐. 난 자네를 화나게 만들고 싶은 생각은 전혀 없어. 하지만 우리가 함께 있을 수 있는 시간이 얼마 남아 있지 않기 때문에 지금부터는 빙빙 돌려서 말하지 않겠네."

대통령은 무릎 위에 양 팔꿈치를 내려놓으면서 가볍게 몸을 앞으로 숙이더니, 깊이 숨을 들이쉬었다.

"자, 이제 내 말을 잘 듣게. 자네가 오늘날 그 상황으로 내몰린 것은 자네의 사고방식 때문이야. 자네의 생각이 자네의 결정을 좌우하지. 모든 결정은 하나의 선택이야. 여러 해 전 자네는 대학에 가야겠다고 선택했어. 또 전공할 과목도 선택했지. 대학을 졸업한 뒤에는 이런저런 회사에 이력서를 보내야겠다고 자신이 선택했어. 그중 한 회사에서 일을 해야겠다고 선택한 것도 자네야. 그렇게 취직하기 위해 돌아다니는 동안, 자네는 파티에도 참석했고, 영화 구경을 하기도 했고, 스포츠 활동을 하기도 했어. 이런 모든 활동은 따지고 보면 자네가 선택한 것이지. 그런 와중에 사랑하는 여자도 만나고, 또 그 여자와 결혼해야겠다고 선택했어. 그 여자와 자네는 결혼을 해서 아이를 낳고 가족을 이루겠다고 선택했어."

대통령은 계속 말을 이어나갔다.

"자네가 살고 있는 집이나 자네가 몰고 다니는 차도 자네가 선택한 거야. 스테이크를 먹을 건지 핫도그를 먹을 건지 선택함으로써 자네는 가계비용을 스스로 선택했어. 조기 퇴직을 받아들이지 않은 것도 자네의 선택이었지. 자네는 회사가 쓰러지는 한이 있더라도 끝까지 남겠다고 선택했던 거야. 아주 오래전부터 자네는 수많은 선택을 했고, 그것이 모여서 오늘날의 상황을 만들어낸 거라네. 자네는 현재의 상황을 유도한 그 길의 한가운데를 분명히 걸어왔던 거야."

트루먼은 잠시 말을 멈추고 손수건을 꺼내 이마의 땀을 닦았다. 데이비드는 머리가 거의 가슴에 파묻힐 정도로 고개를 푹 숙이고 있었다.

"데이비드, 나를 보게."

두 사람의 시선이 서로 마주쳤다.

"앞으로 '그건 내 잘못이 아니야!'라는 말은 절대로 해서는 안되네. 이브가 선악과를 맨 먼저 한 입 베어 문 이래 '그건 내 잘못이 아니야!'라는 말은 실패한 사람들의 묘비를 장식하는 대표적인 문구가 되었지. 자신의 현재 상황에 대하여 총체적 책임을 지지 않는 한, 그 사람에게는 앞으로 나아갈 전망이 전혀 없어. 과거가 영원히 변하지 않는다는 것은 나쁜 소식이지만, 미래가 아주 다양한 모습으로 자네 손안에 있다는 것은 좋은 소식이지."

대통령이 데이비드의 어깨를 손으로 어루만지는 순간, 방문을 세 번 노크하는 소리가 날카롭게 들려왔다.

"대통령 각하."

프레드 캔필이었다.

"5분 남았습니다. 여기 복도에서 각하를 기다리겠습니다. 처칠 총리와 그 러시아 사람이 회담장으로 이미 출발했답니다."

"고맙네. 프레드."

트루먼이 껄껄 웃었다.

"저 친구는 스탈린을 별로 좋아하지 않지. 사실 나도 그가 별로 마음에 안 들어. 그래서 정말 중요한 계획 몇 가지는 그에게 알려주지 않을 생각이야. 하지만 그가 지금 이 순간 필요한 사람인 건 틀림없어."

대통령은 일어서서 와이셔츠의 소매를 내렸다. 데이비드는 책상 뒤의 옷걸이에 걸려 있는 대통령의 상의를 꺼내주러 갔다.

"그래, 자네는 앞으로 어떻게 할 건가?"

대통령이 물었다. 트루먼은 칼라의 단추를 잠그고 넥타이를 고쳐 맨 후 데이비드를 유심히 쳐다보았다.

"이보게, 데이비드. 이제 게임은 그만 집어치우자고. 자네와 나는 내가 앞으로 무슨 일을 해야 하는지 알고 있어. 내가 그 일을 좋아할까? 내가 정말……원자폭탄을 떨어뜨리고 싶을까? 절대로 아닐세!"

그는 책상으로 걸어가더니 수첩 몇 개를 챙겼다. 갑자기 그는 수첩을 책상 위에 다시 내려놓고 데이비드를 빤히 쳐다보았다.

"난 자네가 나에 대해서 얼마나 많이 아는지 모르네."

그는 잠시 말을 끊었다가 다시 이었다.

"사람들이 내가 앞으로 해야 될 이 일에 대해서 어떻게 말할 지 모르겠어. 이 일은 그러니까……."

그는 다음 말이 생각나지 않는 듯, 혹은 그 말을 하기 싫은 듯 왼손을 데이비드 쪽으로 가볍게 들어 보이면서 망설였다.

"자네 고향 사람들이 나에 대해서 어떻게 말하는지 모르겠어. 역사책은 지금 이 순간의 내 심정, 내 표정, 혹은 내가 마신 스카치 위스키 따위를 기록하겠지. 솔직히 말해서 난 그런 것에는 관심 없어. 아무튼 자네와 나 사이니까 솔직하게 털어놓지. 난 이 원자폭탄이 너무나 싫어. 정말 징그럽다고. 너무 겁이 나고, 그걸 떨어뜨렸을 때 세상의 모습이 어떻게 바뀔지 너무나 걱정돼."

"그런데 왜 그걸 사용하기로 결정하신 겁니까?"

데이비드는 비난이나 질책이 전혀 없는 어조로 물었다. 그는 단지 가게 점원(보통 사람)에서 대통령(특별한 사람)이 된 트루먼의 진솔한 생각을 알고 싶을 뿐이었다.

"왜 원자폭탄을 떨어뜨리기로 하신 겁니까?"

트루먼은 깊은 숨을 들이쉬었다.

"나는 현대전이 시작된 이래 전투를 경험한 최초의 대통령이야. 지난 제1차 세계대전 때, 내 친구들의 죽음과 고통을 생각하면서 어떤 대가와 희생을 치르더라도 전쟁을 끝내야 한다는 생각밖에 없었지. 그런데 내가 이제 최고사령관이 되어 이 전쟁을 끝내고 장병들을 귀국시킬 수 있는 능력……아니, 책임을 지게 되었네.……난 말이야."

그가 양복 상의에 팔을 넣으며 말했다.

"모든 대안을 검토했어. 일본의 도쿄 평야와 기타 지역에 상륙작전을 펼 경우 미군의 희생이 얼마나 될지 마셜 장군에게 알아보라고 했어. 그는 상륙작전에만 미군이 최소 25만 명이 희생된다고 보고하더군. 이 수치는 일본 본토 상륙작전만 따진 거야. 일단 상륙한 다음에는 문자 그대로 가가호호 방문하면서 항복을 받아내야 해. 잘 알려진 사실이지만, 태평양전쟁 내내 일본군은 단 1개 소대도 항복한 적이 없어. 단 1개 소대도."

데이비드는 트루먼을 쳐다보았다. 그는 굳게 입을 다물고 있었다. 대통령은 피곤한 표정을 지으며 회의 관련 자료를 가죽 손가방에 집어넣었다.

"그래."

트루먼이 말했다.

"이 일은 그렇게 결정될 수밖에 없어. 다른 사람에게 미룰 수도 없는 일이야. 장군이나 장관들은 서로에게 공을 떠넘길 수도 있겠지. 하지만 대통령은 그렇게 하지 못해. 공은 여기서 멈추는 거야. 원자폭탄을 쓰지 않고 일본 본토 상륙 작전을 감행했다고 해봐. 그래서 25만 명 이상의 미군이 죽었다고 해봐. 그리고 한참 뒤 전쟁을 단칼에 끝낼 수 있는 무기가 분명 있었는데 쓰지 않았다는 사실이 알려져봐. 무슨 면목으로 그 수많은 전사자들의 어머니, 아들, 딸들의 얼굴을 쳐다볼 수 있겠어?"

대통령은 잠시 멍한 표정으로 데이비드를 쳐다보았다. 대통령은 아직 다가오지 않은 미래를 내다보고 있었다. 그 미래는 그를 겁나게 하는 것 같았다. 대통령은 생각을 정리하려는 듯 가볍게 머리를 흔들었다.

"자네, 내가 조금 전에 준 그 종이 가지고 있지?"

"예, 대통령 각하."

데이비드는 아까부터 쥐고 있던 그 종이를 들어 보였다.

"좋아. 이제 읽어보도록 하게."

대통령은 미소를 지으며 말했다. 대통령은 문 쪽으로 걸어가 문을 열고 나가려다가 잠시 걸음을 멈추고 뒤돌아보며 말했다.

"데이비드?"

"예, 각하?"

"자네의 행운을 빌겠네."

"감사합니다. 각하."

트루먼은 밖으로 나가려다가 다시 돌아서서 데이비드에게 악수를 청했다.

"한 가지만 더 말해주겠네."

그가 눈썹을 치켜뜨면서 말했다.

"내가 '행운'이라는 말을 했다고 해서 행운이 자네의 미래를 결정한다고 생각하지는 말게."

그렇게 말하고 미국의 33대 대통령은 방 밖으로 나갔다.

이제 혼자가 된 데이비드는 방 주위를 다시 한 번 둘러보았다. 그는 천천히 책상으로 걸어가 방금 전까지 트루먼이 앉아 있었던 커다란 가죽의자에 앉아보았다. 그는 접힌 종이를 조심스럽게 펼쳐서 읽기 시작했다.

공은 여기서 멈춘다

지금 이 순간부터 나는 나의 과거에 대하여 총체적인 책임을 진다. 나는 지혜의 시작이 내 문제에 대한 책임을 받아들이는 것임을 안다. 내 과거에 대하여 책임을 짐으로써 나는 나 자신을 과거로부터 해방시킬 수 있다. 내가 스스로 선택한 더 크고 밝은 미래로 나아갈 수 있다.

나는 앞으로 나의 현재 상황에 대하여 그 누구에게도 책임을 전가하지 않겠다. 나의 교육 배경, 나의 유전자, 일상생활의 다양한 여건이 나의 미래에 부정적인 영향을 주지 않도록 하겠다. 내가 성공하지 못한 이유를 이런 통제하기 어려운 힘들에 미룬다면, 나는 과거의 거미줄에 사로잡혀 영원히 빠져나오지 못할 것이다. 나는 앞을 내다보겠다. 나의 과거가 나의 운명을 지배하도록 내버려두지 않겠다.

공은 여기서 멈춘다. 나는 내 과거에 대하여 모든 책임을 진다. 나는 내 성공에 대해서도 책임을 지겠다. 내가 오늘날 심리적으로, 육체적으로, 정신적으로, 재정적으로 이렇게 된 것은 내가 선택한 결단의 결과이다. 나의 결단은 인제나 나의 선택에 의해 좌우된다. 나는 나의 사고방식을 바꿈으로써 늘 적극적인 방향을 지향하고, 파괴적인 방향은 거들떠보지도 않겠다. 나의 마음은 미래의 해결안을 응시하고, 과거의 문제에는 더 이상 집착하지 않겠다. 나는 이 세상에 긍정적인 변화를 가져오려고 애쓰는 사람들과 사귀려고 노력하겠다. 나는 편안한 것만을 추구하는 사람들과 어울려 편안한 것만 추구하는 방식은 철저히 배제하겠다.

결단을 내려야 할 상황이 되면 반드시 결단을 내리겠다. 하느님께서 나에게 늘 올바른 결단을 내릴 수 있는 능력을 주셨다고 생각하지 않는다. 하지만 일단 결단을 내리는 능력과, 또 잘못된 결단을 내렸을 경우 그것을 시정하는 능력은 주셨다고 생각한다.

감정의 기복에 따라 나의 정해진 노선을 벗어나는 일은 결코 없을것이다. 일단 결단을 내리면 끝까지 그것을 밀어붙일 것이다. 나의 모든 정성을 기울여 그 결단 사항을 실현하려 할 것이다.

공은 여기서 멈춘다. 나는 내 생각과 내 감정을 통제한다. 앞으로 "왜 하필이면 나지?"라는 질문을 던지고 싶을 때면, 즉각

"나에게는 안 된다는 법이 어디 있나?"라고 답변하겠다. 도전은 하나의 선물이고 또 배울 수 있는 기회이다. 역경이 찾아오면 나는 그것을 해결해야 할 문제로 생각하지 않겠다. 단지 선택해야 할 문제가 있을 뿐. 내 생각은 명료하므로 올바른 선택을 할 수 있을 것이다. 역경은 위대함으로 가는 예비 학교이다. 나는 이 예비 학교에 입학한다. 나는 멋진 일을 해내고 말겠다!

나는 나의 과거에 대하여 총체적 책임을 진다. 나는 내 생각과 내 감정을 통제한다. 나는 내 성공에 대하여 책임을 진다. 공은 여기서 멈춘다.

4

솔로몬

데이비드는 글의 마지막까지 읽고서 고개를 들었다. 아찔한 현기증과 함께 온몸에서 힘이 빠져나가는 것 같았다. 그는 바닥 위에 폭 고꾸라졌다. 중심을 잡기 위해 손을 내뻗자, 놀랍게도 그의 손이 바닥의 양탄자를 통과해 그 뒤로 쑥 빠져나갔다. 마치 허공을 치는 것 같았다. 그의 머리, 몸, 다리는 허공 속으로 가라 앉았다.

곧바로 또 다른 방으로 떨어진 것을 느낀 데이비드는 두 발로 서 있는 자기 자신을 발견했다. 다친 데는 하나도 없었고 정신도 말짱했다. 그는 커다란 방에 서 있었고, 주위에는 사람들이 많았다. 그들은 앞쪽에서 벌어지고 있는 광경을 좀 더 잘 보기 위해서 사람들의 팔과 어깨를 밀고 있었다. 남자들은 햇빛에 그을려 검게 탄 맨몸의 상반신을 드러내놓고 있었다. 여자들은 밝은 색깔의 옷을 입었고, 머리카락은 로프처럼 땋아서 등 뒤에 길게 늘어뜨렸다.

데이비드는 사람들과 함께 밀려가면서 심호흡을 했다. 방 안에는 삼나무 냄새가 진동했다. 그는 방의 벽과 거대한 기둥이 모두 삼나무로 되어 있는 것을 보고 깜짝 놀랐다. 바닥에는 회색과 자주색이 섞인 대리석이 깔려 있었다.

그때 갑자기 귀를 찢어놓을 듯한 커다란 징 소리가 났다. 그러자 데이비드 주위에 있던 남녀들이 하나같이 입을 다물고 무릎을 꿇으면서 고개를 숙였다. 당황한 채 멍하니 서 있던 데이비드에게 그제야 방의 전모가 한눈에 들어왔다.

그의 바로 앞에는 여섯 개의 층계로 된 계단이 있었는데, 각 층계에는 사자상이 놓여 있었다. 검은 대리석으로 조각한 사자상들은 하나같이 걸작품이었다. 하지만 그 조각상들은 계단 맨 위의 광경에 비하면 아무것도 아니었다. 화강암 대좌臺座의 중심에 상아와 황금으로 장식된 보좌寶座가 있었다. 정교하게 만들어진 보좌의 윗부분은 원형이었고, 양쪽에 팔걸이가 있었다. 보좌의 양옆에는 황금으로 만든 두 마리의 사자가 서 있었다.

다시 한 번 징이 울렸다. 보좌 근처에 있던 남자가 재빨리 걸어가서 커튼을 열어젖혔다. 그 열린 틈새로 데이비드가 일찍이 본 적이 없는 위풍당당한 인물이 걸어 나왔다. 그는 반짝거리는 터키옥으로 장식된 옷을 입고 있었다. 용포의 옷단과 소매는 각종 루비와 보석으로 장식되었고, 팔과

목에는 순금의 띠가 둘러져 있었다. 역시 황금으로 만든 왕관에는 다이아몬드가 촘촘히 박혀 있었다. 방 안에 서 있던 유일한 사람인 데이비드는 그 위엄 있는 인물의 등장에 놀라 벌어진 입을 다물지 못했다.

그는 아주 키가 컸다. 평평한 샌들을 신고 있었음에도 데이비드보다 더 키가 큰 것 같았다. 어깨까지 내려오는 숱 많은 두 가닥의 검은 머리카락은 무거운 왕관으로 고정되어 있었다. 그는 보좌의 앞쪽으로 돌아나와 의자에 앉으면서 간단히 말했다.

"어서 시작하도록 하라."

군중은 곧 일어섰고, 보좌 주위에서는 다시 소란이 시작되었다. 데이비드가 더 잘 보이는 곳으로 걸어가려는 순간, 두 여인의 화난 목소리가 들려왔다.

"그 아이는 내 아이예요!"

한 여인이 비명을 지르면서 말했다.

"아니, 아니예요! 저 여자는 도둑이예요!"

다른 여자가 말했다.

군중들이 두 여자 중 어느 한 여자의 편을 들면서 욕설을 퍼붓는 동안, 데이비드는 앞쪽으로 나아갔다.

"조용히 하라."

보좌에 앉아 있는 사람이 소리치자, 곧 장내는 조용해졌다. 데이비드는 계단의 가장자리로 다가갔다. 그는 바로 앞에 있는 보좌와 두 여인을 잘 볼 수 있었다. 하지만 그때까지 군중 속의 그 누구도 데이비드의 존재를 눈치채거나 알아보지 못했다. 데이비드는 두 여인 중 한 여인이 갓난아기를 안고 있는 것을 똑똑히 보았다.

장내의 모든 사람은 보좌에 앉은 사람에게 시선을 집중시켰다. 곧 보좌의 남자는 서 있는 여인에게 손짓을 하며 부드럽게 말했다.

"자, 이제 당신 이야기를 해보라."

여자는 고개를 숙여 인사한 다음 말하기 시작했다.

"폐하, 이 여자와 저는 한집에 살고 있습니다. 그런데 제가 해산한 지 사흘째 되던 날 이 여자도 아이를 낳았습니다. 집에는 우리 둘만 있었습니다. 그런데 그날 밤, 이 여자는 자신의 아들을 깔아뭉개어 죽였습니다. 그러고 나서 이 여자는 한밤중에 일어나 제가 잠자는 사이에 곁에 있던 제 아들을 데려가버렸습니다. 제 아들을 데려다 자기 품에 두고, 죽은 자기 아들을 제 품에 놓고 간 것입니다."

청중들 사이에서 수군거리는 소리가 터져 나왔고, 여인은 계속 말했다.

"제가 아침에 일어나 젖을 먹이려다 보니 아이는 죽어 있었습니다. 날이 밝아서야 그 아이가 제가 낳은 아이가 아니라는 사실을 알았습니다."

"천만에!"

다른 여자가 소리쳤다.

"죽은 아이가 네 아이고, 산 아이가 내 아이야."

"죽은 아이가 네 아이야."

이야기를 하던 여자가 소리쳤다.

"네가 안고 있는 아이가 내 아이야. 내 아이는 죽지 않았어!"

데이비드는 말다툼을 하는 두 여자를 지켜보았다. 곧 왕이 손을 들어 두 여자를 제지했다. 왕은 조심스럽게 두 여자의 눈을 들여다보았다. 왕은 아주 또렷한 목소리로 시종에게 명령했다.

"내 칼을 가져오너라."

시종이 칼을 가져오는 동안 데이비드는 꼼짝도 않고 서서 그 광경을 쳐다보았다. 황금 손잡이가 달린 150센티미터 길이의 긴 칼은 은처럼 반짝거렸다. 왕은 칼을 받아들고 이렇게 말했다.

"그 아이를 둘로 나누어 반쪽은 이 여자에게, 나머지 반쪽은 저 여자에게 주리라."

왕은 아이를 곧 내리칠 것 같은 자세를 취했다.

"내 아들을 죽이지 마세요!"

혼자 서 있던 여자가 소리쳤다.

"폐하, 이 아이를 저 여자에게 주시고 아이를 죽이지만은 마십시오!"

"자, 어서 반으로 자르세요."

아이를 안고 있던 여인이 아이를 앞으로 내밀며 말했다.

"어차피 네 아이도 내 아이도 아니니까 나누어갖자."

왕은 부드럽게 말했다.

"나는 아이를 해치지 않겠다. 처음부터 그럴 의도가 없었다."

왕은 무릎을 꿇은 채 울고 있는 여인을 가리켰다.

"아이를 저 여자에게 주어라. 그녀가 진짜 어머니이다."

여자가 흘리던 고뇌의 눈물은 기쁨의 눈물로 바뀌었다. 그 여자는 아이를 되찾았고 군중은 환호했다. 데이비드도 청중들과 함께 소리지르면서 박수를 쳤다. 왕이 보좌에서 일어서자 사람들은 땅에 고개를 숙였고, 데이비드는 혼자 서 있게 되었다. 왕은 보좌 뒤의 커튼으로 걸어가려다가 걸음을 멈추고, 몸을 돌려 데이비드를 빤히 쳐다보았다. 왕은 기다리고 있다는 듯한 표정을 지었다.

데이비드는 그 표정을 읽고서 계단을 재빨리 걸어 올라가 보좌 뒤로 걸어가는 왕을 따라갔다. 커튼을 빠져나간 왕은 아까보다는 작지만 더 화려한 방으로 들어갔다. 은제 창을 X

자 모양으로 장식한 황금 방패들이 벽에 가지런히 놓여 있었다. 온갖 진수성찬이 차려진 낮은 테이블 근처에는 리넨 천과 무두질한 가죽으로 만든 베개들이 놓여져 있었다. 상아와 황금으로 멋을 낸 높은 창문으로 환한 햇빛이 비쳐들고 있었다.

데이비드는 방 한가운데로 들어섰다. 방문을 지키고 있던 두 명의 근위병은 그를 보지 못했다. 하지만 테이블 근처의 또 다른 남자에게 말을 걸던 왕은 데이비드를 알아보았고, 곧 대화를 끝냈다.

"아히사르, 당신 좋을 대로 하시오."

왕의 말이 데이비드에게 들려왔다.

"총리인 당신이 현명한 선택을 했으리라 확신하오."

왕은 테이블 옆 베개에 몸을 기대었다.

"이제 그만 가보시오. 그리고 홀 근처의 모든 시종들에게 잠시 밖에 나가 있으라고 하시오."

아히사르라는 남자는 놀라는 표정을 지었다.

"하지만, 폐하. 그것은 경호에 좀 문제가……."

"나는 혼자 있고 싶소."

왕이 그의 말을 가로막았다.

"신경 써줘서 고맙지만 지금은 경호가 필요하지 않소. 자, 어서 가보시오. 아히사르."

총리는 고개를 조아리고 물러나면서 홀 근처의 시종들을 모두 데리고 갔다.

마침내 단둘이 된 데이비드와 왕은 서로를 바라보았다. 먼저 왕이 입을 열었다.

"여기가 어딘지 알겠나?"

그가 미소를 지으며 물었다.

"예, 폐하."

데이비드가 다소 망설이면서 대답했다.

"내가 누구인지 알겠는가?"

"예, 폐하."

이번에 데이비드는 보다 자신 있게 대답했다.

"당신은 솔로몬 왕입니다. 나는 조금 전 저기 밖에서 있었던 이야기를 잘 알고 있습니다."

데이비드가 커튼 쪽을 가리키며 말했고, 솔로몬은 짐짓 눈썹을 찌푸렸다.

"저는 아주 어릴 때부터 그 이야기를 들어서 알고 있습니다."

솔로몬은 감동받은 표정의 데이비드를 보면서 미소를 지었다.

"좋아, 자네는 배가 고픈가?"

"예, 폐하."

"좋아, 그럼 나와 함께 식사하도록 하지."

솔로몬은 아주 커다란 베개를 가리켰고, 데이비드는 곧 그 위에 앉았다.

"자네 앞에 놓여 있는 상은 이 세상에서는 다시 볼 수 없는 진수성찬이지. 자, 음식이든 과일이든 원하는 대로 먹도록 하게."

"감사합니다."

데이비드가 과일에 손을 뻗치면서 말했다.

"폐하, 제 이름은 데이비드 폰더라고 합니다."

"이름이 둘이로군."

솔로몬이 신기하다는 듯이 말했다.

"그런데 자네는 우리말을 잘하는군. 히브리어를 배웠는가, 아니면 갑자기 말을 할 줄 알게 되었는가?"

"사실, 저 자신도 여기 왔을 때 사람들이 하는 말을 모두 알아 듣는 것이 신기했습니다. 또 폐하와 함께 이렇게 말할 수 있는 것도 놀랍기만 합니다. 저는 외국어라면 에스파냐어도 제대로 모르는데, 여기서는 이렇게 고대 히브리어를 유창하게 말할 수 있으니 참으로 신기합니다."

데이비드가 석류를 쪼개면서 말했다.

솔로몬은 껄껄 웃음을 터뜨렸다.

"히브리어는 자네에겐 고대 언어지만 나한테는 그렇지 않지. 놀랄 만도 하지. 자네가 이 기이한 여행을 계속하는 동안 가는 곳마다 사람들의 말을 알아듣고 또 말할 줄 아는 특별한 능력을 발휘할 테니까 말이야. 이처럼 다른 언어를 이해하는 특별한 능력은 자네가 여행자의 선물을 이해하고 실천하는 데 필수적인 것이라네."

"선물이라고요?"

데이비드가 물었다.

"두루마리 말일세."

솔로몬이 대답했다.

"오늘 아침에 자네를 위해 이걸 준비해두었지."

그는 자그마한 나무 막대기에 단단히 감겨 있는 양피지를 손으로 가리켰다.

"이 메시지는 내 마음 깊숙이 간직한 것인데, 자네를 위해 이렇게 써두었네. 자네는 이 메시지를 가슴 깊이 명심했다가 다른 사람들에게 선물로 나눠주도록 하게."

"제가 어떻게 그······그······선물을 남한테 나누어줄 수 있을까요?"

데이비드가 머리를 흔들면서 말했다.

왕은 포도송이에 손을 내뻗으며 가볍게 미소 지었다. 그는 포도 한 알을 따서 입 속에 넣고는 생각에 잠긴 표정으로 말했다.

"어쩌면 자네는 그 메시지를 한동안 이해하지 못할지도 몰라. 아니면 그 깊은 뜻이 내일이라도 당장 자네에게 드러날 수도 있지. 하느님께서는 당신이 선택하신 기회를 위해서는 산이라도 움직이시는 분이니까. 하지만 먼저 자네 자신이 움직여야 하네. 그런 식으로 마음의 준비를 해두는 것이 좋아."

데이비드는 몸을 앞으로 약간 숙였다.

"저는 폐하의 말씀을 이해합니다. 그러니까 제가 미래의 일에 미리 대비해야 한다는 말씀 아닙니까?"

솔로몬은 천천히 고개를 끄덕였다.

"하지만 한 가지 질문이 있습니다."

데이비드가 약간 냉소적인 어조로 말했다.

"제가 그 미래에 어떤 일이 벌어질지도 모르고, 또 그것이 언제 일어날지도 모르는데, 어떻게 대비를 한단 말씀입니까?"

솔로몬은 가만히 앉아 있기만 할 뿐 아무 말이 없었다.

"폐하!"

데이비드가 대답을 채근하면서 약간 큰 목소리로 말했다. 그는 자신의 내부에서 서서히 분노가 일어나는 것을 느꼈다.

"폐하, 저는 심각합니다. 저더러 어떻게 미래를 대비하라는 말씀이십니까?"

"지혜를 찾게."

"폐하, 저는 잘 이해하지 못하겠습니다. 좋습니다. 제가 간단히 여쭈어보겠습니다. 어떻게 하면 지혜를 찾을 수 있습니까?"

"내 대답은 자네의 답답한 심정을 풀어주지 못할 걸세."

왕은 잠시 말을 끊더니 다시 이어갔다.

"하지만 내 대답은 한결같네. 지혜를 찾게."

데이비드는 놀라서 잠시 아무 말도 하지 못했다. 그가 다시 머리를 흔들면서 항의하려는데 솔로몬이 가로막고 나섰다.

"데이비드, 자네는 대부분의 사람들과 똑같이 반응하고 있어. 자네는 내 말을 건성으로 듣기만 할 뿐 그 깊은 뜻은 모르고 있는거야. '지혜를 찾아라.' 이 말 중에서도 '찾아라'가 중요하네. 사실 지혜는 사람들이 그것을 따가기를 기다리고 있지. 하지만 지혜는 물물교환을 하거나 돈 주고 살 수 있는 물건이 아닐세. 지혜는 부지런한 자만 얻을 수 있는 선물이지. 오로지 부지런한 자만이 지혜를 찾을 수가 있어. 게으른 자나 어리석은 자의 눈에는 지혜가 보이지 않아. 지혜의 문은 누구에게나 열려 있으나, 그 문으로 들어가는 사람은 소수이지. 지혜를 찾게. 지혜를 열심히 찾다보면 자네는 성공과 만족을 얻게 될 걸세."

"하지만 저는 지금 이 순간 성공이나 만족하고는 거리가 먼 사람입니다."

"그건 모두 과거의 일일세. 지금이라는 것도 곧 과거가 되고 말지. 지금, 또 지금, 그리고 또 지금."

솔로몬은 손가락을 딱 하고 꺾으면서 말했다.

"과거는 결코 변하지 않아. 하지만 자네는 오늘 자네의 행동을 바꿈으로써 미래를 바꿀 수가 있어. 이건 아주 간단해. 우리 인간은 늘 변화하는 과정 속에 있어. 따라서 우리는 그 변화의 방향을 바꿀 수 있는 거야."

"어떻게 하면 그 방향을 바꿀 수 있습니까?"

데이비드가 물었다. 솔로몬은 일어서서 방 안을 걷기 시작했다. 그는 뒷짐을 진 채 물었다.

"자네에게 아이가 있나?"

"예, 열두 살짜리 딸이 있습니다."

"자네는 딸이 사귀는 친구들에 대해 신경을 쓰나?"

"물론, 신경을 씁니다."

솔로몬은 재빨리 몸을 돌리면서 물었다.

"자네는 '물론'이라고 말했는데, 그건 왜 그렇지?"

데이비드가 생각을 가다듬기 위해 눈을 치켜뜨자, 이마에 주름이 깊게 패였다. 그는 왕이 그렇게 말하는 의도가 무엇인지 궁금했다.

"제가 '물론'이라고 말한 것은 딸아이의 친구들이 딸애에게 커다란 영향을 주기 때문입니다. 그건 좋은 영향일 수도 있고 나쁜 영향일 수도 있죠. 딸애가 착하고 좋은 친구들과 어울려 놀 때에는 딸애의 행동에 전혀 문제가 없어요. 하지만 가끔 학교에서 나쁜 애들과 어울려 놀면 아내와 제가 집에서 그 후유증을 겪게 됩니다."

"후유증?"

솔로몬이 물었다.

"딸애의 말버릇, 행동, 옷 입는 법, 부모를 대하는 태도 등이 달라져요."

데이비드는 적당한 말이 잘 생각나지 않아 애를 먹었다.

"그러니까, 딸애 또래의 애들이 하는 행동은 모두 친구들로부터 영향을 받는 것 같아요."

"어떻게 하면 딸애의 행동 방향을 바꿀 수 있을까?"

솔로몬이 물었다.

"딸애의 친구를 잘 살피는 거죠."

데이비드가 말했다.

"바로 그걸세!"

왕이 약간 열띤 목소리로 말했다.

"사람은 어느 정도의 나이가 되면 외부 환경의 영향을 받지 않을까? 열여덟? 스물하나? 서른? 아니야. 사람은 평생 환경의 영향을 받으며 산다네. 우리가 사귀는 사람들로부터 끊임없이 영향을 받는 거지. 욕하고 불평하는 사람을 친구로 사귀면 그 사람의 입에서는 욕설과 불평이 흘러나오게 되어 있어. 남의 도움이나 바라는 게으른 사람과 사귄다면 곧 그의 재정 상태는 엉망이 되어버리지. 인간이 겪는 슬픔의 상당 부분은 엉뚱한 사람들과 관계를 맺었기 때문이야."

데이비드는 벌떡 일어섰다. 그는 청바지에 양 손바닥의 땀을 닦으면서 물었다.

"그렇다면 친구 관계가 지혜를 찾는 데 가장 중요하다는 말씀입니까?"

"어쩌면 가장 중요한 과정일지 몰라."

솔로몬이 대답했다.

"데이비드, 자네의 친구나 친지들을 조심스럽게 사귀게. 시시한 사람을 친구로 사귄다면 자네의 인생도 그에 따라 시시해지고 말지. 만약 게으른 사람이 자네에게 편안하게 느껴진다면, 자네의 인생은 이미 게으름으로 나아가고 있다는 뜻이야. 자네 조금 전 이 방 안에 있던 아히사르를 보았지?"

"예."

데이비드가 고개를 끄덕였다.

"총리라고 말씀하셨는데……."

"맞아. 자네는 아직 사독, 아자리야, 아비아달은 만나보지 못했지. 이 사람들은 나의 사제일세. 엘리호렙과 아히야는 나를 개인적으로 돕는 보좌관이고, 여호사밧은 정부 기록을 담당하고, 베나니아는 군사령관이지. 이들은 모두 현명하고 근면한 사람들인데, 내가 늘 그들의 조언을 구한다네. 막강한 권력을 가진 왕도 이처럼 친구들을 선택하는 데 조심을 다하는데, 하물며 보통 사람은 말해 무엇하겠나? 친구를 잘 사귄다는 것은 정말 중요한 일일세."

데이비드는 벽에 세워진 방패들 쪽으로 걸어가서 무심히 그 표면을 쓰다듬었다.

"폐하는 세상에서 가장 현명한 분이고, 또 가장 부귀한 분입니다. 그런 폐하께서 다른 사람들의 조언을 구한다니 좀 이해가 되지 않습니다. 그건 왜 그렇습니까?"

솔로몬은 빙그레 웃어 보였다.

"현명한 사람의 조언을 거부하는 것은 바보들이나 하는 짓이라네. 조언은 사람을 안전하게 지켜주지. 현명한 조언은 모든 치명적 함정을 피해가게 만드는 생명의 샘물일세. 현명한 사람을 찾아가게. 자네가 이루고 싶은 일을 이미 성취한 사람들을 찾아가 그의 말에 귀 기울이게."

솔로몬은 테이블로 걸어가 두루마리를 집어 들어 옷소매 속으로 집어넣은 다음, 데이비드에게 손짓했다.

"나를 따라오게."

솔로몬은 들어가면서 데이비드가 들어오기 좋게 커튼을 들어주었다. 데이비드는 솔로몬의 겨드랑이 밑으로 지나가며 말했다.

"제가 커튼을 들어드려야 하는 게 아닐까요? 폐하는 국왕이시니까 말입니다!"

솔로몬은 웃음을 터뜨렸다.

"고맙네. 하지만 나도 이렇게 봉사하는 것을 좋아한다네. 왕이 왕처럼 행동하기 시작할 때에는 머지않아 다른 사람에게 왕의 자리를 내놓아야 한다는 뜻이지! 남에게 봉사하는 것은 사람들이 서로를 인정해주는 한 가지 방법이기도 하지. 현명한 사람은 봉사하는 사람일세."

그들이 커다란 홀로 들어가자 데이비드는 보좌를 가리키며 물었다.

"제가 저 의자를 한번 만져보아도 될까요?"

"물론이지. 필요하다면 앉아봐도 좋아. 그건 어디까지나 의자일 뿐이니까."

데이비드는 보좌 위에 손을 얹었다. 그는 손가락으로 앉는 부분과 팔걸이 부분을 살짝 건드려보면서 상아와 황금의 정교한 상감 솜씨에 감탄했다. 그는 천천히 몸을 돌려 보좌 위에 앉아보았다. 그는 수줍게 웃으면서 말했다.

"여기 앉아 있으니까 제가 왜소해지는 느낌이에요."

"그건 나도 그래."

솔로몬이 껄껄 웃었다. 이어 그는 진지한 목소리로 말했다.

"리더십에 따르는 책임감은 곧 겸손함과 통하지. 자네가 앉아있는 그 보좌에 앉을 때마다 나는 선친의 가르침에 고마움을 느낀다네. 아버지의 이름도 자네처럼 데이비드(다윗)였지. 선친은 선왕일 뿐만 아니라 나의 스승이기도 했어."

솔로몬은 생각에 잠긴 채 텅 빈 홀을 내려다보았다.

"선친이 돌아가신 지 오래되었지만 그 가르침은 아직도 나를 인도하고 있다네."

솔로몬은 옷소매 속에서 나무 막대기에 감긴 양피지 두루마리를 꺼내 데이비드에게 건네주며 말했다.

"자, 친구. 이제 헤어져야 할 때가 되었네. 우리가 함께한 이 시간이 자네의 인생 여정을 더욱 환하게 밝혀주기를 바라네. 나는 자네의 어려움을 덜어줄 수 없고, 또 그럴 능력이 있다 하더라도 그렇게 하고 싶지 않네. 지도자의 역할은 남을 대신하여 투쟁해주는 것이 아니라네. 지도자는 인생의 어려움을 겪는 사람들에게 낙담하지 말고 열심히 싸우라고 격려하는 사람이지. 자네도 현재의 어려움에 맞서서 열심히 싸우길 바라네. 그러면 미래에 푸짐하게 보상을 받을 걸세."

"감사합니다, 폐하."

데이비드가 말했다.

"나도 자네를 도와줄 수 있어서 영광이네. 잘 가게, 친구."

솔로몬 왕은 미소를 짓고 가볍게 목례를 하면서 말했다. 그 말과 함께 왕은 계단을 내려가 커다란 홀 한가운데로 걸어 갔다. 그는 홀 맞은편의 출입문에 도달하자 두 번 박수를 쳤다. 곧 시종들이 나타나 왕을 호위하여 건물 밖으로 나갔다.

혼자 남은 데이비드는 고개를 들고 다시 한 번 그 거대한 방을 둘러보았다. 그는 천천히 왕의 보좌에 다시 앉아서 왕의 말씀이 적힌 양피지를 펼쳐보았다.

나는 지혜를 찾아 나서겠다

오늘 나는 지혜를 적극적으로 찾아 나서겠다. 나의 과거는 결코 바꿀 수 없지만, 오늘 내 행동을 바꿈으로써 나의 미래를 바꿀 수 있다. 나는 오늘 당장 나의 행동을 바꾸겠다! 나의 인간관계에 긍정적인 변화를 가져오게 하고, 또 나의 동료들을 더 잘 이해하게 해주는 책과 자료들을 열심히 읽고 듣겠다. 회의와 공포를 자극하는 자료는 더 이상 내 마음 가까이 두지 않겠다. 나는 나 자신의 능력과 미래에 대한 나의 신념을 굳건하게 해주는 것들만 읽고 또 듣겠다.

나는 지혜를 찾겠다. 나는 조심스럽게 내 친구들을 선택하겠다. 내가 닭을 친구로 사귄다면 나는 땅을 후벼 파며 빵 부스러기를 쪼아먹는 법을 배울 것이다. 만약 독수리와 벗한다면 나는 하늘 높이 나는 법을 배울 것이다. 나는 독수리다. 하늘 높이 나는 것이 나의 운명이다.

나는 지혜를 찾을 것이다. 나는 현명한 사람들의 조언에 귀 기울일 것이다. 현명한 사람의 조언은 메마른 땅에 내리는 빗방울과도 같다. 현명한 조언을 무시하는 사람은 비가 내리지 않은 풀잎과 같아서 곧 시들어버릴 것이다. 현명한 사람과 의논함으로써 나는 그의 지식과 경험을 빌려올 것이다. 그리하여 내 성공의 가능성을 크게 높일 것이다.

나는 지혜를 찾겠다. 나는 다른 사람들에게 봉사하는 사람이 되겠다. 내가 겸손한 자세로 남들에게 봉사하면 그들의 지혜를 저절로 얻게 될 것이다. 때때로 봉사정신을 발휘하는 사람은 아주 엄청난 부자가 되기도 하고, 그 사람 자신이 왕이 되기도 한다. 왜냐하면 백성들은 그런 사람을 즐겨 왕으로 뽑기 때문이다. 가장 많이 봉사하는 사람이 가장 빨리 성장한다.

나는 겸손하게 봉사하는 사람이 되겠다. 나는 누군가가 나를 대신하여 문을 열어주기를 바라지 않는다. 오히려 누군가를 위해 문을 열어주는 사람이 되겠다. 나를 도와주는 사람이 아무도 없을 때에도 나는 실망하지 않겠다. 오히려 남을 도와줄 기회가 생기면 그것을 기쁘게 받아들이겠다.

나는 남들에게 봉사하는 사람이 되겠다. 나는 현명한 사람의 조언에 귀 기울이겠다. 나는 조심스럽게 친구들을 선택하겠다.

나는 지혜를 찾아 나서겠다.

5

체임벌린

나는 지혜를 찾아 나서겠다. 데이비드는 이 말을 읽는 순간, 마음의 준비가 되어 있었다. 전에 느꼈던 현기증이 다시 시작되는 것 같아 눈을 감았다. 데이비드는 보좌의 팔걸이에 기대면서 왼손에 쥐고 있는 양피지의 감촉을 느낄 수가 있었다. 잠시 후 데이비드는 긴장을 풀면서 눈을 떠보았다. 그의 손가락이 보좌 팔걸이의 상아 장식을 뚫고 들어가는 것이 보였다. 그는 여전히 양피지를 손에 꼭 쥐고 있었다. 조금 전만 하더라도 단단한 물체에 꼭 매달려 있던 데이비드의 손은 어느덧 주먹을 쥘 수 있게 되었고, 왕의 의자는 사라졌다.

그다음 순간, 데이비드는 일찍이 들어본 적이 없는 거대한 굉음 속에 서 있는 자신을 발견했다. 그는 의식을 회복하는 순간 '천둥인가?'라고 생각하며 하늘을 쳐다보았다. 그때 느닷없이 누군가의 손이 뻗쳐 나오더니 그의 셔츠 앞가슴을 움켜잡으면서 데이비드를 땅에 처박았다.

"이봐, 엎드려!"

그 사람은 데이비드를 땅 위에 처박으면서 소리쳤다.

"물론 그렇게 서 있어도 총에 안 맞을 수 있지만, 그래도 확실히 해야지!"

데이비드는 두려움에 사로잡히면서 방금 그를 잡아당겼던 사람을 쳐다보았다. 그 사람은 짙은 갈색 머리카락에 숱 많은 콧수염을 기른 30대 중반의 남자였다. 그는 허리에서 밑단까지 빛바랜 노란색 줄이 쳐진 진청색 바지에 색깔을 알 수 없는 셔츠를 입고 있었다. 그는 한 달쯤 목욕하지 못한 사람 같았고, 입고 있는 옷도 주인과 마찬가지로 한 달쯤 물 구경을 못 한 것 같았다. 그는 몸이 호리호리했는데, 어쩐지 키가 클 것 같았다. 하지만 땅 위에 엎드린 채 돌무더기 위로 구식 소총을 쏘아대고 있었기 때문에 확실히는 알 수가 없었다. 조금 전 데이비드가 천둥이라고 생각했던 소리는 실은 대포 소리였다.

적이 쏘아대는 총알은 벌떼처럼 돌무더기 위로 날아왔다. 데이비드는 분노와 고통의 아수라장 한가운데에 엎드려 있었다. 300미터쯤 떨어진 곳에는 어떤 남자가 총알 맞은 배를 움켜쥐고 나무에 기대어 앉아 있었고, 오른쪽 무릎 아래의 다리가 없는 또 다른 남자는 천천히 기어서 이미 죽어버린 친구에게 다가가고 있었다. 대포알은 사람들뿐 아니라 주변의 나무 위로도 떨어졌는데, 그때마다 아름드리나무가 우지끈 소리를 내며 두 동강이 났다.

주위는 너무나 소란스러웠기 때문에 데이비드는 악을 쓰며 말할 수밖에 없었다. 창피함은 생각할 겨를도 없었다. 핏대를 올리면서 고함을 치며 말할 수밖에 없는 상황이었던 것이다. 몰려 오는 두려움에 몸을 바들바들 떨고 있던 데이비드는 조금 전 그를 잡아당겼던 남자의 소매를 부여잡으면서 소리쳤다.

"당신은 누구입니까?"

그 남자는 돌무더기에 몸을 숨긴 채 총구에 열심히 총알을 장전하고 있었다.

"체임벌린!"

그가 소리쳤다.

"메인 20연대의 체임벌린이오!"

그는 다시 몸을 돌려 총을 쏴댔다. 또다시 그 체임벌린이라는 남자는 장전을 하기 위해 몸을 돌렸다. 그는 옆으로 비스듬하게 눕는 자세를 취하면서 탄약의 종이를 이로 물어뜯은 다음 금속 막대로 때려 총구 속에 집어넣었다.

"이게 어떻게 된 일입니까?"

데이비드가 소리쳤다.

"여기는 도대체 어딥니까?"

데이비드는 평생 그렇게 엄청난 두려움을 느껴본 적이 없었다.

"몸을 낮춰요!"

체임벌린이 소리쳤다.

"지금은 시간이 없어요. 얘기는 나중에 합시다."

데이비드는 불안해하며 주위를 돌아보았다. 그는 사람들이 몸을 가리고 있는 돌무더기가 일종의 방어벽이라는 것을 알 수 있었다. 그는 나무가 무성한 가파른 언덕 위에 있었고, 아래쪽으로 완만한 경사지가 계곡까지 펼쳐져 있는 것을 보았다. 체임벌린은 언덕 아래쪽으로 쉴 새 없이 사격하는 한편, 다른 동료들을 격려하고 있었다.

체임벌린 바로 뒤쪽에 있던 한 남자가 비틀거리더니 배를 땅에 대고 엎어졌다. 총알을 맞은 그의 목에서는 선명한 피가 뿜어져 나왔다. 그 부상자는 천천히 머리를 흔들면서 데이비드 쪽으로 기어왔다. 방어벽까지 기어오자, 그는 돌무더기에 등을 대고 발을 뻗었다. 그다음엔 데이비드 쪽으로 팔을 약간 내밀면서 고개를 쳐들고 미소를 지어 보이다가 숨이 끊어졌다. 데이비드는 죽은 병사의 멍한 눈을 바라다보다가, 그가 열다섯 살 정도밖에 안 된 소년이라는 것을 알고 깜짝 놀랐다.

데이비드는 언제 총격전이 멈췄는지 의식하지 못했다. 그가 방어벽에 몸을 기댄 채 죽은 소년의 얼굴을 망연히 들여다보고 있는데, 체임벌린이 데이비드를 흔들어 백일몽에서 깨웠다. 그는 죽은 소년병의 눈을 감겨주면서 말했다.

"닐슨이에요. 아주 좋은 녀석이었지요."

그는 1미터쯤 떨어진 방어벽에서 죽은 채 누워 있는 남자를 가리켰다.

"저 사람은 이 아이의 아버지입니다. 히람은 뱅고어의 은행원이었지요. 부자는 지난 가을 이 연대가 결성될 때 입대했습니다. 당시 우리 연대는 1천 명 규모의 병력이었지요. 그런데 이제 3백 명 정도가 남아서 이 돌무더기 방어벽을 지키고 있는 겁니다." 체임벌린은 일어서서 데이비드에게 손을 내밀었다. 그는 데이비드가 일어서는 것을 도와주며 말했다.

"나는 체임벌린 대령이오. 조슈아 로런스 체임벌린. 난 당신이 왜 여기에 왔는지 알지만, 당신의 이름은 몰라요."

"데이비드 폰더입니다. 이렇게 서 있어도 안전한가요?"

"당분간은 괜찮아요. 하지만 저자들은 곧 다시 돌아올 겁니다. 방금 공격해온 게 네 번째였어요."

체임벌린은 콧수염에서 잔가지를 떼어내며 말했다.

"실례가 아닌지 모르겠습니다만……."

데이비드가 더듬거리며 말했다.

"저자들은 누구입니까?"

대령은 고개를 갸우뚱하면서 얼굴을 찌푸렸다.

"리 장군의 부하들이지요……. 북부 버지니아 군의 병사들이에요. 저 아래에 있는 마을까지 1.6킬로미터 거리에 이 방어벽을 사이에 두고 리 군대의 절반 이상이 포진하고 있어요."

체임벌린이 총 끝으로 저 아래쪽 마을을 가리켰다.

"마을 이름이 뭔데요?"

"게티즈버그. 저 마을 이름을 들어본 적이 있습니까?"

데이비드는 마음속 깊은 곳에서 한기를 느끼며 고개를 끄덕였다.

"남북전쟁이군요."

"뭐라고요?"

"남북전쟁이라고 말했습니다."

"흐음."

체임벌린이 코웃음을 쳤다.

"그건 당신이 부르는 이름이지요. 여기서 조금만 더 구경해봐요. 이곳에 점잖은(남북전쟁의 원어는 Civil War인데, Civil은 내전이라는 뜻도 있지만 '점잖은'이라는 뜻도 있다) 구석이라고는 눈곱만큼도 없다는 걸 알게 될 테니까. 자, 나를 따라와요."

그가 걷기 시작하면서 말했다.

"저자들이 다시 쳐들어올 때까지 시간이 별로 없습니다."

"조슈아!"

두 사람은 그 소리에 고개를 돌렸다. 소리쳐 부르는 사람은 대령의 동생인 톰과 존이었다. 톰은 연대의 중위였고, 근육질의 막내 존은 의무병으로 근무하고 있었다. 둘 다 대령만큼 키가 컸고, 얼굴에는 콧수염과 턱수염이 가득했다. 두 형제는 맏형이 오래전에 내던진 쾌활한 분위기를 여전히 간직하고 있었다.

"조슈아, 좀 지저분하기는 해도 건강해 보이는데, 컨디션은 괜찮지요?"

존이 물었다.

"응. 지금까지는 괜찮아. 너는 어떠냐?"

"저도 지금까지는 좋아요."

존이 말했다. 데이비드는 방어벽을 따라 재빨리 걸어가는 삼 형제를 따라갔다.

"토지어 상사가 총에 맞았지만 심각한 건 아니에요. 하지만 그가 담당한 구역은 많은 피해를 입었어요."

"대령님, 우리가 싸우는 걸 보셨습니까?"

쉰 정도 되어 보이는 군인이 대령에게 말을 건넸다. 그는 이마에 붕대를 두르고 있으면서도 부상당한 동료들에게 도움을 주려고 부산히 움직이고 있었다.

"아주 잘했어. 저들이 혼쭐나더군."

체임벌린이 말했다.

"계속 그런 식으로 밀어붙여."

대령은 동생들에게 고개를 돌리면서 지시를 내렸다.

"존, 저기 언덕 너머에 부상자들 쉴 곳이 있는지 알아봐. 톰은 연대 뒤쪽으로 가서 그 지역이 잘 봉쇄되어 있는지 살펴보고. 오른쪽에 있는 병사들에게 간격을 더 넓혀서 방어에 임하라고 해. 그리고 저 커다란 바위 왼쪽에 더 병력을 투입하여 촘촘히 지키도록 해. 반군은 저쪽을 파고들 것 같아. 만약 저들이 그쪽 방어선을 돌파한다면……."

체임벌린은 말끝을 흐렸다.

"좋아. 걱정할 것 없어. 그들은 돌파하지 못할 거야. 우리가 막으면 되는 거야."

존과 톰이 지시받은 쪽으로 가려고 하는데, 체임벌린이 그들을 불러 세웠다.

"얘들아, 그렇게 뻣뻣이 서서 걸어가지 마. 몸을 최대한 낮추라고. 우리 삼 형제가 모두 이렇게 나와 있으니 어머니는 얼마나 걱정되시겠냐."

형제들이 떠나자, 체임벌린은 데이비드에게 몸을 돌리면서 따라오라는 손짓을 했다. 그들은 포격에 쓰러진 나무를 피해가며, 또 돌담이 무너진 곳을 뛰어넘으며 걸어갔다. 그들은 다시 싸울 준비에 부산한 병사들을 지나쳤고, 또 이미 숨이 끊어져 더 이상 싸울 수 없는 병사들의 시체 곁을 지나갔다. 대령은 조금 전 동생에게 지시를 내렸던 커다란 바위에 올라가더니 팔을 내 밀어 데이비드를 위로 끌어당겼다.

"여기서는 그들이 잘 보여요."

그가 말했다.

데이비드는 아직도 포연이 자욱한 언덕 아래를 눈을 깜빡이며 내려다보았다. 대령의 시선을 따라가면서 그는 저 아래쪽에 집결하는 회색 제복의 남군들을 보았다. 그 거리는 불과 15미터 정도였다. 데이비드는 남군의 모자와, 가끔씩 언덕 위쪽을 쳐다 보는 남군 병사의 얼굴을 볼 수 있었다.

"당신은 누구입니까?"

데이비드가 물었다. 체임벌린은 언덕 아래쪽을 내려다보다가 그 질문에 고개를 홱 돌리며 데이비드를 빤히 쳐다보았다.

"뭐라고요? 이미 말하지 않았소. 내 이름은……."

"아니, 이름을 알자는 게 아닙니다."

데이비드가 말을 가로막았다.

"내 말은 당신은 어떤 사람이냐는 겁니다. 내 말을 오해하지 말기 바랍니다. 당신은 유명한 사람입니까? 내가 앞서 만난 사람들은……모두……유명한 사람들이었습니다."

체임벌린은 웃음을 터뜨렸다.

"유명하냐고요? 별로 그렇지 못합니다. 열달 전에 나는 학교 선생이었습니다. 그런데 지금은 군인이지요. 적어도 당분간은 말입니다. 사실 이 연대에 들어오던 무렵부터 나는 당신의 꿈을 꾸기 시작했습니다. 나는 당신이 어떻게 생겼고, 또 어느 정도 키가 큰지 알고 있었습니다."

대령은 데이비드의 옷소매를 잡아당겼다.

"나는 당신이 이런 소매 달린 옷을 입고 있으리라는 것도 알았지요. 나는 과거에는 이런 꿈을 꾼 적이 없었습니다. 이상한 꿈이 몇달 동안 밤마다 나를 찾아왔습니다. 그런데 더 괴상한 건 당신이 여기에 도착하던 그 순간입니다. 나는 전투를 하다 말고 위를 쳐다보며 손을 뻗었어요. 그랬는데 당신이 내 손에 닿았어요. 내가 당신의 셔츠를 부여잡고 아래로 끌어당겼지요. 나는 셔츠를 부여잡는 순간 당신이라는 걸 알았어요. 나는 손만 뻗치면 당신을 만나리라는 걸 알고 있었어요. 내 꿈속에서처럼 말입니다."

"왜 당신은 여기에 왔습니까?"

데이비드가 물었다. 체임벌린은 신기하다는 듯이 그를 빤히 쳐다보았다.

"남북전쟁 상황을 말하는 겁니까? 아니면 이 황량한 언덕의 전투를 말하는 겁니까?"

"둘 다입니다."

"흐음."

체임벌린은 턱수염을 가볍게 쓰다듬었다.

"내가 북군에 입대한 것은 다른 사람들과 마찬가지로 여러 가지 이유가 있을 수 있습니다. 애국심일 수도 있고, 따분한 인생 때문일 수도 있습니다. 또 군대에 가면 재미있고 신나는 일이 많다고 해서 입대했을 수도 있습니다. 하지만 대부분의 사람들은 단 하나의 목적 때문에 여기까지 왔습니다. 간단히 말해서 그게 옳은 일이니까 가정과 집을 떠나 여기까지 온 겁니다."

체임벌린은 바위 뒤 쓰러진 나무들 사이에서 부지런히 전열을 재정비하는 부하들을 쳐다보며 잠시 말이 없었다.

"대령님!"

병사 하나가 소리쳤다.

"여긴 숲이 아주 무성합니다. 30미터 앞도 안 보여요!"

"그래도 거기서 경계해야 돼."

체임벌린이 소리쳤다.

"적군은 그보다 더 가까운 곳에 와 있을지도 몰라."

잠시 침묵이 흐른 뒤 데이비드가 체임벌린에게 대답을 재촉했다.

"대령님! 조금 전 군대에 들어온 것은 그게 옳은 일이기 때문이었다고 말씀하셨습니다."

"그래요."

체임벌린이 말을 이어받았다.

"지난 수세기 동안 전쟁은 주로 땅, 여자, 돈을 얻기 위한 싸움이었지요. 질투심 혹은 모욕감 때문에 수천 명의 사람들이 전장에서 죽어갔습니다. 또 왕이나 대통령이 싸우라고 하니까 싸우는 경우도 많았지요."

체임벌린은 고개를 돌려 데이비드의 얼굴을 빤히 쳐다보았다.

"데이비드 폰더, 난 이거 하나는 분명하게 말할 수 있어요. 우리가 지금 싸우고 있는 이 싸움은 인간을 해방하기 위한 역사상 최초의 싸움입니다. 메인 주에서 입대한 병사들은 평생 흑인 얼굴을 본 적이 없어요. 하지만 모든 사람이 평등하게 태어났다는 것을 믿기 때문에 그 믿음을 실천하기 위하여 이렇게 싸우고 있습니다. 다시 말해서 이렇게 하는 것이 옳은 일이라고 생각하기 때문에 우리는 싸우고 있는 거예요."

대령은 잠시 동안 데이비드의 눈을 들여다보더니 천천히 고개를 돌려 전열을 재정비하고 있는 부하들을 내려다보았다.

"이 전쟁에 참가하기 위해 입대할 때 나는 그런 뚜렷한 소신이 있었어요. 하지만 이런 걸 기대한 것은 아니었어요."

그는 쪼그려 앉으면서 양발로 어렵사리 몸의 균형을 잡았다. 그는 바위를 뚫고 자라는 잡초를 무심히 잡아 뽑으면서 말했다.

"난 프레데릭버그 전투에도 참가했어요. 그게 대단한 전투라는 것은 당신도 잘 알지요?"

그건 질문이라기보다 진술에 가까웠다.

"북군의 병력 3천이 이런 돌 방어벽을 공격했어요. 해가 막 질 무렵에 들판을 건너 공격했지요. 그들은 우리가 50미터 지점에 접근하니까 일제사격을 해대더군요. 우리 병사들이 무더기로 쓰러졌어요. 병사들이 쓰러지는 모습은 엉성한 연극을 끝낼 때 재빨리 내려오던 무대 커튼과 비슷했어요. 그 공격은 실패로 돌아갔지만 나는 방어벽 바로 앞까지 갔었어요. 나는 너무 겁이 나서 꼼짝도 못하고 밤새 거기 엎드려 있었어요. 춥기는 또 얼마나 추웠는지 몰라요. 나는 온기를 찾아서 시체 더미 속으로 파고들어갔어요. 우리 편에서 총격을 가하면 적도 반격을 했지요. 픽! 픽! 픽! 그런 소리가 계속 났어요. 그건 시체에 총알이 박힐 때 나는 소리였지요. 살아 있는 사람의 몸에 총알이 박힐 때 나는 소리와는 아주 달랐어요."

체임벌린은 그 기억을 털어버리려는 듯 고개를 세차게 흔들었다.

"그건 과거의 일일 뿐이지요."

그가 일어서면서 말했다. 그는 다시 바위틈에서 잡초를 뽑아 들고, 그것을 지휘봉 삼아 방어벽을 가리켰다.

"그런 일이 여기서는 절대 되풀이되지 않을 거예요. 이 방어벽은 어쩌면 오래 못 버틸지도 모릅니다. 이젠 병력도 충분하지 않지요."

그는 잡초를 땅에 내버렸다.

"하지만 한 가지 느낌은 확실해요. 만약 우리가 이 전투에서 진다면, 전쟁은 끝난 거나 마찬가지예요."

데이비드는 대령 옆에 나란히 섰다.

"그런데 왜 이 지역을 방어하겠다고 선택한 거지요?"

"내가 선택한 게 아니에요."

체임벌린이 냉담하게 말했다.

"빈센트 대령이 오늘 아침 나를 여기에 배치한 거예요."

"왜 그가 당신을 여기에 배치했죠?"

데이비드가 물었다.

"우리는 북군 전열의 가장 왼쪽 끝이에요. 83펜실베이니아 연대가 우리 오른쪽에 포진하고 있지만, 우리 왼쪽은 아무도 없어요. 우리 부대는 여기서 게티즈버그에 이르는 전열의 맨 왼쪽을 담당하고 있어요. 만약 남군이 우리의 방어벽을 돌파하여 북군의 대포와 전열을 뒤에서 공격한다면 우리 포토맥 군은 끝장나게 되지요. 8만 명의 북군 병사가 후면의 언덕에서 무차별 공격 하는 적군에 무방비로 노출되는 겁니다. 만약 그런 일이 벌어진다면, 그건 나 때문에 그렇게 되는 거지요."

바로 그 순간, 언덕 아래쪽에서 우레와 같은 함성이 들려왔다. 수천 명의 병사들이 일제히 고함을 질러대는 것이었다. 적군의 함성이었다. 그들이 다시 공격에 나선 것이었다. 데이비드는 가파른 언덕 위로 올라오는 병사들의 모습을 나뭇가지 사이로 볼 수 있었다. 대포알이 여기저기서 터지는 순간, 체임벌린은 데이비드를 도와 바위에서 내려오고 있었다. 포탄은 그들이 서 있는 바위 바로 아래에서 터졌다. 두 사람은 그 충격으로 몸이 공중에 붕 떴다가 땅에 떨어졌다. 데이비드는 땅에 떨어지는 순간, 거대한 진공청소기가 그의 몸에서 공기를 다 빼가는 것 같았다. 그가 자신의 부상 여부를 살피기도 전에, 아니 숨쉴 수 있는지 알아보기도 전에, 대령이 그의 팔을 잡아당겨 안전한 방어벽 뒤로 끌고 갔다.

데이비드는 숨쉬기 위해 안간힘을 쓰면서도 적들이 현재 포격만 한다는 것을 알아차렸다. 하지만 적군들이 언덕 위로 올라오면서 내지르는 소름 끼치는 함성은 여전히 들려왔다. 그는 몸을 돌려 무릎을 꿇으면서 방어벽 너머 적의 움직임을 살펴보았다. 그들은 아주 가까운 곳에 있었다. 남군은 이제 데이비드의 무릎으로 뛰어들 기세였다. '사격!' 그는 생각했다. '일제사격! 그들이 아주 가까이 왔다!'

아주 오랜 시간이 흘러간 것 같았다. 마침내 데이비드는 체임벌린이 소리치는 것을 들었다.

"일제사격!"

총구가 일제히 불을 뿜었다. 총격은 데이비드의 바로 옆에서 시작되어, 마치 퓨즈에 불이 붙듯이 오른쪽으로 번져나갔다. 첫 번째 일제사격에 수십 명의 적군이 쓰러졌다. 그 직후 적군은 나무 뒤에 몸을 가리기 시작했지만 계속 전진했다.

이제 총격은 계속되었다. 마치 천둥과 우레가 상승작용을 일으켜 지진이 발생하는 것 같았다. 데이비드 바로 옆에 있던 병사가 총에 맞아 쓰러졌다. 그의 머리와 얼굴은 피범벅이었다. 그러나 놀랍게도 그 병사는 다시 일어나 주머니에서 손수건을 꺼내더니 이마를 꼭 동여맸다. 눈 속으로 스며드는 피를 옷소매로 쓱 훔쳐낸 뒤, 그는 소총을 집어 들어 장전을 하고 다시 발사했다.

체임벌린은 이제 부하들을 지휘하느라고 데이비드에게서 좀 떨어진 곳에 있었다. 방어벽 바로 아래쪽에 몇 명의 적군이 접근해왔다. 이제 총격은 서로 상대방의 얼굴을 쳐다보며 쏘아대는 아주 가까운 거리의 사격이었다. 데이비드는 대령이 권총을 뽑아 드는 것을 보았다. 체임벌린과 적군의 거리는 불과 1미터. 대령과 적군은 서로에게 총을 겨누었다. 곧 남군 병사가 붉은 피 안개를 뿜으며 쓰러졌다. 체임벌린은 주위의 적군을 향해 무차별 사격을 가했다. 그러다 적군은 느닷없이 퇴각하기 시작했다.

그들은 갑자기 나타난 것처럼 갑자기 사라졌다. 체임벌린의 부하들은 조심스럽게 일어서서 피해 상황을 살펴보았다. 데이비드는 저쪽으로 움직이는 대령을 향해 재빨리 걸어갔다. 대령이 걸어가고 있는 왼쪽의 돌무더기에는 청색 군복과 회색 군복의 시체들이 즐비했다. 대령은 나이 어린 동료를 가슴에 안고 울며 욕설을 해대는 병사 옆을 지나갔다.

체임벌린을 따라잡기 위해 달려가던 데이비드는 팔을 내뻗어 대령의 어깨를 살짝 쳤다.

"대령님?"

그가 말했다. 체임벌린은 계속 앞을 쳐다보면서 걸음을 멈추었다.

"대령님? 바쁘다는 것을 알기 때문에 방해하지는 않겠습니다. 하지만 내가 왜 여기 와 있는 거죠?"

체임벌린은 천천히 고개를 저었다.

"모릅니다. 당신이 여기 오리라는 것은 알고 있었지만."

"나는 분명 당신으로부터 배울 게 있다고 생각합니다."

데이비드는 호소하는 목소리로 말했다.

"아니, 확신합니다. 그게 뭐죠?"

대령은 슬쩍 웃으면서 눈썹을 치켜떴다. 그는 데이비드에게 몸을 돌리더니 말했다.

"나는 학교에서 수사학을 가르치는 선생이었습니다. 그런 나에게 배울 것이 있다고 생각되지는 않습니다. 나는 교사이기는 하지만 마음속에는 열정이 가득하고, 또 사람을 지도하겠다는 야망이 있습니다. 이 불쌍한 병사들……. 북군의 지도자들은 전술과 전략에 대하여 너무나 모릅니다. 하지만 폰더, 나는 끈질긴 사람입니다. 그게 내가 이 전투에서 발휘할 수 있는 가장 큰 장기예요. 내 마음 깊숙한 곳에는 무기력과 무능력을 증오하는 마음이 있습니다. 나는 오늘 죽을지도 모르지만, 등에 총알이 박힌 채 죽지는 않을 겁니다. 나는 결코 후퇴하다가 죽지는 않을 거예요. 그런 점에서 나는 사도 바울 같은 사람입니다. '나는 이것 한 가지는 확실하게 압니다…… 나는 나의 목표를 향해 줄기차게 나아갈 뿐입니다'라고 바울은 말했지요."

"나에게 건네주기 위해 써놓은 게 없습니까?"

데이비드가 물었다.

체임벌린은 잠시 어리둥절해하는 것 같았다. 그러다가 이해했다는 듯 대령의 눈이 반짝였다.

"그래요, 있어요. 잠시 깜빡했군요."

그는 주머니에서 자그마한 담배쌈지를 꺼냈다. 그 쌈지는 손에 딱 잡히는 진청색 물건으로, 덮개에는 전사의 상징인 X 자형 쌍칼이 새겨져 있었다. 덮개의 장식인 두 개의 황금 단추는 쇠를 도금한 것이었는데, 독수리 그림이 새겨져 있었다. 그것은 단단한 천으로 만든 쌈지였지만, 하도 자주 사용하여 반들반들했다. 그래도 아주 멋진 장교용 물건이었다.

체임벌린은 그 쌈지를 열어서 접혀진 자그마한 종이쪽지를 하나 꺼냈다.

"난 이걸 두 달 전에 써놓았어요."

대령은 그에게 종이를 건네주면서 말했다.

"지금은 뭘 썼는지 잘 기억이 나지 않아요. 당신 꿈을 꾸다가 한밤중에 깨어난 뒤 바로 쓴 것이에요. 하지만 여기에 써놓은 말은 나의 좌우명 같은 거랍니다. 늘 내 머릿속에 들어 있는 생각이고요. 나는 램프를 켜고 잉크병을 가져다가 그 생각을 여기에 적었어요. 당신에게 주려고요."

"감사합니다."

데이비드가 그 종이를 받아 들며 말했다.

"천만에요."

체임벌린이 말했다.

"당신과 나는 참 진기한 인연이군요. 그런데 당신은 여기서 어떻게 빠져나갑니까?"

데이비드가 종이를 쳐들었다.

"걱정할 것 없어요. 난 이 종이를 읽기만 하면 된답니다……."

데이비드가 가볍게 손가락 꺾는 소리를 냈다.

"그러면 난 사라질 겁니다."

체임벌린은 주위를 돌아다보았다. 막내 톰이 다른 병사들과 함께 자신에게로 다가오는 것을 보더니, 대령은 데이비드의 어깨에 손을 얹고서 어깨를 살짝 꼬집으며 말했다.

"데이비드, 그렇다면 지금 즉시 읽어보는 것이 좋겠어요."

그는 동생 톰 중위에게 가려다 말고 몸을 돌려 데이비드를 쳐다보았다. 대령은 아직도 그 작은 담배쌈지를 쥐고 있었다. 그는 손을 내밀어 데이비드에게 그 쌈지를 주었다.

"이제 더 이상 담배를 보급받을 가능성도 없으니, 이건 당신이 가지세요."

체임벌린이 말했다. 데이비드는 아무 말 하지 않고 그 선물을 받았고, 대령이 걸어가는 것을 지켜보았다. 이제 혼자가 된 그는 빨리 그 종이를 읽고 여기서 벗어나고 싶었다. 하지만 어찌 된 일인지 데이비드는 좀 더 머물면서 현장을 지켜보고 싶다는 생각이 들었다.

데이비드는 체임벌린이 준 쪽지를 담배쌈지에 집어넣은 다음, 그 쌈지를 청바지 주머니에 찔러 넣고서 대령을 둘러싼 사람들 곁으로 다가갔다. 연대 깃발을 들고 있는 강인한 사나이 토지어 상사도 그곳에 있었다. 토지어는 전투에서 부상당한 어깨 상처에 두터운 헌옷 뭉치를 박아 넣고 있었다.

"83펜실베이니아 연대에서는 지원이 어렵답니다."

토지어가 긴박한 목소리로 말했다.

"그들도 피해가 막심해요. 83연대는 방어선을 약간 넓게 펼치기로 했답니다. 이러다간 측면이 뚫려 몰살당할지도 몰라요."

"우리도 전열을 좀 늘릴 수 없을까?"

체임벌린이 물었다.

"더 이상 늘릴 병력이 없어요."

그의 동생 톰 중위가 말했다.

"병력의 절반 이상이 죽었어요."

"탄약 상황은 어때?"

"엄청 쏴댔어요."

"그래, 엄청 쏴댔지! 하지만 탄약이 얼마나 남아 있는지 알고 싶군."

"알아보겠습니다. 대령님."

톰이 체크하러 가기 위해 떠나자 나무 위에 올라가 있던 젊은 군인이 대령 쪽으로 소리쳤다.

"대령님, 저들이 다시 공격 대형을 편성하고 있습니다."

체임벌린은 고개를 들어 언덕 아래쪽을 경계하는 병사를 쳐다보았다.

"지금 활발하게 대형을 짜고 있어요."

병사가 말했다.

"병력이 증가된 것 같습니다. 이번에는 더 많은 병력이 몰려오려나 봐요."

"대령님!"

루엘 토머스 상사가 숨을 헐떡거리며 대령 일행에게 달려왔다.

"체임벌린 대령님……대령님……빈센트 대령이 돌아가셨습니다."

"확실해, 상사?"

"예, 대령님. 그분은 전투 초반에 부상을 당하셨습니다. 우리의 전면에서 위드의 여단이 버텨주었는데, 이제 위드도 죽었습니다. 게다가 헤이즐렛의 포대도 밀려났습니다. 헤이즐렛 또한 죽었습니다."

그때 톰 중위가 헐레벌떡 달려왔다.

"대령님, 우린 탄약이 거의 다 떨어졌어요. 일제사격을 한두 번 하면 끝입니다. 일부 병사는 아예 총알이 없어요."

체임벌린은 오른쪽에 서 있던 호리호리한 남자에게 고개를 돌렸다. 그는 일등 상사 엘리스 스피어였다.

"스피어."

대령이 조용한 목소리로 말했다.

"병사들에게 부상병과 전사자의 탄약을 회수하라고 해."

"대령님, 퇴각을 검토해야 하는 게 아닐까요?"

스피어가 조심스럽게 말했다.

"상사, 우린 절대 퇴각하지 않는다."

체임벌린이 비장한 목소리로 말했다.

"내 지시를 이행해주기 바란다."

"대령님."

토지어가 언성을 높였다.

"우리는 저들을 막아내지 못할 겁니다. 그건 대령님도 아시지 않습니까?"

"조슈아."

이번에는 톰 중위가 말했다.

"저기 그들이 다가옵니다."

데이비드는 그 상황의 절박함에 매혹되어 장교들의 이야기를 흥미롭게 들었다. 하지만 적군의 함성과 고함 소리가 언덕의 나무들을 뒤흔들자, 그는 온몸의 피가 차갑게 얼어붙는 것을 느꼈다. '이렇게 끌다가 체임벌린의 메시지를 못

읽을지도 몰라.' 그는 생각했다. '여기서 영원히 못 벗어날지도 몰라.' 그러나 담배 쌈지를 꼭 쥐는 순간, 평온함이 온몸에 밀려오면서 기다리고, 관찰하고, 들으면서 배우려는 충동이 솟구쳤다.

체임벌린은 방어벽 꼭대기에서 온몸을 훤히 드러낸 채 팔짱을 끼고서 다가오는 적들을 빤히 내려다보았다. 스피어 상사가 되돌아와서 대령의 발치에 섰다. 토지어, 톰, 멜처 중위 등이 대령의 근처에 모여들었다.

"조슈아! 명령을 내려주십시오!"

톰이 소리쳤다.

체임벌린은 마치 명상가처럼 가만히 서 있었다. 그는 깊은 생각에 잠긴 채 재빨리 상황을 점검하며 생각에 빠졌다. '우리는 퇴각할 수 없어. 그렇다고 여기에 머무를 수도 없어. 아무것도 하지 않는 것과 뭔가를 하는 것 중 하나를 선택해야 할 때, 나는 늘 행동하는 쪽을 선택했어. 나는 행동을 선택하는 사람이야.' 그는 적군에게 등을 보이며 발아래의 부하들을 내려다보았다.

"총검을 착검하라."

그가 말했다. 처음에는 아무도 움직이지 않았다. 그들은 입을 떡 벌린 채로 그를 올려다보기만 했다.

"우리는 언덕 아래로 달려 내려가는 이점이 있다."

체임벌린이 말했다.

"일제히 착검하라. 전 연대 병력을 결집하여 오른쪽으로 크게 회전하라. 먼저 왼쪽을 움직여라."

멜처 중위가 당황한 목소리로 크게 말했다.

"대령님, 오른쪽으로 크게 회전한다는 게 무슨 뜻입니까?"

하지만 대령은 이미 담벼락 아래로 뛰어내렸다. 옆에 있던 토지어가 대답했다.

"오른쪽으로 크게 회전한다는 것은 다시 말해 전면적인 공격에 나선다는 뜻이야."

데이비드는 체임벌린이 지휘관의 칼을 뽑아 들고 담벼락에 다시 뛰어올라 소리치는 것을 두려운 마음으로 지켜보았다.

"착검하라! 착검! 착검!"

대령은 칼을 들어 데이비드 쪽을 한 번 가리키더니 고개를 살짝 숙이며 목례를 보냈다. 이어 그는 하늘 높이 칼을 쳐들며 불가능한 확률을 향해 몸을 내던졌다. 정의로움과 두려움에서 솟구치는 저 엄청난 힘을 발산하면서, 메인 주출신의 교사는 부하들에게 소리쳤다.

"돌격하라! 돌격하라! 돌격하라!"

부하들은 총검을 앞세우고 돌격했다. 부하들은 우레와 같이 돌무더기를 뛰어넘어가며 지휘관의 지시를 일제히 복창

했다. "돌격하라! 돌격하라! 돌격하라!"

데이비드는 방어벽 쪽으로 달려가 언덕 아래를 내려다보았다. 그는 다가서던 남군 병사들이 그 자리에 멈춰 서는 것을 보고 깜짝 놀랐다. 남군 병사들은 일제히 몸을 돌려 달아나기 시작했다. 몇몇 용감한 병사가 총을 쏘는 시늉을 했지만, 곧 총을 내버리고 달아났다. 데이비드는 언덕 아래 약 70미터 지점에 서 있는 체임벌린을 보았다. 그는 왼손으로 나뭇가지를 잡고 오른손의 칼로 적군 장교의 목을 겨누고 있었다. 그 장교는 두 손을 번쩍 치켜들고 있었다. 전투는 끝난 것이었다.

데이비드는 돌무더기를 넘어가 담벼락 밑에 앉았다. 그리고는 벽에 등을 기댄 채 청바지 주머니에서 담배쌈지를 꺼냈다. 데이비드는 언덕 아래를 내려다보면서 손가락으로 쌈지의 부드러운 표면을 쓰다듬었다. 그는 쌈지를 얼굴 가까이 가져다 대고 흙, 땀, 담배 등이 뒤범벅된 그 냄새를 맡아 보았다. 데이비드는 덮개의 단추를 끄르면서 체임벌린이 써 준 종이를 꺼냈다. 그는 마지막으로 언덕 아래를 한 번 내려다보고 심호흡을 하면서 그 종이를 펼쳤다.

나는 행동하는 사람이다

오늘부터 나는 새로운 나를 창조함으로써 새로운 미래를 만들 겠다. 나는 낭비한 시간, 잃어버린 기회를 아까워하며 절망의 구렁 텅이에 빠지지 않겠다. 과거의 일은 아무리 사소한 것이라도 바꿀 수 없다. 하지만 나의 미래는 곧 다가온다. 나는 미래를 양손으로 움켜쥐면서 적극적으로 미래를 개척해나가겠다. 아무것도 하지 않는 것과 뭔가 해야 하는 것 중 하나를 선택하라면, 나는 늘 행동 하는 쪽을 선택하겠다! 나는 이 순간을 잡는다. 지금을 선택한다.

나는 행동하는 사람이다. 나는 언제나 활발하게 행동하는 습 관을 들일 것이고, 늘 미소를 잊지 않을 것이다. 나의 정맥 속으 로 흘러드는 생명의 피는 행동과 성취를 향하여 더 멀리, 더 높 이 나아가라고 권유한다. 게으른 자에게는 부와 번영이 따라오 지 않는다.

나는 행동하는 사람이다. 나는 리더이다. 리드하는 것은 행동 하는 것이다. 리드하기 위해 나는 앞으로 움직여나가야 한다. 늘 달리는 사람에게는 많은 사람들이 길을 비켜준다. 나의 행동은 나를 따르는 사람에게 성공의 파도를 일으킨다. 나의 행동은 한

결같을 것이다. 이것은 나의 리더십에 자신감을 불어넣어준다.

나는 행동하는 사람이다. 나는 결정을 내릴 수 있다. 그것도 지금 당장. 왼쪽으로도 오른쪽으로도 움직이지 않는 사람은 평범한 사람이 될 수밖에 없다. 하느님은 나의 행동을 기다리고 계신다! 하느님은 나에게 정보를 수집하여 분류하는 머리와 결론에 도달하는 용기를 주셨다. 나는 결정을 잘못 내릴 것을 두려워하는 우유부단한 사람이 아니다. 나의 체질은 강인하고, 나의 앞길은 분명하다. 성공하는 사람은 재빨리 결정을 내리고 자신의 마음을 천천히 바꾼다. 반대로 실패하는 사람은 결정을 천천히 내리고 마음을 재빨리 바꾼다. 나는 빨리 결정을 내리고, 그것은 나를 승리로 이끌어준다.

나는 행동하는 사람이다. 나는 과감하다. 나는 용감하다. 이제 내 인생에서 두려움은 더 이상 발붙일 자리가 없다. 나는 두려움이 증기 같은 것이라고 생각하며, 그것이 다시는 내 인생을 짓누르도록 내버려두지 않겠다! 나는 실패를 두려워하지 않는다. 실패는 그만두기를 좋아하는 사람에게나 있는 것이다.

6

콜럼버스

이번에는 심한 구토가 몰려왔다. 멀미하는 느낌 때문에 숨을 제대로 쉬기조차 힘들었다. 그러다가 데이비드는 천천히 눈을 떴다. 가만히 살펴보니 그는 배 안에 있었다.

주위는 깜깜했다. 하지만 데이비드는 별빛 속에서 물을 볼 수 있었다. 그건 바다였다. 짠물 냄새를 맡으니, 아내 엘렌과 딸 제니와 함께 해변으로 바캉스를 다녀왔던 때가 생각났다. 서서히 주위의 형상을 알아보게 되자, 배의 요동이 아까처럼 고통스럽지 않았다. 주위를 더듬으면서 살펴보니 자신은 감아놓은 커다란 밧줄 더미 위에 앉아 있었다. 아니, 밧줄인지 뭔지 확실치 않았으나 그의 생각에 밧줄인 것 같았다. 그것은 그가 집 안에서 사용하던 밧줄보다 더 단단하고, 더 울퉁불퉁했다. 풀로 만든 밧줄 같았다.

데이비드는 그 밧줄을 더듬으면서 자신이 아직도 한 손에 체임벌린의 편지를, 다른 손에는 담배쌈지를 들고 있는 것을 발견했다. 쌈지를 아직 가지고 있는 것이 신기하기도 하고 놀랍기도 했다. 그는 그 종이를 황급히 쌈지 안에 집어넣고 덮개의 단추를 잠갔다.

이어 그는 트루먼 대통령과 솔로몬 왕으로부터 받은 종이쪽지도 생각났다. 그는 그 귀중한 종이를 윗주머니에서 꺼내 체임벌린이 준 쌈지에 집어넣고 청바지 주머니에다 찔러넣었다.

데이비드는 천천히 밧줄 더미 위에서 일어섰다. 고개를 들어 범선의 돛을 보면서 미소 지었다. 어릴 적 아버지와 돛단배를 타던 기억이 났다. 자그마한 호수에 띄웠던 그 작은 돛단배. "아버지가 이런 큰 배에 올라탔더라면 정말 재미있어하셨을 거야!" 그는 큰 소리로 말했다. 그러다가 곧 얼굴을 찌푸렸다. "아버지, 지금 어디 계세요?" 그는 속삭이듯 말했다.

데이비드는 갑자기 고독감과 피곤함이 몰려오는 것을 느꼈다. 밧줄 더미에 다시 주저앉은 그는 고개를 뒤로 젖히며 하늘을 쳐다보았다. 그의 눈에서 눈물이 솟구쳤다.

아내를 다시 만나볼 수 있을까? 딸아이는 지금 무엇을 하고 있을까? 예쁜 우리 딸 제니. 아내와 딸은 지금 무슨 생각을 하고 있을까? 겁을 먹고 있을까? 아니면 행복할까? 시간은 또 얼마나 흘러갔을까? 10분이 흘러간 걸까…… 아니면

100년이?

* * *

"이봐요, 친구. 일어나시오!"

누군가 그의 소매를 잡아당기는 것을 느끼면서 데이비드는 눈을 떴다. 주위는 아직 어두웠지만, 그는 꽤 오랫동안 잠든 것 같았다.

"자, 일어나서 나와 함께 갑시다."

그 사람은 바쁜 목소리로 말했다. 억지로 일어난 데이비드는 키가 작고 땅딸막한 그 사람을 따라갔다. 그는 통, 밧줄, 막대 등을 가볍게 피하면서 배의 한가운데로 나아갔다.

데이비드는 그 사람을 따라가려다가 여러 번 물건에 발이 걸려 넘어질 뻔했다. 마침내 그 남자는 돛대의 밑동 부분에서 멈춰 섰다. 돛대는 한 아름드리가 훨씬 넘을 법한 커다란 기둥으로, 어둠 속에 우뚝 솟아 있었다. 그는 데이비드 쪽은 쳐다보지도 않고 "올라갑시다"라고 간단하게 말하더니, 따라오라는 신호를 보냈다.

그 남자는 금세 보이지 않을 정도로 재빨리 돛대 위로 올라갔다. 데이비드도 서둘러 올라가려고 했으나, 거미줄 속을 기어가는 것 같아서 속도가 잘 나지 않았다. 곧 그 남자가 손을 뻗어 그의 셔츠를 잡아당겼다. 작은 남자는 힘이 엄청 셌다. 그는 데이비드를 잡아당겨 돛대 끝부분의 망대 난간을 넘어 망대 안으로 들어오게 했다. 두 사람은 이제 망대 안에 서 있었다.

그 남자는 조금 전 잡아당겼던 데이비드의 셔츠를 반듯하게 펴주더니, 양손으로 데이비드의 어깨를 가볍게 감싸 쥐었다.

"환영합니다, 나의 친구."

그가 차분하지만 열정이 넘치는 목소리로 말했다.

"당신을 만나게 되어 반갑습니다. 당신의 이름은?"

"데이비드, 데이비드 폰더입니다."

"아, 세뇨르 폰더. 당신을 데이비드라고 불러도 될까요?"

"네, 물론입니다."

"좋습니다. 당신은 배가 고픕니까?"

"아니요. 배고프다기보다는 나는 지금……."

"좋습니다! 우리는 지금 먹을 것이 부족합니다. 그나마 약간 있는 것도 벌레가 꾀었어요!"

데이비드는 몸을 움찔했다.

"하지만 아무 문제도 없습니다. 당신도 보다시피 우리의 여행은 거의 끝나가고 있으니까요."

남자가 말했다.

주위는 어두웠지만 바다 표면에서 반사되는 은은한 불빛이 망대를 비춰주고 있었다. 데이비드는 이제 그 남자를 뚜렷하게 볼 수 있었다. 아주 곱슬곱슬한 붉은색 도는 갈색 머리가 거의 어깨까지 내려와 있었다. 초록색의 삼각 펠트 모자는 뒤로 약간 젖혀져 있는데, 불쑥 나온 앞부분이 하늘을 가리키고 있었다. 단단한 캔버스 천 재킷을 빼놓고 그의 나머지 옷들은 너덜너덜한 상태였다. 바지의 해어진 무릎 부분은 여러 겹으로 접혀져 있었고, 구두는 신지 않은 거나 다름없었다. 구두라기보다 가죽으로 발을 간신히 가린 것에 지나지 않았다.

"제가 선생님의 이름을 여쭤봐도 될까요?"

데이비드가 물었다.

"물론이죠."

그 남자가 깜빡했다는 듯이 손가락으로 자기 머리를 가리켰다.

"제가 정말 실례를 저질렀군요! 나는 콜론 선장입니다. 산타마리아 호의 선장인 크리스토발 콜론입니다. 언제라도 당신을 도와드리고 싶습니다."

그는 고개를 약간 숙이면서 목례를 보냈다.

"콜론? 콜럼버스? 당신은 크리스토퍼 콜럼버스인가요?"

"그렇습니다."

그 남자가 약간 당황하면서 미소를 지어 보였다.

"콜럼버스는 내 이름을 영어식으로 읽은 것이지요. 하지만 당신의 포르투갈어는 아주 완벽하군요. 그래서 나는 당신이 콜론이라는 이름을 더 편안하게 생각할 걸로 알았답니다."

데이비드가 빙긋이 웃었다.

"사실 나는 오늘 밤에야 포르투갈어를 할 줄 알게 되었습니다."

콜럼버스는 데이비드가 왜 웃는지 알 수 없다는 듯이 고개를 갸우뚱했다. 콜럼버스는 양손을 맞잡고 힘차게 비벼대면서 화제를 바꾸었다.

"당신이 오늘밤 무슨 일을 하든 간에, 이 밤은 곧 끝나게 되어 있습니다. 곧 태양이 환히 비춰올 것입니다!"

그가 말했다. 망대에서는 배의 요동이 더욱 심하게 느껴졌다. 하지만 데이비드는 그 외에는 아주 편안했고, 심지어 아늑한 기분마저 들었다. 망대에서 보니 그들이 타고 있는 배는 대양의 거대함과 비교해볼 때 아무것도 아니라는 생각이 들었다. 그야말로 일엽편주였다. 길이가 60미터 정도인 산타마리아 호는 부드러운 파도를 넘으면서 앞으로 나아가고 있었다. 데이비드가 고개를 돌려 뒤를 보니 두 척의 배가 따라오고 있었다. 100미터 정도 떨어진 곳에 위치한 두 배는 산타마리아 호를 좌우에서 호위하며 파도를 넘고 있었다.

"니냐 호와 핀타 호입니까?"

데이비드가 물었다.

"그렇습니다. 바다에서 단단히 한몫하는 배들이지요. 이 배처럼 호화롭지는 않지만."

그는 양팔을 활짝 벌리면서 산타마리아 호의 갑판을 가리켜 보였다. 데이비드는 웃음이 나오려는 것을 억지로 참았다.

"당신은 지금 당신이 어디에 있는지 아십니까?"

데이비드가 물었다.

"물론이죠."

콜럼버스가 미소 지었다.

"나는 지금 여기에 있습니다! 당신은 당신이 어디에 있는지 아십니까?"

데이비드는 주위를 한 번 둘러보았다.

"대서양인가요?"

"좋습니다, 좋아요!"

콜럼버스가 데이비드의 등을 가볍게 두드리며 말했다.

"당신은 훌륭한 항해가로군요!"

데이비드는 약간의 당황감과 불안감을 느꼈다. 그는 다시 말을 꺼냈다.

"당신은 정말 당신이 어디에 있는지 모른단 말입니까?"

"그게 내가 이루어낼 수 있는 일과 무슨 상관입니까?"

콜럼버스가 오히려 반문했다.

"당신의 말씀을 잘 이해하지 못하겠습니다."

데이비드가 말했다.

"나는 어릴 때부터 그 비슷한 질문을 많이 받아왔습니다. 너는 네가 어디에 있는지 알고 있니? 너는 네가 누구인지 알고 있니? 콜론, 넌 무식해. 콜론, 넌 가난해. 넌 직공의 아들이야! 네가 바다에 대해서 도대체 뭘 알아?"

콜럼버스는 그런 질문들이 혐오스럽다는 듯이 고개를 가로저었다.

"'너는 네가 어디에 있는지 아니?'라는 질문은 나에게 어떠한 영향도 미치지 못합니다. 차라리 내게 이렇게 물어보십시오. 그러면 나는 대답할 말이 있습니다. '넌 네가 어디로 가고 있는지 아니?' 자, 한번 물어보십시오."

"뭐라고요? 그러니까 저보고 그 질문을⋯⋯?"

"예, 어서 나에게 그 질문을 던져보십시오."

"좋습니다."

데이비드가 어깨를 한번 으쓱했다.

"당신은 지금 당신이 어디로 가고 있는지 아십니까?"

지금껏 두 사람은 망대에서 아주 차분한 목소리로 대화를 나눠왔다. 그러나 콜럼버스가 기다리던 질문을 해주자, 그는 아주 큰 소리로 대답했다. 바다 멀리 퍼져나가는 그 목소리는 마치 하느님의 목소리처럼 들렸다. 그는 오른손을 번쩍 들어 서쪽 하늘을 가리키면서 말했다.

"예! 예! 나는 내가 지금 어디로 가는지 알고 있습니다! 나는 신세계로 가고 있습니다!"

어둠을 가리키는 항해가의 모습을 보면서, 데이비드는 등골에 전율이 흐르는 것을 느꼈다. 잠시 동안 두 사람은 아무 말도 없었다. 데이비드는 가볍게 헛기침을 하면서 그 침묵을 깨뜨렸다.

"에스파냐를 떠난 지 얼마나 되었습니까?"

"오늘로 64일입니다."

콜럼버스가 팔을 거둬들이면서 말했다.

"오늘은 신대륙을 보게 될 겁니다. 우리 뒤를 한번 보십시오."

콜럼버스는 고개를 돌려 동쪽 하늘이 밝아오는 것을 보았다.

"산타마리아 호에 환한 아침이 오면 당신은 신대륙을 보게 될 겁니다. 나무와 과일과 동물과 우리를 영웅으로 환영하는 사람들로 가득 찬 아름다운 땅을 말입니다! 땅에서는 차가운 샘물이 펑펑 솟아날 겁니다. 물방울은 다이아몬드처럼 영롱하게 빛날 것입니다! 그곳은 인간의 꿈이 실현되는 장소가 될 것입니다. 크리스토발 콜론이 페르디난드 왕과 이사벨라 여왕의 이름으로 소유권을 주장하게 될 영광스러운 신세계가 될 겁니다."

데이비드는 몸을 앞으로 숙이면서 망대의 테두리를 가볍게 잡았다.

"신세계의 주인은 페르디난드 왕과 이사벨라 여왕이 되는 건가요?"

그가 물었다. 콜럼버스는 고개를 끄덕였다.

"그분들은 이 원정 사업의 재정적 후원자입니다. 나의 조국 포르투갈의 후안 왕은 다른 나라의 왕과 여왕이 그랬던 것처럼 이 사업을 무시했습니다. 그래서 이 사업의 스폰서를 찾는 데 19년이나 걸렸지요. 나는 지난 19년 동안 나의 신념 때문에 공개적으로 모욕당하는 고통을 견뎌왔습니다."

"어떤 신념?"

데이비드가 물었다.

"그 신념은……."

갑자기 콜럼버스의 목소리가 커졌다.

"아니, 그건 신념이 아니라 절대적인 확신이었습니다. 서쪽으로 항해하면 새로운 무역로를 개발할 수 있다는 확신! 그래서 우리는 지금 서쪽으로 가고 있는 겁니다!"

콜럼버스는 데이비드의 어깨를 다시 한 번 부여잡으면서 격한 어조로 말했다.

"친구! 이 세상은 공처럼 둥급니다! 절대 평평하지 않아요! 우리는 구체의 부드러운 표면을 따라 항해하면 지구를 일주할 수 있습니다. 우리는 절대 바다의 절벽 아래로 떨어지는 일이 없어요!"

"지구가 둥글다는 것을 믿는 사람은 당신뿐입니까?"

"현재로서는 그렇지요. 하지만 그건 조금도 문제가 안 돼요. 진실은 어디까지나 진실이니까요. 1천 명의 사람들이 어리석은 어떤 것을 믿는다 해도 그건 여전히 어리석은 일일 뿐입니다. 진실은 여론에 의존하는 것이 아니에요. 차라리 나 혼자일지라도 평범한 사람들의 평범한 헛소리를 따르는 것보다는 내 마음속의 진리를 따르는 것이 더 좋아요."

"당신은 그게 조금도 문제가 되지 않는다고 말씀하셨습니다. 사람들이 당신을……그러니까, 흠……미쳤다고 생각해도요?"

데이비드가 말했다.

"이봐요, 친구."

콜럼버스가 미소를 지으며 말했다.

"다른 사람이 당신을 어떻게 생각하는지 신경 쓰다보면 당신은 자신의 의견보다 남들의 의견을 더 믿게 될 거요. 남들의 의견과 허가를 받아야 하는 사람? 그런 사람의 미래는 보잘것없어요. 이걸 꼭 기억하세요. 남의 비판을 무서워한다면, 당신은 아무것도 못하다가 죽고 말 거예요."

데이비드는 얼굴을 찌푸렸다.

"하지만 그토록 많은 사람이 당신에게 반대한다면……어떻게 일을 시작할 수 있습니까?"

"일을 시작하는 거나 마치는 거나 모두 여행의 한 부분입니다. 여행에 나서려면 먼저 열정이 있어야 합니다."

콜럼버스는 생각에 잠긴 어조로 말했다. 데이비드는 위대한 항해가를 멍하니 쳐다보았다.

"열정!"

그가 다시 힘이 들어간 목소리로 나직하게 말했다.

"그래요, 열정이 있어야 합니다. 열정은 마음의 산물입니다. 열정은 멋진 꿈을 가진 사람을 도와주는 힘입니다. 열정은 확신을 낳고, 평범한 사람을 뛰어난 사람으로 만들어줍니다! 당신에게 열정이 있으면 다른 사람들도 그 열정에 감화되어 당신의 꿈을 실현하는 일에 도움을 줍니다. 열정만 있으면 이 세상에서 극복하지 못할 어려움은 없습니다. 그 누구도 당신의 행동을 멈추지 못합니다!"

데이비드가 또 다른 질문을 던지려 하자, 콜럼버스는 손을 내저으며 막았다.

"내 이야기가 아직 다 끝나지 않았습니다. 잠시만 더 들어주십시오."

데이비드는 입을 다물고 콜럼버스의 시선을 따라 서쪽 하늘을 쳐다보았다. 이제 해가 그들 뒤의 수평선에서 떠올라 탁 트인 바다 위를 밝게 비춰주고 있었다. 콜럼버스는 온몸의 힘을 모아 먼 곳을 응시하면서 앞을 내다보았다. 잠시 그는 아무 말이 없었다. 1분, 2분……그리고 10분이 흘러갔다. 멀리 수평선을 바라 보는 그의 눈만 깜빡거릴 따름이었다. 30분쯤 지난 뒤, 콜럼버스는 상체를 곧추세우면서 눈을 비볐다.

"아무것도 안 보입니까?"

데이비드가 부드럽게 물었다.

"아니요, 뭔가 보입니다."

콜럼버스가 대답했다.

"뭐라고요?"

데이비드가 당황하면서 주위를 재빨리 돌아보았다.

"땅이 보인다고요?"

"예."

위대한 항해가가 간단히 대답했다. 데이비드는 얼굴을 찌푸렸다. 그는 콜럼버스가 보았다는 것을 볼 수가 없었다.

"그걸 나에게 가리켜 보일 수 있나요?"

"세뇨르 폰더. 당신은 엉뚱한 곳을 바라보고 있습니다. 오늘 당신은 산타마리아의 뱃머리에서는 땅을 보지 못할 것입니다. 하지만 내 눈동자를 들여다보면 땅을 볼 수 있을 겁니다."

콜럼버스가 말했다. 데이비드는 고개를 돌렸다. 그는 사기를 당한 느낌이 들었던 것이다.

"그러니까 땅은 없다는 거군요?"

그가 화난 목소리로 확인했다.

"아니요, 땅은 있습니다. 바로 저기에 있지요."

그가 뱃머리 저 너머를 가리켰다.

"나는 지금 당신의 얼굴을 보듯 그 땅을 볼 수가 있습니다. 지난 20년 동안 나는 그 땅을 보아왔습니다. 그리고 내일이 되면 당신도 그 땅을 보게 될 겁니다. 산타마리아의 뱃머리에 아침이 찾아오듯이 그 땅도 뱃머리 앞에 우뚝 나타날 것입니다."

잠시 동안 데이비드는 숨을 멈추었다. 미풍이 불어와 그의 머리카락을 가볍게 뒤흔들었다. 하지만 데이비드는 개의치 않고 상대방의 눈을 계속 쳐다보았다. 그는 거기서 이 운명의 여행을 떠나게 한 열정과 신념을 보았다.

"엘 카피탄(선장님)!"

그 소리에 데이비드가 눈을 깜빡거렸다. 갑판에서 부르는 소리 때문에 그 마법의 순간은 깨져버렸다.

"엘 카피탄!"

두 사람은 망대 가장자리 너머로 아래를 내려다보았다. 돛대 기둥에는 네 명의 남자들이 모여 있었다. 그들은 콜럼버스에게 어서 내려오라는 신호를 보냈다. 콜럼버스는 입술을 굳게 다물더니 한숨을 내쉬었다.

"문제가 있나요?"

데이비드가 물었다. 망대의 가장자리로 다리를 올려놓으면서 콜럼버스가 대답했다.

"그런 것 같아요. 저들은 간부 선원입니다."

데이비드도 날렵한 항해가의 뒤를 따라 내려갔다. 마침내 두 사람이 갑판에 내려서자, 선원들이 중구난방으로 불평들을 터뜨렸다. 선장과 똑같은 복장의 일등항해사는 키가 크고 몸집이 단단한 남자였다. 그는 기다란 머리카락을 말총머리로 땋아서 그 양쪽을 셔츠 앞부분에 단정하게 올려놓았고, 다른 세 사람과 마찬가지로 깨끗하게 면도를 하고 있었다. 일등항해사 후안 가르송은 나머지 사람들에게 조용히 하라고 손짓한 다음, 일행을 대표하여 선장에게 말했다.

"엘 카피탄, 항해사들은 의견이 통일되었습니다. 이 여행은 더 이상 해봐야 아무 소용이 없습니다! 이제 돌아가야 합니다."

콜럼버스는 선원들을 돌아다보며 말했다.

"하지만 우리는 이제 목적지에 거의 다 왔습니다. 여행의 가장 어려운 부분은 지나갔어요! 내일이면 당신들은 땅을 보게 될 겁니다. 나무와 과일과 동물과 우리를 영웅으로 환영하는 사람들로 가득 찬……."

"그만하십시오."

후안 가르송이 말했다.

"그 얘기라면 지난 몇 주 동안 신물나게 들어왔습니다. 선장님, 선장님도 선원들이 이제 한계에 도달했다는 것을 알고 계시죠?"

콜럼버스는 차가운 미소를 지었다.

"내 눈에는 자신의 한계가 무엇인지 모르는 사람들만 보일 뿐 입니다."

후안 가르송은 분노를 가라앉히려는 듯 잠시 눈을 감았다가 떴다.

"선장님! 갑판 선원들과 저는 이미 돌아가기로 결정했습니다. 우리는 이제 이런 무의미한 여행을 더 이상 감당할 수 없습니다."

가르송과 다른 선원들은 최후통첩을 했다는 듯 몸을 돌려 그 자리를 떠나려고 했다. 그때 선장의 우렁찬 목소리가 그들을 멈춰 세웠다. 항해사들은 몸을 돌려 선장을 쳐다보았다.

"여러분!"

콜럼버스가 이번에는 약간 목소리를 낮추었다.

"우리가 가지고 있는 물과 식량은 앞으로 열흘도 못 버틴다는 것을 알고 있죠? 지금 와서 돌아간다는 것은 어리석은 짓밖에 안 됩니다. 그건 실패를 의미할 뿐만 아니라, 확실한 죽음의 길입니다. 여러분, 나는 하느님의 이름으로 당신들이 좀더 깊이 생각해볼 것을 요청합니다. 우리는 이제 바다에 나온 지 64일이나 되었습니다. 도대체 어느 항구로 돌아간단 말입니까? 우리가 나아가야 할 길은 전진뿐입니다. 우리의 희망은 줄기차게 달려나가는 것뿐입니다!"

고참 선원들은 모두 고개를 푹 숙인 채 서 있었다. 그들은 콜럼버스의 말에 설득당했을 뿐만 아니라, 또 패배당했다는 것을 알았다. 가르송이 입을 열었다. 아까와는 사뭇 다른 부드러운 목소리였다.

"선장님, 그게 현실적입니까? 우리가 과연 땅을 발견할 수 있을까요?"

콜럼버스는 가르송의 어깨에 오른손을 얹어놓았다.

"가르송, 이게 현실적이냐고? 그 대답은 '아니오'일세. 하지만 위대한 사업치고 현실적인 사람에 의해 완수된 게 있나? 우리가 과연 땅을 발견하겠냐고? 물론이지. 물론이고말고! 우리는 땅을 발견할 거야. 하지만 땅의 발견은 자네가 발견할 수 있는 것들 중 가장 사소한 것에 불과해."

콜럼버스는 일등항해사의 가슴을 가리켰다.

"자네는 자네 마음속에 있는 줄도 몰랐던 성공의 마음을 발견하게 될 걸세. 자네는 사람들을 이끌어 그들을 신세계로 데려간 후안 가르송을 발견하게 될 거야! 자네는 위대함을 발견하게 될 거라고!"

가르송은 몸을 꼿꼿이 세우면서 심호흡을 했다.

"저의 무례함을 용서하십시오. 선장님, 저는……."

"이미 용서했네."

콜럼버스가 어서 가보라고 손짓하면서 말했다.

"자, 후안 가르송. 어서 가서 사람들을 이끌게. 그리고 믿음을 갖게!"

선원들이 물러가자, 콜럼버스는 다시 한 번 망대로 올라갔다. 데이비드도 따라 올라갔다. 이번에는 햇빛이 환해서 한결 올라가기가 좋았다. 하지만 콜럼버스는 이번에도 데이비드의 셔츠를 잡아당겨 망대 안으로 쉽게 들어오도록 도와주었다.

데이비드는 숨을 고르면서 콜럼버스를 바라보았다. 그는 돛대에 등을 기대고 멀리 서쪽 수평선을 바라보고 있었다.

"질문을 하나 드려도 되겠습니까?"

데이비드가 조용히 물었다.

"물론이오."

콜럼버스가 대답했다.

"조금 전 항해사에게 성공의 마음을 발견할 거라고 말했는데, 그게 무슨 뜻입니까?"

콜럼버스는 심호흡을 하고 천천히 숨을 내쉰 다음 대답했다.

"대부분의 사람들은 망설이는 마음 때문에 그들이 하는 일에서 실패를 합니다. 내가 이 일을 해야 할까? 하지 말아야 할까? 앞으로 가야 할까? 뒤로 가야 할까? 이런 생각으로 머리가 복잡한 것이지요. 성공을 거두려면 단호한 마음에서 나오는 정서적 안정감이 있어야 합니다. 어려운 문제에 부딪히면 단호한 마음은 해결 방안을 찾아 나서지만, 망설이는 마음은 도망갈 구멍을 찾아 나섭니다."

콜럼버스는 부드럽게 헛기침을 한번 한뒤 계속 말했다.

"단호한 마음을 가진 사람은 여러 가지 조건들이 딱 맞기를 기다리지 않습니다. 왜냐고요? 왜냐하면 조건이라는 것은 늘 완벽하게 들어맞는 법이 없기 때문이지요. 망설임은 전능하신 하느님께서 당신의 삶에 기적을 일으키는 것을 방해합니다. 그분은 당신에게 비전을 주셨습니다. 그러니 단호하게 앞으로 나아가기만 하면 되는 것입니다! 기다리고, 의아해하고, 의심하고, 망설이는 것은 하느님의 뜻을 거역하는 것입니다."

콜럼버스는 바다를 계속 바라보면서 재킷 안 주머니에서

양피지 하나를 꺼냈다.

"당신을 위해 준비한 것입니다."

그가 간단히 말했다. 콜럼버스는 그것을 데이비드에게 내밀었다. 데이비드는 그 노란 종이를 받아 들고 흘깃 본 다음, 콜럼버스에게 말했다.

"당신은 신세계를 발견하게 될 겁니다."

콜럼버스는 여전히 앞을 바라보면서 조용하게 대꾸했다.

"알고 있습니다."

데이비드는 미소를 지으면서 놀랍다는 듯이 고개를 가볍게 흔들었다.

"그걸 어떻게 알지요?"

콜럼버스는 그제야 고개를 돌려 데이비드를 쳐다보았다.

"내가 결연한 마음을 가지고 있기 때문이죠."

그는 다시 바다 쪽으로 시선을 돌렸다. 잠시 동안 데이비드는 아무 말도 하지 않았다. 그는 아무것도 모르면서 실은 모든 것을 알고 있는 듯한 그 사람에게 경외감을 느꼈다. 그는 다시 입을 열어 물어보려 했다.

"하지만 어떻게……."

"세뇨르 폰더."

콜럼버스가 말을 가로막았다. 그는 오른팔로 데이비드의 어깨를 감싸 안았다.

"자, 이제 내가 당신에게 준 쪽지를 읽어야할 때입니다. 그 쪽지를 주의 깊게 읽으세요. 그 행간에서 당신은 없는 줄만 알았던 성공의 마음을 발견하게 될 것입니다. 당신은 사람들을 인도하여 신세계를 보여주는 데이비드 폰더를 발견하게 될 겁니다. 당신은 위대함을 발견할 것입니다."

그 말을 마치자 위대한 탐험가 콜럼버스는 데이비드를 껴안고 양 뺨에 키스했다.

"이제 읽으세요."

그가 미소 지으며 말했다.

"나는 매우 바쁩니다."

데이비드는 그가 망대의 가장자리에 다가가 거기에 팔꿈치를 얹고서 서쪽 바다를 다시 한 번 살피는 것을 보았다. 그때 바람이 살랑 불어와 그의 손에 있는 양피지를 가볍게 건드렸다. 데이비드는 망대에 기대어 앉으면서 두 발을 돛대에 고정시켰다. 그는 그 쪽지를 건네준 사람을 마지막으로 흘긋 쳐다본 다음 읽어 내려가기 시작했다.

나는 단호한 마음을 가지고 있다

어떤 현자가 이렇게 말했다. "천 리 길도 한 걸음부터." 이 말이 진실이라는 것을 알기 때문에 나는 오늘 한 걸음을 떼어놓는다. 너무 오랫동안 내 발은 망설여왔다. 바람의 풍향을 살피면서 왼쪽으로 갈까 오른쪽으로 갈까, 뒤로 갈까 앞으로 갈까 망설였다. 바람이란 무엇인가. 사람들의 비판, 비난, 불평은 모두 바람의 요소이다. 하지만 바람의 풍향 따위는 나에게 아무런 영향도 미치지 못한다. 방향을 결정하는 힘은 나에게 있다. 오늘 나는 그 힘을 행사하겠다. 나의 길은 결정되었다. 내 운명은 내가 개척한다.

나는 단호한 마음을 가지고 있다. 나는 미래의 비전에 대하여 열정을 가지고 있다. 나는 아침에 눈을 뜰 때마다 새날에 대한 흥분과 성장과 변화의 기회를 생각한다. 내 생각과 행동은 앞으로만 나아갈 뿐, 의심이 깊은 삼림이나 자기연민의 혼탁한 모래밭에 빠져 들지 않는다. 나는 미래의 비전을 다른 사람들에게 스스럼없이 알려주고, 그들이 내 눈에서 나의 신념을 보고 나를 따르게 만든다.

나는 밤에 침대에 누울 때면 오늘 하루 나의 길 앞에 놓인 산

같은 장애를 거의 다 치웠다고 생각하며 행복한 피곤함 속에서 잠을 청한다. 내가 잠이 들면 낮 동안에 나를 사로잡았던 꿈이 어둠 속에서 다시 나를 찾아온다. 그렇다. 나에게는 꿈이 있다. 그것은 위대한 꿈이다. 나는 그 꿈을 꼭 잡고 놓치지 않겠다. 만약 내가 그걸 놓친다면 내 인생은 끝장날 것이다. 나의 희망, 나의 열정, 나의 미래 비전은 나의 존재를 지탱하는 힘이다. 일단 꿈을 꾸어야 꿈을 실현시킬 수 있다. 꿈이 없는 사람은 성취도 없다.

나는 단호한 마음을 가지고 있다. 나는 기다리지 않겠다. 이제 나는 단호한 마음으로 결정을 내린다. 나는 두려움이 없다. 나는 이제 앞으로 나아갈 뿐 뒤를 돌아다보지 않는다. 내가 내일로 미루는 일은 결국 모레로 미루어지게 된다. 나는 시간을 끌지 않는다. 내가 가지고 있는 모든 문제는 그것을 직접 대면하는 순간 축소된다. 내가 조심스럽게 엉겅퀴를 잡는다면, 그 가시가 나를 찌를 것이다. 하지만 있는 힘을 다해 힘껏 움켜쥔다면, 그 가시는 바스러져 먼지가 되고 말 것이다.

나는 기다리지 않겠다. 나는 미래의 비전에 대하여 열정을 가지고 있다. 나의 길은 결정되었다. 내 운명은 내가 개척한다.

7

안네 프랑크

데이비드가 양피지에서 고개를 든 순간 산타마리아 호가 심하게 흔들렸다. 콜럼버스가 벌떡 일어나 데이비드를 쳐다보았으나, 곧바로 데이비드는 공중에 뜬 채 배에서 멀어졌다. 거대한 힘에 의해 빨려 들어간 데이비드는 그다음 순간 한 작은 방에 서 있었다.

방 안의 공기는 곰팡이와 알칼리 비누 냄새로 가득했다. 방 안의 유일한 불빛은 천장에 전선으로 매달아놓은 알전구였다. 데이비드는 몇 발자국 떨어지지 않은 곳에 일곱 명의 사람이 있는 것을 재빨리 알아보았다. 그는 얼굴을 찌푸렸다. 그들은 하나같이 꼼짝도 하지 않았다. 한 남자와 여자는 자그마한 테이블에 앉아 있었다. 10대인 소년과 소녀는 카드게임을 하다가 멈춘 듯 했고, 나머지 두 남자와 여자는 걷다가 동작을 멈춘 것 같았다. 그들의 얼굴에는 공포의 빛이 역력했다.

데이비드는 벽에서 울려오는 노크 소리를 들었고, 또 웅얼거리는 남자들의 목소리를 들었다. 그는 다시 고개를 돌리면서 조금 전 보지 못했던 소녀를 발견했다. 몸매가 호리호리한데다 검은 곱슬머리에 반짝이는 검은 눈을 가진 소녀였다. 그녀는 열두 세 살쯤 되어 보였고, 색이 바랜 푸른색 목면 드레스를 입고 있었다.

데이비드는 왜 조금 전 그 소녀를 보지 못했는지 알았다. 그녀는 그의 바로 옆에 서 있었던 것이다. 너무나 가까이 있어서 소녀의 어깨가 다 내려다보였다. 그 소녀 역시 꼼짝 않고 서 있었는데, 그가 쳐다보자 손가락 하나를 들어올려 자기 입술에 갖다대면서 조용히 하라는 표시를 했다.

노크 소리는 일정한 패턴이 있었다. 처음에는 벽 높은 곳에서 났고, 그다음에는 중간쯤에서, 그리고 마지막으로 바닥 가까운 곳에서 들려왔다. 남자들의 웅얼거리는 목소리들은 이어 오른쪽으로 옮겨갔고, 조금 전과 똑같은 패턴의 노크 소리가 들려왔다. 위, 중간, 아래. 데이비드는 5분 동안 벽 저쪽에서 울려오는 노크 소리를 들으면서 가만히 서 있었다.

그러는 가운데 한 남자의 목소리가 들려왔다. 그가 아주 날카롭게 무엇인지 알 수 없는 말을 하자, 여러 사람들이 우르르 달려가는 소리가 들렸다. 그 순간 테이블에 앉아 있던 여자가 손을 뻗쳐 상대편 남자의 손을 잡았다. 두 사람은 눈을 꼬옥 감았다. 자기 입술에 손가락을 갖다댄 그 소녀의 동작을 제외하고, 데이비드가 그들에게서 본 유일한 동작이었다.

영원처럼 느껴지는 시간이 흐른 뒤 노크 소리는 멈추었다. 달리는 소리도, 웅얼거리는 소리도 없고, 그 작은 방 안을 지배하는 팽팽한 침묵만 있었다. 여전히 움직이는 사람은 아무도 없었다. 1분, 2분, 5분. 마침내 테이블에 앉아 있던 남자가 심호흡을 하더니 '휴!' 하고 내뱉었다.

"Het is oke nu allemaal(여러분, 이제 괜찮습니다)."

그가 조용한 목소리로 말했다. 그러자 방 안에 있던 사람들은 머리를 가볍게 흔들면서 서로에게 얘기하기 시작했다.

"정말 아슬아슬했는데."

바닥에 앉아 있던 10대 소년이 말했다.

"만약 개가 있었다면……."

그는 더 말하려고 하다가 무슨 생각이 들었는지 말을 멈추었다. 머리카락을 모두 뒤로 넘겨 묶은 키 큰 여자가 흑흑 흐느껴 울기 시작했다.

"괜찮아, 페트로넬라."

남편이 그녀의 어깨에 팔을 두르며 위로했다.

"이제 안전해. 그러니까 울지 마."

그는 소년에게 고개를 돌리더니, 준엄한 목소리로 말했다.

"페터. 이제 그런 쓸데없는 얘기는 그만하도록 해. 넌 네 엄마와 다른 사람들을 모두 당황하게 만들고 있어. 이제 개 얘기는 그만. 알았지?"

"난 단지⋯⋯." 페터가 말했다.

"그만하지 못해? 그 얘기는 다시 꺼내지 말라고 했잖아."

페터의 아버지가 말했다.

데이비드는 그 남자가 아내를 왼쪽의 비좁은 방으로 데리고 들어가는 것을 보았다. 문이 닫히기 전, 데이비드는 바닥의 매트리스와 그 밑에 놓여 있는 영화 잡지들을 보았다. 조금 전 데이비드 옆에 서 있던 소녀는 그를 살며시 한쪽 구석으로 데리고 가더니 조용히 말했다.

"잠시만 여기 계세요. 그랬다가 제가 방에서 나가면 저를 따라오세요."

소녀는 테이블에 앉아 있는 부부에게 다가갔다. 남자는 피곤한 모습이었다. 그가 입고 있는 옷은 낡았으나 얼굴은 약간의 콧수염을 제외하고 깨끗이 면도되어 있었고, 머리에 남아 있는 약간의 머리카락은 정성스럽게 뒤로 빗어 넘겨져 있었다. 그의 맞은편에 앉아 있는 여자는 조금 전 훌쩍이던 여자와 마찬가지로 머리카락을 뒤로 넘겨 묶고 있었다. 그녀는 안색이 아주 창백했다. 하지만 소녀가 다가가자 미소를 지어 보였다. 소녀가 말했다.

"아빠, 위층에 올라가도 될까요?"

남자가 미소 지었다.

"혼자 있고 싶은 거로구나."

"예."

그녀는 데이비드를 한 번 쳐다보더니, 방 뒤에 있는 계단을 씩씩하게 올라가기 시작했다. 아버지는 그녀가 계단을 올라가는 것을 보자 미소가 사라진 얼굴로 말했다.

"안네."

그녀가 걸음을 멈추고 돌아보았다.

"창문 가까운 곳에는 가지 마."

"예, 아빠."

그녀는 고개를 끄덕이더니, 아무 소리도 내지 않고 계단을 올라가 시야에서 사라졌다.

데이비드는 방 안의 사람들과 부딪히지 않으려고 조심하면서 소녀의 뒤를 재빨리 쫓아갔다. 계단을 올라가니, 소녀가 빨리 따라오라고 손짓하는 게 보였다. 계단은 곧바로 천장으로 이어지는 것처럼 보였으나, 데이비드가 자세히 살펴보니 다락방으로 들어가는 입구가 있었다. 자그마한 뚜껑 문이 있었던 것이다. 그들이 뚜껑 문을 들추고 다락방 안으로 들어서자, 소녀가 그 문을 원래대로 해놓았다.

"전 당신을 만나서 너무 흥분되어 숨도 제대로 쉬지 못하겠어요!"

그녀는 부드럽게 박수를 치면서 말했다.

"여긴 정말 신나지 않아요?"

"그렇구나."

데이비드가 그녀의 열성에 빙그레 웃으면서 동의해주었다. 그는 주위를 돌아다보았다. 그 다락방에는 가구같은 것은 전혀 없었고, 있는 것이라곤 오로지 먼지와 흙뿐이었다.

"그런데 '신난다'는 말은 좀 과장된 것 같구나."

"전 당신을 기다리고 있었어요."

그녀가 말했다.

"어떻게 당신을 알게 되었을까요? 저는 꿈속에서 당신을 만났어요. 당신의 이름도 알아요. 미스터 폰더. 전 오늘 아침 당신에게 건네줄 쪽지도 써놓았어요. 지금 그걸 드릴까요?"

"아니, 아니."

데이비드가 껄껄 웃으며 말했다.

"좀 천천히 하자꾸나. 이건 좀 불공평해. 난 내가 지금 어디에 있는지도 모르지 않니."

"어머, 그래요? 당신은 지금 암스테르담에 계세요."

소녀가 말했다. 그녀는 데이비드의 손을 잡고 창문 쪽으로 끌어당겼다.

"이리 와보세요. 제가 도시를 보여드릴게요."

소녀가 가볍게 미소 지으며 말했다.

황량한 다락방 맞은편에 아홉 개의 유리를 넣은 커다란 유리창이 보였다. 아홉 개의 유리 중 여섯 개는 벽돌담으로 막혀 있었고 왼쪽 아랫부분의 유리 세 개만이 열려 있었다. 창문은 지저분했고, 다락방 못지않게 칙칙한 갈색이었다.

"이게 조금 전 네 아빠가 가까이 다가가지 말라고 한 그 유리창이니?"

데이비드가 물었다.

"예."

소녀가 머리를 끄덕이며 말했다.

"하지만 이 구석으로도 충분히 볼 수가 있어요."

소녀는 무릎을 꿇고 창 밖을 내다보며 초조한 목소리로 말 했다.

"당신도 와서 보세요! 어서요!"

데이비드는 무릎을 꿇고서 소녀가 창틀 밑부분에서 기다리고 있는 창문 가장자리로 다가갔다. 그는 등을 돌려 벽돌담에 기댔다. 그녀는 책상다리를 하며 앉았고, 오른쪽 어깨를 지저분한 회벽에 기댔다. 데이비드는 좀더 편안하게 자세를 잡으면서 그녀에게 물었다.

"조금 전 네 아버지가 너를 안네라고 부르더구나."

"예."

그녀가 대답했다.

"제 언니 이름은 마르고트예요. 언니는 아주 조용하죠. 아까 바닥에서 소년과 카드게임하던 여자가 언니예요. 소년의 이름은 페터고요. 페터 반 단."

"네 성은 뭐니?"

데이비드가 물었다.

"프랑크."

그녀가 간단히 말했다.

"아빠 이름은 오토고, 엄마는 에디트예요. 페터의 부모님은 헤르만 씨와 페트로넬라 부인이구요. 아까 울던 사람이 페트로넬라인데, 그 아주머니는 늘 울어요. 당신이 보았던 또 다른 남자는 닥터 뒤셀이에요. 그분을 보았죠? 제 방문 근처에 앉아 있던 분 말이에요. 물론 당신은 제 방이 어딘지 모르니까 그분을 보지 못했을 수도 있어요. 그분은 치과의사예요."

데이비드는 안네가 얼마나 오래 말을 했는지 알지 못했다. 아니 그는 듣고 있지 않았다. 그의 마음은 생각과 감정이 뒤섞여서 소용돌이치고 있었다. '안네 프랑크! 안네 프랑크! 맞다. 이 애가 내가 고등학교때 읽었던 《안네 프랑크의 일기》를 쓴 바로 그 안네로구나.'

"그래서 페터가 개 대신 고양이를 데리고 왔었지요."

안네는 놀라는 표정을 짓고 있는 방문자를 무시하면서 계속 말했다.

"무시는 아주 멋진 고양이예요. 하지만 우리 집에 두고 온 제 고양이 무어트제에 비하면 그렇지도 않지요. 무시는 석탄처럼 검은 고양이지만, 우리 무어트제는……."

'나는 지금 별채에 있구나' 하고 데이비드는 생각했다. 그 별채는 철물점의 뒷부분에 연결되어 있고, 방이 몇 칸 있는 별도의 장소였다. 안네와 그녀의 가족은 나치가 네덜란드를 점령했을 때, 이 별채에 숨어 있던 네덜란드계 유대인이었다.

"……그렇다고 생각하지 않으세요?"

안네는 데이비드를 빤히 쳐다보며 대답을 재촉했다. 데이비드는 그녀가 갑자기 말을 멈추자 깜짝 놀랐다. 그는 그 주변 환경에 너무나 몰두하고 있었기 때문에, 그녀의 말을 실제로 듣고 있지 않았다.

"미안하구나. 방금 뭐라고 했지?"

그가 약간 더듬거리는 목소리로 말했다.

"페터가 잘생겼다고요. 그렇게 생각하지 않으세요?"

"페터?"

데이비드는 눈썹을 찌푸렸다.

"아, 아까 바닥에 앉아 있던 그 소년? 그래, 맞아. 나도 그렇게 생각해."

"페터가 제게 키스하는 걸 몇 번 내버려두었어요. 물론 뺨이었지만요."

"물론 그랬겠지."

데이비드가 진지한 목소리로 말했다.

"안네, 여기에서 지낸 지는 얼마나 되었니?"

데이비드가 화제를 바꾸기 위해 다른 얘기를 꺼냈다.

"1년 4개월요."

그녀가 재빨리 말했다.

"오늘 날짜를 알고 있니?"

"물론이죠. 오늘은 1943년 10월 28일 목요일이에요. 우리는 지난해 7월 5일 첫 일요일부터 여기서 은신해왔어요."

안네는 위쪽 창문을 쳐다보았다.

"여기 식구들은 밖에 나가본 지 오래되었어요."

"여기서 음식은 어떻게 구하니?"

"미에프."

"누구……?"

"미에프는 아빠의 비서예요. 그녀는 아직도 매일 철물점에 일하러 와요. 일과 시간이 끝나면, 그녀와 남편 헹크가 회계실의 책장을 옆으로 밀치면 나오는 문을 통해 이리로 들어와요."

"안녕."

데이비드가 말했다.

"내가 여기 도착했을 때……."

"아, 그래요."

안네가 끼어들었다.

"아까는 아주 무서웠어요! 당신은 제 앞에 갑자기 나타났는데, 당신을 볼 수 있는 사람은 저밖에 없었지요! 전에도 이렇게 해본 적이 있나요? 아프지는 않나요?"

데이비드는 말을 가로채인 데 대하여 약간 화가 났지만 미소를 지어 보였다. 안네의 흥분이 이해되었던 것이다. 16개월 동안이나 갇혀 있다가 새로운 말 상대가 생겼으니 얼마나 신날 것인가.

"전에도 그렇게 해본 적이 있어. 하지만 아프지는 않아."

데이비드는 팔을 뻗어 안네의 팔을 잡으면서 계속 질문을 했다.

"안네. 내가 여기 도착했을 때, 벽을 두드리는 소리가 들렸어. 그건 뭐지? 누가 두드리는 거지?"

"나치의 병사들이에요."

안네가 말했다.

"아빠는 그들을 게슈타포(비밀경찰)라고 불러요. 검은 군복을 입고 있대요. 벌써 두 번이나 왔어요. 우리가 조용히 있으면 그들은 제풀에 지쳐 가버려요."

그녀는 몸을 약간 일으켜 세우더니 한쪽 눈을 창문 구석에 조심스럽게 가져갔다.

"이렇게 하면 암스테르담의 대부분이 보여요."

데이비드는 일어서서 반대편 구석을 내다보았다. 그의 왼쪽에는 키가 30미터는 됨직한 밤나무가 있었는데, 다락방의 창문에 그날의 마지막 그늘을 드리우고 있었다. 반대편 거리에는 시계탑 건물이 우뚝 서 있었다.

"저건 베스터키르헤(서쪽교회)예요."

안네가 시계탑을 가리키며 말했다.

"여기 이렇게 누우면 시곗바늘이 움직이는 걸 볼 수 있어요."

안네가 방바닥에 드러누우며 말했다.

"드러누워서 직접 살펴보세요."

데이비드는 소녀 옆에 누워서 쳐다보았다. 마치 신의 섭리인 것처럼 창문 틀 안에 베스터키르헤 탑의 시계가 보였다. 저녁 6시 가까운 시간이었다. 데이비드는 안네를 곁눈질하고 또 시계를 쳐다보면서 딸 제니를 생각했다. 제니와 안네는 거의 같은 나이였다. 그는 이 상황에 놓인 제니를 상상해보았다. 내 딸은 어떻게 했을까? 어떤 반응을 보였을까? 어떻게 행동했을까?

"넌 지금 뭘 생각하고 있니?"

데이비드가 부드럽게 물었다.

"시계에 대해서요."

안네가 말했다.

"어떤 때 저는 저 시계가 좀 빨리 갔으면 하고 바랄 때가 있어요. 또 어떤 때는 천천히 갔으면 하고 생각해요. 하지만 시계는 제 말을 들어주는 법이 없어요. 늘 같은 속도로 가지요."

그때 저 아래 네 블록 떨어진 거리에서 휘파람 소리와 분노의 소리가 뒤섞이면서 오후의 침묵을 깨뜨렸다. 데이비드는 그 소리에 깜짝 놀랐다. 하지만 안네는 미동도 하지 않고 계속 시계만 쳐다보았다.

"저건 뭐지?"

데이비드가 물었다.

"라치아(일제검거)예요."

안네가 아무런 감정도 없는 목소리로 말했다.

"유대인을 검거하고 있는 거예요. 제 친구들이 생각나네요. 저는 그 애들이 어떻게 되었는지 전혀 알지 못해요."

안네는 잠시 동안 깊은 생각에 잠긴 채 아무 말도 하지 않았다. 이어 데이비드를 빤히 쳐다보며 말했다.

"유대인은 잡혀서 강제수용소로 가고 있어요. 독일인들이 뭐라고 하는지 아세요? 수용소의 유대인들이 편안하게 일하고, 행복하게 산다는 거예요. 하지만 그건 사실이 아니에요."

데이비드는 조심스럽게 물었다.

"넌 그걸 어떻게 아니?"

안네는 어깨를 한 번 움찔했다.

"우린 다 알고 있어요."

그녀가 말했다.

"물론 편지는 검열이 돼요. 하지만 종종 진실이 전해져와요. 미에프는 친구로부터 음식도 좋고 생활 여건도 훌륭하다는 편지를 받았어요. 하지만 편지 끝에 그 친구는 이렇게 썼어요. '엘렌 드 그루트Ellen de Groot에게 안부를 전해줘요.'"

그녀는 잠시 말을 끊었다.

"그 말은 네덜란드어예요. 엘렌 드ellen de는 '비참하다'는 뜻이고, 그루트groot는 '끔찍하다'는 뜻이에요. 그 친구는 수용소 생활이 비참하고 끔찍하다는 것을 전하려 했던 거예요."

갑자기 베스터키르헤의 시계탑이 종소리를 내기 시작했다. 종 치는 망치가 거대한 종을 여섯 번 때려서 시간을 알렸다. 20미터 정도 떨어진 곳에서 그런 거대한 소리가 나는데도 안네는 자신의 귀를 가볍게 막으며, 데이비드에게 미소를 지어 보였다. 하지만 데이비드는 종소리가 시작되자 너무 놀라 얼빠진 사람 같은 표정을 지었다.

"별로 소리가 크지 않아요."

안네가 자신의 과장된 말에 소리내어 웃으며 말했다. 데이비드도 따라서 미소를 지었다.

"네가 저 소리를 재미있다고 생각하니 다행이구나. 난 머리가 깨지는 줄 알았어! 저렇게 큰 소리가 밤낮 없이 울려 퍼지는데, 어떻게 잠을 잘 수 있니?"

"사실, 우리는 저 소리가 잘 들리지도 않아요. 저 소리가 시끄럽다고 말하는 사람은 페트로넬라 아주머니뿐이에요. 아빠는 저 시계가 참 좋은 물건이래요. 아주머니에게 매시간마다 불평거리를 안겨주니까요."

데이비드는 웃음을 터뜨렸다.

"너는 어때? 너의 불평은 뭐지?"

"전 불평하지 않아요."

안네가 말했다.

"아빠는 불평이 라디오를 듣는 것처럼 하나의 행동이래요. 사람은 라디오를 들을 수도 있고, 끌 수도 있지요. 그와 마찬가지로 불평을 선택할 수도 있고, 불평하지 않기를 선택할 수도 있어요. 저는 불평하지 않는 쪽을 선택했어요."

데이비드는 그 진지한 소녀를 잠시 쳐다보다가 말했다.

"네 아버지의 말씀이 맞긴 하지만, 이곳을 한 번 둘러보

렴. 이 곳은 네 나이만 한 소녀는 물론이고, 그 어떤 사람이 와서도 살기가 좀 불편한 곳 같구나. 사정이 이런데도 넌 어떻게 불평을 하지 않을 수 있니?"

안네는 무슨 말인지 잘 모르겠다는 듯이 고개를 갸우뚱했다. 그녀는 손가락으로 이마에 흘러내린 머리카락을 뒤로 넘기면서 찬찬히 말했다.

"폰더 씨, 우리의 인생은 선택에 의해 만들어지는 거예요. 먼저 우리가 선택을 하고, 그다음에는 그 선택이 우리에게 영향을 미치지요. 살기가 좀 불편한 곳? 그래요. 고마워할 줄 모르는 사람이라면 그렇게 말하겠지요. 이 비좁은 곳에서 여덟 명이 살고, 음식은 너무 모자라거나 맛이 없고, 여자애 둘이서 옷 세 벌을 가지고 나눠 입어야 하니까요. 하지만 고마워하는 것도 역시 선택이에요. 다른 유대인들이 철도 수송 차량에 끌려가는 동안 우리는 이 별채에 안전하게 숨어 있어요. 미에프의 가족은 자기들에게 나온 배급 카드를 아껴서 우리가 먹을 음식을 가져다줘요. 입을 옷이 전혀 없어 벌거숭이인 사람에 비해 언니와 나는 여벌의 옷 하나가 더 있어요. 저는 이 모든 것에 대하여 감사함을 느끼기로 선택했어요. 저는 불평하지 않을 것을 선택했어요."

데이비드는 안네의 침착한 태도에 깊은 인상을 받았다. 그는 책상다리를 하고 앉았다. 그리고 머릿속의 거미줄을 털어버리려는 듯 머리를 가볍게 흔들었다.

"넌 네가 늘 좋은 기분을 느낀다는 거니? 그게 네 진심이니?"

안네는 데이비드의 동작을 따라 역시 책상다리를 하고 앉았다. 그녀는 무릎 주위로 치마를 쫙 펴면서 웃음을 터뜨렸다.

"물론 그렇지는 않지요. 무슨 그런 바보 같은 소리를 하세요! 하지만 기분이 나쁠 때면, 저는 그 즉시 행복한 사람이 되겠다고 선택해요. 사실 그게 제가 매일 아침 잠에서 깨어나면 선택하는 첫 번째 선택이에요. '오늘 나는 행복한 사람이 될 것을 선택하겠다'라고 거울을 보며 큰 소리로 말해요. 저는 설혹 슬픈 일이 있더라도 거울을 보면서 미소 짓고 웃는답니다. 이렇게 말하는 거예요. '하, 하, 하!' 그러면 저는 곧 행복해져요. 제가 선택한 그대로 되는 거지요."

데이비드는 놀라움에 가볍게 머리를 흔들었다.

"넌 정말 특별한 소녀로구나, 미스 프랑크."

"감사합니다."

안네가 말했다.

"그것 또한 선택이지요."

데이비드는 상체를 앞으로 숙이고 눈썹을 치켜뜨며 말했다.

"정말 네 말이 그럴듯하구나. 좀 더 설명해주겠니?"

"저의 인생, 다시 말해 제 성격, 습관, 말버릇까지도 제가 선택해서 읽은 책, 제가 선택해서 만난 사람, 제가 마음속에서 선택한 생각들을 합친 것이에요. 전쟁이 일어나기 전 제가 어린아이였을 때, 아빠는 어느 토요일 오후 교향악단의 연주를 들려준다면서 저를 헤트 본델 공원에 데려가셨어요. 연주회가 끝나자 교향악단의 악사들 뒤로 100개의 빨간, 파란, 노란 헬륨 풍선이 하늘로 떠올랐어요. 정말 장관이었지요. 저는 아빠의 팔을 끌어당기면서 물었어요. '아빠, 어떤 색깔의 풍선이 가장 높이 올라갈 것 같아?' 아빠가 제게 말했어요. '안네, 중요한 건 풍선의 색깔이 아니야. 정말 중요한 건 그 속에 든 내용물이란다.'"

잠시 안네는 말을 끊었고, 다락방 안은 쥐 죽은 듯 침묵이 흘렀다. 그녀는 깊은 생각에 잠긴 듯했고, 데이비드는 긴장되어 숨 쉬기조차 힘들었다. 이어 그녀는 턱을 약간 쳐들고 데이비드의 눈을 똑바로 쳐다보면서 말했다.

"폰더 씨, 저는 독일인, 아리아인, 아프리카인이라는 사실이 그 사람의 미래를 결정한다고 생각하지 않아요. 위대함은 그가 남자인지 여자인지와도 상관없어요. 정말 중요한 것이 내용이라면, 그것은 곧 우리 자신이 그 안에 뭘 넣을지 선택한 것의 총합이라고 할 수 있어요."

안네는 고개를 돌려 시계를 다시 쳐다보았다. 데이비드는 다락방 안까지 스며들어온 어둠을 의식하지 못했다. 하지만 베스터키르헤에서 흘러나오는 불빛으로 안네의 얼굴을 어렴풋이 볼 수 있었다. 안네가 말했다.

"저는 이제 내려가서 저녁 식사를 해야 돼요. 저와 함께 제 방으로 가요. 당신에게 드리기 위해 써놓은 쪽지가 있어요."

데이비드는 안네를 따라 거실로 다시 갔다.

"안네, 저녁을 거의 다 차렸단다. 5분 안에 와야 돼."

두 사람이 지나가자, 안네의 엄마가 말했다.

안네는 계단 오른쪽에 있는 문으로 데이비드를 안내했다. 그 방의 크기는 옷장 정도밖에 되지 않았다. 바닥에는 매트리스가 깔려 있었고, 하나뿐인 베개의 양옆으로 책들이 쌓여 있었다. 안네가 말했다.

"마르고트와 저는 이 방을 함께 써요. 아주 비좁지요. 하지만 우리는 서로의 프라이버시를 존중해요."

데이비드는 이런 비좁은 방에서 무슨 프라이버시가 가능할지 의아했다. 침대 발치의 벽에는 수수한 하얀 드레스가 걸려 있었다. 드레스의 밑단, 소매, 목 부분에 자그마한 붉은 꽃이 수놓여 있었다. 침대 머리맡 위의 벽에는 신문과 잡지에서 오려낸 사진들이 붙어 있었다. 데이비드는 그것들을 가리키면서 물었다.

"이것은 네 것이니, 아니면 언니 것이니?"

"제 것이에요."

안네가 미소 지었다.

"예쁘지 않아요?"

데이비드는 좀 더 자세히 들여다보았다. 영화배우 그레타 가르보와 진저 로저스의 사진도 있었다. 미켈란젤로의 다비드상 그림이 시골 별장의 그림 위에 포개어져 있었다. 그 왼쪽에는 장미를 찍은 흑백 사진이 있었는데, 누군가가 장미를 분홍색으로 색칠해놓았다. 그리고 침팬지들이 티파티를 벌이는 커다란 사진이 있었다. 벽 전체에 귀엽고 토실토실한 아이들의 사진이 많았다.

"정말 예쁘구나. 저건 뭘 의미하는 거니?"

"저의 미래예요."

안네는 손을 뻗어 장미 사진을 쓰다듬으면서 부드럽게 말했다.

"이것들은 제가 만나고 싶은 사람, 가보고 싶은 장소, 제 인생에서 제가 필요로 하는 것들이에요. 웃음, 사랑, 남편(어쩌면 페터?)이 있는 가정, 많은 아이들."

갑자기 안네의 눈에 눈물이 솟구쳤다. 데이비드는 소녀를 가볍게 안아주었다. 안네는 데이비드에게 기댔고, 그와 함께 주저 앉았다. 안네가 훌쩍거리는 동안, 데이비드의 뺨에도 굵은 눈물이 흘러내렸다. 그는 소녀에게 깊은 존경심을 느꼈다. 그녀의 용기와 지혜는 이미 한평생을 산 사람보다도 위대했다. 안네는 몸을 약간 뒤로 빼면서 옷소매로 눈물을 닦아냈다.

"미안해요. 당신에게 불편함을 주려고 했던 건 아니었어요."

"안네, 난 조금도 불편하지 않아."

데이비드가 자신의 눈물을 닦아내며 말했다.

"너를 보니 내 딸이 생각나는구나. 이름은 제니퍼야. 보통 제니라고 부르지. 그 애는 너하고 비슷한 나이야. 난 너하고 우리 딸이 이 세상에서 가장 예쁘다고 생각해."

"그렇게 말씀해주시다니 고마워요."

안네는 얼굴을 붉혔다. 그녀는 벽을 돌아다보더니 손을 뻗어 장미 사진을 어루만졌다.

"한 가지 여쭤봐도 돼요?"

"물론이지."

"만약 제니가 저 대신 여기 있었다면, 그 아이는 두려워했을까요?"

데이비드는 자신의 관자놀이가 매우 빠르게 움직이는 것을 느꼈다.

"그 애는 두려워했을 것 같아. 안네, 넌 그렇지 않니?"

안네는 장미 사진에서 손을 떼어내더니, 양손을 꼭 모아

쥐었다. 그리고는 잠시 데이비드를 응시하더니, 다시 벽의 사진들을 둘러보았다. 안네가 말했다.

"때때로 두려움을 느낄 때도 있지만 두려워하지 않는 것을 선택해요. 아빠는 말했어요. '두려움은 미래를 조각하는 데 도움이 되지 않는 연장이다.'"

안네는 다시 고개를 돌려 데이비드의 얼굴을 쳐다보았다.

"폰더 씨, 저에게는 내일이 있을 거예요. 마르고트와 페트로 넬라 아주머니는 저를 놀려요. 제가 폴리아나(지나치게 낙관적인 여자)래요. 제가 꿈의 세계에만 살 뿐 현실을 직시하지 않는대요. 그건 사실이 아니에요. 저는 전쟁이 끔찍하다는 것을 알고 있어요. 또 이곳에 사는 우리 가족이 끔찍한 위험 속에 있다는 것도 알아요. 저는 이 상황의 절박함을 잘 알아요. 하지만 이 상황을 마지막으로 보지는 않아요. 이것 또한 지나갈 거예요."

안네는 무릎을 꿇더니 매트리스 안으로 손을 넣었다. 그리고는 붉은색과 오렌지색의 체크무늬 천으로 표지가 되어 있는 자그마한 책을 꺼내 들었다.

"이건 제 일기장이에요."

안네가 말했다.

"아빠가 6월 12일, 제 생일 선물로 주셨어요."

안네는 페이지를 넘기더니 자신이 찾던 것을 발견했다.

"이걸 당신에게 드릴게요."

안네는 그 작은 일기장에서 몇 장을 조심스럽게 뜯어냈다. 데이비드는 그 종이를 받아들었고, 안네는 불후의 명작이 될 그 일기를 매트리스 밑으로 집어넣었다.

"고마워. 안네."

그녀는 잠시 데이비드의 앞에 어색하게 서 있었다.

"당신의 딸 제니에게 제 얘기를 해주시겠어요?"

데이비드는 미소를 지었다.

"그럼, 그러고말고."

안네는 잠시 말이 없었다.

"이제, 식사하러 가야겠어요. 제가 돌아오면 당신은 가고 없겠지요?"

"그럴 거야."

"그럼, 저를 기억해주세요."

안네가 미소 지으며 말했다.

"저도 당신을 기억할게요. 하지만 무엇보다도 우리는 인생이 하나의 특혜라는 것을 잊으면 안 돼요. 인생을 가장 충실하게 사는 것은 저마다의 선택이랍니다!"

그 말을 마치자 안네는 데이비드를 포옹하고 재빨리 방 밖으로 나갔다. 그녀의 뒤에서 부드럽게 문이 닫혔다. 데이비드는 매트리스 위에 앉아서 벽 위의 그림들을 바라보았다. 그는 몇 분 동안 거기 그렇게 앉아서 프랑크 가족과 그 친구들이 다정하게 이야기하며 식사하는 소리를 들었다. 이어 그는 안네가 준 종이를 무릎 위에 올려놓았다. 그는 안네의 쪽지가 그의 인생을 바꾸어 놓으리라는 것을 알았다. 네 장의 일기장 종이에는 연필로 예쁘게 써놓은 소녀의 글씨가 들어 있었다.

오늘 나는 행복한 사람이
될 것을 선택하겠다

지금 이 순간부터 나는 행복한 사람이다. 왜냐하면 나는 행복의 개념을 완벽하게 이해했기 때문이다. 행복은 하나의 선택이다. 행복은 어떤 생각과 행동, 내 신체 속에 화학적 반응을 일으키는 생각과 행동의 총합이다. 이 황홀한 느낌은 어떤 사람에게는 막연하게 느껴지겠지만, 나는 이제 그것을 확실하게 통제한다.

오늘 나는 행복한 사람이 될 것을 선택하겠다. 나는 매일매일을 웃음으로 맞이하겠다. 아침에 잠에서 깨면 나는 7초 동안 맘껏 웃겠다. 이렇게 잠시 웃으면 흥분이 내 혈관 속으로 흘러들어오기 시작한다. 나는 달라진 느낌이 든다. 아니 나는 달라졌다! 나는 오늘을 흥분된 마음으로 맞이한다. 나는 오늘의 여러 가능성들에 마음을 활짝 연다. 나는 행복하다!

웃음은 열정의 표현이다. 나는 열정이 세상을 움직이는 연료라는 것을 안다. 나는 하루 종일 웃는다. 나는 혼자 있을 때도 웃고, 남들과 대화를 할 때도 웃는다. 나는 마음속에 웃음을 가지고 있기 때문에 사람들은 나에게 끌린다. 이 세상은 열정적인 사람들이 이끌어간다. 왜냐하면 온 세계 어디서나 사람들은 열정적인 사람을 따르기 때문이다.

오늘 나는 행복한 사람이 될 것을 선택하겠다. 나는 만나는 사람마다 웃으며 맞이하겠다. 내 미소는 나의 명함이다. 미소는 내가 가지고 있는 가장 강력한 무기이다. 나의 미소는 강력한 유대 관계를 맺고, 서먹한 얼음을 깨뜨리고, 폭풍우를 잠재우는 힘을 가지고 있다. 나는 이 미소를 끊임없이 활용한다. 나는 늘 제일 먼저 미소 짓는 사람이 되겠다. 내가 그런 선량한 태도를 보여주면 다른 사람도 그것을 따라하게 된다.

어떤 현자는 말했다. "나는 행복하기 때문에 노래 부르는 것이 아니라 노래 부를 수 있기 때문에 행복하다." 내가 미소 짓기를 선택할 때 나는 내 감정의 주인이 된다. 낙담, 절망, 좌절, 공포는 내 미소 앞에서 다 사라져버린다.

오늘 나는 행복한 사람이 될 것을 선택하겠다. 나는 감사하는 마음의 소유자이다. 과거에 나는 어떤 우울한 상황을 만나면 크게 낙담하다가 나보다 훨씬 못한 사람을 만나야 비로소 위안을 얻곤 했다. 하지만 이제는 더 이상 그렇지 않다. 신선한 바람이 공기 중의 연기를 말끔히 걷어가듯이, 감사하는 마음은 절망의 구름을 순식간에 없애버린다. 나는 남과 비교하지 않겠다. 나는 지금 이 순간 행복한 사람이다. 이런 감사하는 마음에는 절망의 씨앗이 들어 설 자리가 없다.

하느님은 나에게 많은 선물을 주셨다. 나는 이 선물을 늘 고마운 마음으로 기억하겠다. 과거에 나는 아주 여러 번 거지의 기도를 올렸다. 늘 더 내려달라고 요구했을 뿐, 감사하는 마음을 바치지 못했다. 나는 탐욕스럽고, 고마워할 줄 모르고, 존경할 줄 모르는, 그런 아이 같은 사람이 되지 않겠다. 나는 내 시력, 내 청력, 내 호흡, 이 모든 것을 감사하게 받아들인다. 만약 내 인생에서 이것 이상의 축복이 찾아든다면, 나는 그 풍성함의 기적에 깊은 감사를 드릴 것이다.

나는 매일매일을 웃음으로 맞이할 것이다. 나는 내가 만나는 모든 사람을 미소로 맞이할 것이다. 나는 감사하는 마음의 소유자이다. 오늘 나는 행복한 사람이 될 것을 선택하겠다.

8

링컨

데이비드는 안네의 쪽지를 다 읽은 다음, 턱에 매달려 있는 눈물을 훔쳐냈다. 그는 눈을 깜빡거리면서 종이를 접어 담배쌈지에 넣은 후 청바지 주머니에 찔러 넣고 일어섰다. 그는 손을 뻗어 안네가 벽에 붙여놓은 장미 사진을 쓰다듬었다. 그는 손가락으로 장미의 줄기를 가볍게 눌렀다가 다시 장미 봉오리를 만져보았다. 흑백 사진에 색깔을 입히려고 칠해진 분홍색 크레용의 꺼칠한 느낌이 전해져왔다.

그 장미는 천천히 변형되기 시작했다. 가장자리가 희미해지면서 꽃봉오리의 모양이 흔들렸다. 데이비드는 잠시 손을 떼면서 자신의 눈을 비벼보았다. 그는 몸을 벽에 기대면서 자신을 지탱하려고 했다. 그는 순간적으로 가벼운 현기증이 몰려오는 것을 느꼈으나, 그 느낌은 곧 사라졌다.

데이비드는 눈을 뜨면서 그 사진을 다시 한 번 쳐다보았다. 장미는 여전히 흐릿했지만 점점 윤곽이 분명해지고 있었다. 그는 눈을 깜빡거리면서 꽃에서 얼굴을 약간만 떼고 보았다. 과연! 이제 꽃은 분명하게 초점이 잡혔고, 장미의 잎새가 선명하고 뚜렷했다. 그는 얼굴을 고정시킨 채 오른손 손가락 하나를 내밀어 그 장미를 찔러보았다. 데이비드는 깜짝 놀라면서 숨이 막히는 것을 느꼈다. 그 장미는 진짜였다.

잠시 동안 그는 온몸이 얼어붙었다. 데이비드가 고개를 돌려 보니, 자신의 왼팔이 낡은 책상에 걸쳐져 있었다. 그가본 장미는 책상의 가장자리에 놓인 수수한 수정 꽃병에 꽂혀 있었다. 장미 옆에는 물주전자 하나와 물잔 네 개가 있었다. 데이비드는 주위를 둘러보았다. 그는 실내에 있었다. 아니, 보다 정확하게 말하면 천막의 내부였다. 하얀 캔버스로만든 대형 천막이었는데, 가로 5미터 세로 6미터 정도의 크기였다. 바닥은 메마른 풀로 가득했고, 책상 하나와 세 개의 평범한 나무 의자를 빼면 실내에는 아무것도 없었다. 데이비드는 갑자기 목이 마르다는 사실을 깨닫고 물잔에 물을따랐다.

바깥에서 나는 소리를 들은 데이비드는 천막 입구 쪽으로걸어갔다. 그는 조심스럽게 캔버스로 된 출입문을 약간 옆으로 밀쳐보았다. 50미터쯤 떨어진 곳에 임시 연단이 세워져 있고, 한 남자가 연단 뒤에 서 있었다. 그는 천막에 등을돌린 채 수천 명의 사람들 앞에서 연설을 하고 있었다. 데이비드는 사람들 사이에 안장을 얹은 말, 마차, 역마차 등이 섞여 있는 것을 보았다. 많은 사람들이 햇빛을 차단하기 위해 양산을 썼고, 몇몇 사람들은 땅 위에 깔 것을 깔고그 위에 앉아 있거나, 아니면 마차 위에 앉아 있었다.

천막과 임시 연단은 커다란 나무들로 둘러싸인 언덕 꼭대기에 설치되어 있었다. 나무의 잎새들이 대부분 떨어졌고, 천막 내부의 온도가 쾌적한 것으로 보아, 10월이나 11월인 것 같았다. 아무튼 가을이었고, 태양의 높이로 보아 정오 가까운 시간이었다.

천막의 입구여서 시야가 제한되기는 했지만, 데이비드는 군중들 뒤로 펼쳐진 들판과 개간지를 보았다. 시야에 들어오는 언덕과 목초지는 데이비드에게 이상한 느낌을 주었다. 그곳은 기이하게도 아주 낯익었던 것이다. 하지만 언제 어떻게 이곳을 알게 되었는지 기억나지 않았다.

'아마도 저 연사는 내가 왜 이곳에 왔는지 알고 있을 거야' 하고 데이비드는 생각했다. 그는 다시 한번 임시 연단 쪽으로 시선을 돌렸다. 등만 보이는 그 신사는 아주 멋지게 옷을 차려 입었다. 그는 반짝반짝 빛나는 검은 구두 위에 회색 바지를 입었고, 목 높은 하얀 칼라는 검은 연미복과 아주 잘 어울렸다. 물결치는 회색 머리카락은 지체 높은 사람의 분위기를 한결 돋보이게 했다.

게다가 그 남자는 노련한 웅변가인 듯했다. 그는 연단 위를 가볍게 걷기도 하고, 양손으로 극적인 제스처를 취하기도 했다.

청중은 그의 연설에 매혹된 듯했다. 데이비드가 천막 입구에서 바라보는 그 짧은 순간에도 청중은 두 번이나 웃음을 터뜨렸다. 데이비드는 그 연설의 내용에 대해선 알 수 없었다. 주위에 마이크나 음향 확대 장치 같은 게 없었을뿐더러, 연설가가 등을 돌리고 있었기 때문에 겨우 여기서 한마디 저기서 한마디 알아듣는 정도였다.

갑자기 청중들 사이에서 우레와 같은 박수 소리가 터져 나왔고, 환호 소리는 한동안 계속되었다. 데이비드는 연단으로 돌아가는 연사를 자세히 살펴보았다. 연사가 청중들의 열광이 잠잠해지기를 기다리는 동안, 데이비드는 그의 얼굴을 분명히 볼 수 있었다. 깨끗이 면도한 얼굴에 눈썹은 송충이처럼 굵었고, 귀는 머리에 비해 약간 컸다. 데이비드가 전혀 알지 못하는 사람이었다.

데이비드는 실망감과 혼란을 느끼면서 다시 천막 안으로 들어갔다. 그는 잠시 서서 여기가 도대체 어디며, 저 연설가는 누구인지 생각해보았다. 그는 자신에게 물어보았다. '저기 임시 연단 위에 서 있는 사람이 내가 만날 사람인가?' 데이비드는 책상 옆의 의자로 가서 무겁게 엉덩이를 내려놓았다. 그는 컵에 물 한 잔을 따라 마시면서, 자신이 이 장소와 관련이 있는 것 같다는 막연한 느낌이 들었다.

그때 연사의 목소리보다 더 크게 청중들이 소리치기 시작했다. 거의 1분 동안이나 청중들의 환호 소리가 연사의 우렁찬 목소리를 잠재웠다. 데이비드는 얼른 의자에서 일어나 천막 출입문으로 달려가보았다. 그러나 그가 출입문에 다다르기도 전에 바깥에서 말발굽 소리와 가죽 안장의 삐걱거리는 소리가 들려 왔다. 그는 사람이 출입문 쪽으로 다가오는 소리를 듣고서 얼른 천막 구석으로 물러섰다. 그때 한 남자가 안으로 걸어 들어왔다. 그는 스물다섯 살쯤 된 젊은이였는데, 긴 코트와 높은 칼라의 말쑥한 복장을 하고 있었다. 그의 머리는 한가운데에 가르마를 내어 단정하게 빗었고, 엷은 콧수염은 입술 위에서 완벽한 선을 그리며 우아하게 다듬어져 있었다. 늘 책임감 있게 일을 처리하는 분위기를 가진 그 남자는 책상 쪽으로 바로 걸어왔다. 그는 책상 서랍을 열어서 내용물을 조심스럽게 확인하고는 다시 서랍을 닫았다.

그는 데이비드가 따라놓은 물잔을 보더니, 잠시 동작을 멈추었다. 그 젊은이는 물잔을 집어 들더니 얼굴을 찌푸렸다. 그는 뭔가 기분이 나쁜 것 같았다. 그는 머리를 가볍게 갸우뚱하더니, 물잔을 들고 구석으로 가서 남은 물을 땅에 버렸다. 이어 그는 그 물잔을 호주머니에 집어넣고 책상으로 되돌아가 나머지 물잔과 주전자를 점검하기 시작했다.

그는 주전자를 집어 들고 그 속의 물을 유심히 내려다보더니, 이어 물의 냄새를 맡아보았다. 마침내 물잔 하나에 물을 약간 따라 물맛을 보았다. 그는 만족하는 표정을 짓더니, 물을 조금 따른 그 잔을 또다시 자신의 다른 호주머니에 집어넣고 조심스럽게 주위를 둘러보더니 밖으로 나갔다.

데이비드는 심호흡을 했다. 그 젊은이는 그가 방문하러 온 사람이 아닌 게 분명했다. 그는 천막 한가운데 우뚝 서 있는 데이비드를 보지 못했다. 데이비드가 구석으로 다시 옮겨가려는데, 천막 문이 다시 펄럭거리며 열렸다.

한 신사가 낮은 문 높이에 맞추어 허리를 깊숙이 숙이며 모자를 겨드랑이 사이에 낀 채 안으로 들어왔다. 천막 문이 다시 닫히자, 키 큰 신사는 주위를 돌아다보더니 데이비드를 발견했다. 그는 미소를 지어 보이며 빠른 걸음으로 데이비드 앞에 다가와 오른손을 내밀었다.

"폰더 씨지요?"

그 신사는 눈빛을 반짝거리며 말했다.

데이비드는 놀라 입이 떡 벌어졌고, 무릎에서 갑자기 힘이 빠져나가 흐물흐물해졌다. 그는 "예, 그렇습니다. 선생님. 안녕하십니까? 만나서 반갑습니다." 이런 말을 하고자 했으나, 갑자기 목이 막혀 아무 말도 할 수가 없었다. 신사가 재미있다는 표정을 지으며 여전히 오른손을 내밀고 있었다. 그러자 데이비드는 갑자기 정신이 번쩍 들면서 그 손을 잡고 악수를 했다. 그 신사는 에이브러햄 링컨이었다.

"저……저……정말, 정말……영광입니다. 각하."

데이비드가 간신히 더듬거리며 말했다.

"폰더 씨, 오히려 내가 더 영광이오."

대통령이 말했다.

"이 만남을 위해 먼 길을 여행해온 사람은 당신이니까."

"각하, 말씀을 낮추시지요."

데이비드가 다소 정신을 차리며 말했다.

링컨은 하얀 승마용 장갑을 끼고 있었는데 검은색의 근엄한 연미복과 대조를 이루었고, 또 그의 큰 손을 더 커보이게 했다. 그는 장갑을 벗으며 책상으로 걸어가 장갑과 중산모를 책상 한 구석에 밀쳐놓았다.

"물 한잔 하겠나?"

대통령이 물주전자를 가리키는 것을 보면서, 데이비드는 머리를 끄덕이며 물었다.

"각하, 우리는 지금 어디에 와 있는 겁니까?"

링컨은 검지손가락으로 입술을 가리면서 데이비드에게 물 한 잔을 가득 따라주었다. 그도 물 한 잔을 마시더니, 다시 한 잔을 따른 다음 책상에 앉았다.

"의자를 가까이 가져오게."

링컨은 의자를 책상 가까이 당기면서 말했다. 데이비드는 의자에 앉으면서, 미국의 제16대 대통령이 오른쪽 다리를 왼쪽 다리 위에 포개며 풀 먹인 높은 칼라를 다소 느슨하게 펴는 것을 보았다. 그는 정장을 말쑥하게 차려입고 있었다. 머리는 빗질을 잘해 넘겼고, 턱수염도 단정하게 다듬었다. 그런데도 불구하고 그에게는 약간 흐트러진 듯한 분위기가 있었다. 링컨 대통령은 키가 아주 컸다. 손도 컸을 뿐만 아니라 다리와 팔도 길었고, 심지어 얼굴도 길었다. 데이비드는 에이브러햄 링컨이 사진에서 보던 것과 너무나 똑같아서 슬며시 웃음이 나왔다.

데이비드가 좀 놀랍게 생각한 것은 링컨의 목소리였다. 영화나 TV에서 그의 목소리는 언제나 저음의 바리톤이었다. 하지만 실제 만나보니 고음의 테너였다. 링컨은 물잔을 책상 위에 내려 놓으며 말했다.

"말을 타면 늘 갈증이 난다네. 게다가 난 잘 당황하여 말 앞에서는 물도 못 마시지."

그가 껄껄 웃음을 터뜨렸다.

"사실 따지고 보면 말이 달렸지, 내가 달린 것은 아닌데 말이야!"

데이비드는 그 농담에 정중하게 웃었다.

"폰더 씨, 우리가 어디에 와 있는지 알고 싶다고 했나?"

"예, 각하. 저를 데이비드라고 불러주십시오."

"알았네."

링컨이 데이비드에게 머리를 약간 숙이면서 말했다.

"데이비드, 나는 오늘 두 가지 이유 때문에 이곳에 오게 되었네. 하나는 전사자용 공동묘지를 헌정하기 위해서지. 그 때문에 오늘 우리는 펜실베이니아 주 게티즈버그에 와 있는 걸세."

데이비드는 자신의 등줄기를 따라 전율이 흘러내리는 것을 느꼈다.

"오늘, 날짜는 어떻게 됩니까?"

"1863년 11월 19일이라네."

'아, 그래서 이곳이 나에게는 낯익게 느껴졌구나. 난 이곳에 넉달 전에 온 적이 있어. 아니 넉 달이 아니라 1시간 전이었던가?' 그는 정신을 맑게 하기 위해 가볍게 머리를 흔들었다.

"대통령 각하. 두 가지 이유 때문에 오셨다고 했는데, 나머지 한 가지 이유는 무엇입니까?"

"물론, 자네를 만나는 것이지."

링컨은 미소를 지었지만, 데이비드는 그 말에 놀라서 눈을 동그랗게 떴다.

"자네와의 대화는 내가 오늘 이 행사에 참석한 사람들과 나누게 될 그 어떤 대화보다 중요하지. 오늘 헌정하게 되는 공동묘지는 과거에 관한 것이지만, 자네는 미래의 사람이니까 말이야!"

데이비드는 순간 멋쩍어서 고개를 돌렸다.

"각하, 그렇게 말씀해주시니 감사합니다. 하지만 제가 그런 신임을 받을 만한 인물인지 잘 모르겠습니다. 현재로서는 그런 미래가 과연 있는지도 의심스럽구요. 저는 사실 지금 이 순간 생애의 가장 어려운 때를 통과하고 있습니다."

"그렇다면 더욱 축하하네! 맨 밑바닥으로 내려가면 위로 올라갈 일만 남았듯이, 그처럼 어려운 때에 있다니 앞으로 더 좋은 일이 생길 게 분명해."

대통령은 물잔을 치켜들며 건배를 제청했다.

"생애 가장 어려운 때를 지나고 있는 우리 두 사람을 위하여!"

데이비드는 반응하지 않았다. 링컨이 농담을 하는 건지도 모른다는 생각이 들었기 때문이다.

"저는 농담을 하고 있는 게 아닙니다."

데이비드가 정색을 하며 천천히 말했다.

"그렇다면 나도 자네에게 하나 말해주지."

링컨이 어색한 미소를 지으며 말했다.

"나도 농담하고 있는 게 아니야."

링컨은 오른쪽으로 손을 뻗어 대통령의 등록 상표나 다름 없는 검은 중산모를 집어 들었다. 잠시 링컨은 비단 중산모를 두른 커다란 비단 띠를 부드럽게 만지작거렸다.

"이건 내 어린 아들 윌리를 기억하여 내가 가지고 다니는 띠라네. 그 애는 몇달 전에 죽었지."

그는 심호흡을 한 뒤 한숨을 내쉬었다.

"그리고 지금 내 아들 태드가 병상에 누워 있어⋯⋯. 언제 죽을지 모르지. 자네도 알고 있을지 모르지만, 내 아내는 오늘 여기 가지 말라고 했다네."

"그런데 왜 오셨습니까?"

"의무 때문이야. 백악관에 있으면서도 아들을 위해 기도할 수 있고, 또 이 일을 하러 내려오면서도 기도를 할 수 있기 때문이지. 나는 전능하신 하느님께서 내가 어디에 있든 내 기도를 들어 주실 것으로 확신하네. 그분의 팔은 워싱턴에서 게티즈버그까지 미치지 않는 곳이 없지. 또한 하느님께서는 기도만 하고 기다리는 사람보다는 기도를 하면서 일도 열심히 하는 그런 사람을 더 좋아하시지."

대통령은 포개었던 다리를 다시 바꾸었고, 이어 팔짱을 꼈다.

"나는 방금 우리 두 사람은 생애의 가장 어려운 때를 지나고 있다고 말했네. 그건 이기적으로 속 좁게 바라보았을 때의 애기지. 게다가 나는 이기적인 행동을 더 좋아하는 경향이 있다네. 그런 경향 때문에 내 인생의 모든 갈등이 벌어지곤 하지. 하지만 좀 더 큰 관점에서 본다면 우리는 우리 자신을 변화시키고 발전시킬 수 있는 아주 멋진 기회를 잡은 것일세."

"우리 자신을 발전시킨다고요? 그러니까 '개인적 성장'을 말씀하시는 겁니까? 하지만 제게 더 이상 개인적 성장이 있을지 모르겠군요."

"물론 그런 불확실한 느낌이 들겠지."

링컨이 말했다.

"하지만 불확실한 느낌에 안주하려는 것이야말로 가장 손쉬운 선택이 아닐까? 사실 지구상에 많은 사람들이 그런 손쉬운 선택에 매달려서 하루하루를 살아가지. 자, 이렇게 한 번 보세. 자네가 지금 이 순간 직면하고 있는 문제는 바로 이런 것일세. 자네는 어느 정도의 영향력을 갖고 싶은가?"

데이비드는 더욱 모르겠다는 표정을 지으며 고개를 갸우뚱했다. 그는 당황하는 기색이 역력한 어조로 말했다.

"저는 더욱 모르겠습니다. 우선 영향력이 개인적 성장하고 무슨 상관이 있습니까?"

링컨은 몸을 앞으로 숙이면서 말했다.

"데이비드. 만약 그게 사실이라면, 자네가 정말 힘에 관심이 없다면, 나는 자네 때문에 엄청난 시간 낭비를 하는 거야. 지금 이 순간에 말이야."

데이비드는 그게 모욕의 말이 아닌지 알 수 없었다. 그는 입을 열어 말하기 시작했다.

"제가 드리고자 하는 말씀은……."

링컨은 상체를 앞으로 내밀어 데이비드의 무릎을 만졌다. 그는 침착하게 미소 지으며, 그러나 굳건한 어조로 데이비드의 말을 가로막았다.

"데이비드."

데이비드가 그 순간 입을 다물자, 대통령은 다시 의자 등받이에 등을 기댔다. 그는 여전히 미소를 잃지 않은 채 검은 눈으로 데이비드를 응시하면서 부드럽게 말했다.

"자, 이제 내 말을 주의 깊게 듣기 바라네. 개인적 성장은 영향력을 가져오게 되어 있어. 일정 수준의 개인적 성장은 가족을 먹이고 입히는 기술을 가져다주지. 하지만 또 다른 수준의 개인적 성장은 상당한 영향력과 지혜를 가져다주어 사람들의 지도자가 되게 하지."

링컨은 거기서 잠시 말을 멈추었다. 그는 젊은 사람의 눈을 한참 동안 쳐다보았다.

"그리고 위대한 일을 하기 위해서는 위대한 리더십이 반드시 필요하다네. 이 리더십을 회피할 필요는 없어. 좋은 과일을 따오듯이 그 힘을 수집하는 것이 필요하지. 좋은 사람의 손에 주어진 힘은 무더운 여름날의 시원한 샘물과도 같아. 그 샘물을 찾아오는 모든 사람들을 시원하게 해주지. 그래, 물론 어떤 사람은 생활해나가는 데 꼭 필요한 힘만을 원하기도 해. 또 개중에는 자기 가족이나 그 밖의 어려운 사람들의 삶을 편안하게 해주는 정도의 힘을 획득하는 사람도 있지. 하지만 이런 사람들은 자신의 개인적 성장이 위태로워질 정도의 리더십은 추구하지 않아. 그런데 말이야, 사람들 중에는 자기가 이 세상을 바꿀 수 있다는, 어떻게 보면 바보스러운 믿음을 가진 그런 사람들이 있어. 이런 사람은 인기에 영합하는 것이 아니라, 자기가 옳다고 생각하는 일을 위해 엄청난 리더십을 원하지. 이 사람은 끝내 거대한 힘을 얻어서 수십만의 사람들로 하여금 그들이 꿈꾸던 세상으로 건너가게 해준다네."

데이비드는 묵묵히 듣고 있었고, 링컨은 말을 이었다.

"우리는 어릴 때 어둠을 두려워해. 하지만 이제 어른이 되어서는 대낮의 밝은 빛을 더 두려워해. 우리는 한 발자국 앞으로 내디디는 것을 더 두려워해. 우리는 지금의 우리보다 더 큰 존재가 되기를 두려워해. 하지만 그렇게 두려워하기만 한다면 우리가 아직 도달하지 못한 그 세계로 어떻게 사람들을 인도하겠어? 데이비드, 앞으로 더 나아가야 하네. 계속 찾아야 해. 나는 자네가 너무 멀리 있는 것처럼 보이는 빛을 찾아 나서길 바라네. 그건 정말 보람 있는 여행이 될 거야. 그렇게 하면 자네는 개인적 성장과 리더십의 등대가 될 것이고, 자네의 모범과 리더십을 통해 평범함의 바위에 좌초하려는 수많은 젊은이를 구해줄 수가 있어."

"이제야 각하의 말씀을 이해할 것 같습니다."

데이비드가 고개를 끄덕이며 말했다.

"그러면 어떻게 해야 저의 개인적 성장을 도모할 수 있을까요? 그런……그런……여행길에서 중요한 것이 무엇일까요?"

"글쎄."

링컨이 말했다.

"나로서는 질문을 던지는 것이 늘 유익했어."

"무엇에 관해서요?"

"나 자신에 관해서."

"그러니까 각하께서는 각하 자신에 대해서 질문을 던졌다는 말씀이십니까?"

"그렇지."

대통령이 웃으면서 말했다.

"그래서 그 대답을 전반적으로 알고 있지!"

링컨은 손등으로 턱수염을 가볍게 쓰다듬으면서 말했다.

"'다른 사람들은 나를 어떻게 볼까?' 또는 '그들이 싫어하는 것은 무엇인가?' 따위의 질문을 자기 자신에게 진지하게 던지고, 또 정직하게 대답하면 많은 것을 얻을 수 있지. 그렇게 해서 다른 사람들이 늘 자네 주위에 모여들면, 자네는 엄청난 영향력을 가진 인물이 되는 거야."

"그럼, 사람들을 즐겁게 만들라는 말씀이십니까?"

데이비드가 물었다.

"반드시 그런 것은 아니야. 나는 태도나 말투 등 자네의 외형적 모습에서 좀 껄끄러운 부분을 부드럽게 바꾸라고 말하고 있는 거야. 물론 나 자신도 나의 태도에서 바꾸어야 할 점을 계속 발견하고 있어. 하지만 다른 사람들을 완벽하게 즐겁게 해줄 수는 없는 노릇이고, 또 그런 일이 자네의 목표가 되어서도 안 돼. 가령 게으르고 질투심 많은 사람의 허락을 받으려는 것은 자네의 진주를 돼지에게 던져주는 꼴밖에 안 되지. 자네는 남의 생각에만 신경 쓰는 사람을 하느님께서 별로 신뢰하지 않는다는 걸 알게 될 걸세."

"각하께서도 남들의 이야기에 신경 쓰인 적이 있었습니까?"

데이비드가 물었다. 대통령은 진지한 표정을 지으며 다시 한 번 책상 위로 몸을 수그렸다.

"왜? 그들이 뭐라고 말하는데?"

링컨은 데이비드의 충격받은 얼굴을 보고서 크게 웃음을 터뜨렸다.

"데이비드, 나는 뷰캐넌 대통령으로부터 악몽 같은 정부를 물려받았네. 내가 대통령에 취임해보니 이미 7개 주가 연방에서 탈퇴했고, 제퍼슨 데이비스는 남부연맹의 대통령이 되어 있었어. 자네니까 털어놓는 말이지만, 뷰캐넌은 별 도움이 되지 않았어. 그는 자신이 미합중국의 마지막 대통령이었다고 말하면서 워싱턴을 떠났어. 나는 공화당 출신의 최초 대통령이야. 대중들의 표에 힘입어 간신히 당선되었지. 그래서 내각의 각료들조차도 나를 무시했어. 워싱턴의 엘리트 인사들이 볼 때 나는 어색하고 투박한 시골 변호사, 또는 겉도는 국외자에 지나지 않았어. 정직하지 못하다느니 무능하다느니 하면서 나를 비방하는 신문 칼럼들에 내가 신경을 썼더라면, 정적들이 나를 원숭이 혹은 광대라고 부를 때마다 감정이 상했다면, 나는 어떻게 되었겠나? 나는 내가 해결하기 위해 이 지상에 온 그 일을 착수조차 하지 못했을 거야!"

링컨은 의자에서 일어나 호주머니에 양손을 집어넣으며 계속 말을 이어갔다.

"올곧은 성품을 가진 사람은 머잖아 그 성품을 시험당하게 되어 있네. 명예와 용기를 가진 사람은 곧 부당한 비난을 당하게 되어 있지. 하지만 그런 부당한 비난은 결코 진실을 움직이지 못한다는 사실을 잊지 말게. 비난을 피할 수 있는 유일한 길이 무엇인지 아는가? 그건 비난에 대하여 아무것도 하지 말고, 또 그 비난을 의식하여 진정한 자기가 아닌 엉뚱한 존재가 되려 하지 않는 것이지!"

링컨이 말을 끊고 한숨 돌리려는 순간, 밖에서 왁자지껄한 찬양의 함성이 들려왔다. 링컨은 고개를 그쪽으로 돌렸다. 그는 빙긋이 웃으며, 데이비드에게 따라오라는 손짓을 했다.

"행사가 어느 정도 진행되었는지 한번 살펴보자고."

대통령이 천막의 출입구로 다가가 문을 젖히자, 임시 연단이 한눈에 들어왔다. 조금 전 데이비드가 보았던 신사가 여전히 연설을 하고 있었다.

"저분은 누구죠?"

데이비드가 조용히 물었다. 링컨은 고개를 돌리지 않고 대답했다.

"오늘 행사의 주 연사이지. 에드워드 에버릿 목사님이야. 한때 하버드 대학의 총장을 지냈고, 필모어 대통령 시절에는 국무 장관을 지냈지. 대단한 연설가야. 저 청중들의 얼굴을 한번 봐. 모두 황홀해하고 있잖아."

"저들은 각하를 기다리고 있는 것 같은데요."

데이비드가 대답했다. 링컨은 미소를 지어 보이더니 천막 문을 닫았다. 그는 출입문에서 책상 쪽으로 오면서 말했다.

"그런 칭찬의 말을 들으니 기분은 좋구먼. 하지만 나는 짧게 연설할 생각이네. 여기 온 건 묘지를 헌정하기 위해서인데, 겨우 3주 전에 초대를 받았어."

그 순간 천막 출입문이 젖혀지면서 말쑥한 차림의 젊은이가 들어왔다. 조금 전 들어왔던 청년이었다. 링컨은 그를 가리키면서 말했다.

"내 수행 비서인 존 헤이야."

데이비드는 잠시 몸이 얼어붙었으나, 그 젊은이가 머뭇거리는 것을 보고 간신히 웃음을 참았다. 헤이는 오른쪽과 왼쪽을 살피고 천막 주위를 돌아다보더니, 망설이는 목소리로 말했다.

"각하?"

링컨은 재빨리 정신을 차리면서 물었다.

"용건이 뭔가, 존?"

헤이는 이상하다는 듯이 눈썹을 찌푸리며, 대통령의 뒤쪽을 유심히 살폈다.

"존, 용건이 뭐냐니까?"

링컨이 다시 수행 비서에게 말했다.

"저는, 에……에……이렇게 불쑥 들어와서 죄송합니다. 대통령 각하."

이제 링컨은 간신히 웃음을 참고 있었다.

"뭐냐면, 에……에……."

헤이가 순간적으로 말을 더듬었다.

"에버릿 목사님의 연설이 끝나면, 볼티모어 글리 클럽이 묘지에 바치는 헌사를 노래로 부르게 되어 있습니다. 그들이 노래 부르는 시간을 이용하여 각하가 임시 연단에 나가시면 될 것 같습니다. 사람들이 각하를 모시러 올 겁니다."

"고맙네, 존."

링컨이 문 앞으로 걸어가면서 말했다.

"노래가 시작되면 천막 밖으로 나오라, 이 말이지? 그러면 그 때까지 나를 좀 혼자 내버려두게."

대통령은 천막 문을 활짝 열었다. 수행 비서에게 어서 나가라는 뜻이었다. 헤이는 천막 문을 나서다가 고개를 돌렸다. 허리를 숙인 그의 몸은 절반은 천막 밖에, 나머지 절반은 천막 안에 걸쳐 있었다. 그는 조심스럽게 질문했다.

"각하. 실례입니다만, 다시는 안에 들어오지 말라는 말씀이십니까? 그럼 연단으로 가시기 직전에 천막 밖으로 나오시겠습니까?"

"그렇게 하겠네, 존."

헤이는 잠시 동안 망설였다. 이어 여전히 문턱에 선 채로 그가 말했다.

"각하, 제가 한 가지 여쭈어볼 게……."

"존."

링컨이 그의 말을 가로막았다.

"예, 각하?"

"내가 연단으로 가야할때 천막 밖에 나가 자네를 만나도록 하겠네."

"알겠습니다, 각하."

헤이는 체념한 표정으로 대답하면서 천막 문을 닫았다. 대통령은 문을 닫고서 고개를 끄덕여 데이비드에게 따라오라는 표시를 하며 책상으로 갔다. 그는 책상에 앉으면서 웃음을 참지 못했고, 드디어 웃음을 터뜨리자 얼마나 우스웠던지 눈물이 주르륵 나왔다. 잠시 동안 두 사람은 크게 웃었다. 링컨은 곧 마음의 평정을 회복하더니 심호흡을 하면서 숨을 내쉬었다.

"이봐, 아들 같은 친구. 아주 아슬아슬했어. 잠시 헤이가 자네를 보지 못한다는 것을 깜빡 잊어버렸지. 존은 아주 훌륭한 친구야. 그를 놀림감 삼아서 웃는 것은 안된 일이지만, 아무튼 존의 어리둥절해하는 얼굴은 정말 봐줄 만했어!"

데이비드는 의자에 앉으면서 등받이 깊숙이 등을 대고 편안한 자세를 취했다.

"수행 비서가 들어오기 전에 각하께서는 오늘 행사에 대해서 말씀하고 계셨습니다."

"그랬지."

링컨은 헛기침을 한 번 했고, 얼굴에서 미소가 사라졌다.

"그래, 오늘 이 전쟁의 몰골 사나운 결과물인 공동묘지 헌정 때문에 치열한 전투 중임에도 불구하고 잠시 틈을 냈지. 이제 이 주위에 공동묘지가 꽤 많아서, 내가 일일이 다 헌정해줄 수 없는 상황이 되었다네."

링컨은 얼굴을 찌푸리더니 계속 말을 이어나갔다.

"여기서만 5만 명 이상의 사상자가 발생했어. 그야말로 시산혈해(屍山血海: 시체의 산과 피의 바다)라는 보고를 받았다네."

그는 잠시 어두운 얼굴이더니, 곧 밝아지면서 이렇게 말했다.

"하지만 이제 내게는 그랜트 장군이 있어. 이 전쟁은 그리 오래가지 않을 거야."

"지금 전쟁에서 이기고 있다는 말씀입니까?"

데이비드가 물었다.

"사실대로 말하자면, 지금껏 이기지는 못했지. 하지만 지난 7월에 있었던 게티즈버그 전투 이래 결과는 점점 좋아지는 듯해."

데이비드는 문득 한 가지 생각이 떠올라 물어보았다.

"대통령 각하, 혹시 북군 소속인 조슈아 체임벌린 대령을 알고 계십니까? 그는 메인 20연대 소속인데요."

링컨은 고개를 갸우뚱하며 잠시 생각하더니 천천히 대답했다.

"아니, 그런 이름은 모르겠는데. 내가 전에 만나본 사람인가? 또는 아는 사람인가?"

"혹시나 해서 여쭤본 겁니다. 그는 게티즈버그에서 싸웠습니다. 워싱턴에 돌아가시면 한번 알아봐주시기 바랍니다."

대통령은 고개를 끄덕였다.

"그리고 질문이 하나 더 있습니다."

데이비드가 계속해서 말했다.

"각하께서는 하느님이 각하의 편이라고 생각하십니까?"

링컨은 생각이 가득한 표정으로 데이비드를 쳐다보았다. "지난해(1862년) 9월 22일, 나는 모든 노예가 앞으로 영원히 자유라고 선언하는 〈노예해방선언문〉에 서명을 했지. 그 서명의 시점에 대해서는 지금도 의견이 분분하네. 나의 각료 중 한 사람은 국민의 대다수가 링컨 행정부와 노예해방선언에 반대한다고 공공연히 떠들고 다니기도 하지. 나의 굳은 신념은 이거야. 여론은 왔다 갔다 할 수 있어도 선과 악의 구분은 결코 흔들리지 않는다는 거야. 만약 우리가 우리에게 부과되는 구속의 쇠사슬을 당연하다고 생각하면, 우리의 사지는 그 쇠사슬을 찰 준비를 하게 되네. 우리 정부와 우리 제도의 근본정신은 사람들을 높이 들어올리는 것이야. 그래서 나는 사람들을 깎아내리는 그 어떤 조치에도 반대하네. 나는 선이 힘을 만들어낸다고 생각하지. 그래서 그 선언에 서명을 했고, 현재 그것을 실천 중에 있네. 하느님이 내 편이냐고? 솔직하게 말해서 나는 그런 질문에는 별로 관심이 없어. 그보다는 우리가 하느님 편에 서 있는가? 이런 질문에 더 관심이 많아."

데이비드는 조금 전 링컨이 그랜트 장군을 언급했던 것을 기억해냈다.

"그랜트 장군을 말씀하셨는데, 왜 그랜트 장군이 크게 앞서갈 거라고 생각하십니까?"

"왜냐하면 그도 나 못지않게 이기고 싶어하기 때문이지!"

링컨이 높은 목소리로 말했다.

"어린아이처럼 일일이 감시하지 않아도 되는 장군을 찾아내는데 무려 3년이나 걸렸어. 윈필드 스콧이 나의 첫 번째 참모총장이었지. 이어 맥도웰, 프레몬트, 그리고 대실패작 맥클레런으로 이어졌지. 자네도 한번 생각해보게. 맥클레런에게는 북군의 병력을 모두 맡기면서 총사령관 자리를 주었는데도, 그는 싸우려들지 않았어! 맥클레런을 교체한 다음에는 헨리 할렉을 임명했지. 할렉은 웨스트포인트 출신이고 군사 전략에 관한 이론서까지 펴낸 장군이었어. 나는 그를 임명하기 1년 전에 그 책을 읽고 감명을 받았지. 멋진 전투 이론을 수립한 훌륭한 책이었지만, 책이 싸워주는 것은 아니었어. 할렉은 모든 책임을 다른 사람에게 미루었고, 그나마 조금 있던 침착성마저 곧 잃어버리더니 일개 중대장만도 못해졌어. 그 후에도 몇몇 장군들을 임명했지만 모조리 실패작으로 끝났어. 내가 그랜트 장군을 총사령관으로 임명하겠다는 의사를 발표했을 때, 언론에서는 나를 비난하고 나섰지. 많은 사람들이 그랜트를 사임시키라고 내게 압력을 넣었어! 하지만 나는 그런 얘기를 다 일축해버렸다네. 그는 싸우겠다는 의사가 충천해! 물론 그가 술을 많이 마신다는 보고도 받았지. 그런 보고에 내가 뭐라고 대답했는지 아나? 그가 마시는 위스키 이름을 알면 나머지 장군들에게도 그 술을 몇 병 보내주겠다고 응수했지!"

데이비드는 그 말에 웃음을 터뜨렸다. 링컨은 미소를 지으면서 계속 말했다.

"정말 중요한 점은 그랜트는 나 못지않게 이기고 싶어 한다는 거야. 만약 이기고 싶은 생각이 있다면, 먼저 이길 생각이 가득한 사람을 주위에 포진시켜야 해. 이기겠다고 큰소리쳐놓고 결과는 별로인 사람을 선택했다고 해서 실망할 필요는 없어. 그랜트는 내가 열 번째로 임명한 장군이었어.

나는 누가 나만큼 열심히 노를 젓는지 알기 위해서 열 명이나 보트에 태워보았던 거야."

"만약에……아니, 그가 틀림없이 이긴다면, 그다음에는 무엇을 할 겁니까?"

데이비드가 물었다.

"전쟁이 끝난 후에 무엇을 하겠느냐고?"

"예, 전쟁이 끝난 후 각하는 제일 먼저 무엇을 하시겠습니까?"

"그건 좀 대답하기가 쉬운 질문이군. 사실 전쟁이 끝나면 어떻게 할 것인가 많이 생각해보았네. 전쟁이 완전히 끝난 그다음 날 아침 나는 용서하는 마음으로 하루를 시작하겠다고 나 자신에게 다짐하겠네."

"어떻게 그렇게 하실 수 있습니까? 저는 이해가 잘 안 됩니다!"

데이비드는 깜짝 놀랐다.

"이건 아주 간단한 개념이야. 그리고 내가 주기적으로 실천하는 가장 중요한 행동이기도 하지. 용서하는 마음을 갖고 있기 때문에 나는 훌륭한 남편, 아버지, 친구, 대통령이 될 수 있는 거라네."

"용서하는 것과 훌륭하게 되는 것은 무슨 상관이 있습니까?"

데이비드는 당황하면서 다시 물었다. 링컨은 잠시 생각에 잠기더니 포갠 다리를 바꾸면서 대답했다.

"자네는 어떤 사람이 자네에게 한 짓이 너무나 화가 나고 억울해서 온통 그 사람과 그 사람이 나에게 한 행동밖에 생각나지 않았던 적이 있었나? 잠자야 할 때에도 그 사람을 생각하고, 자네가 이야기하고 싶은 것은 오로지 그 사람의 행동뿐인 그런 적이 있었나? 그 사람의 소행을 곱씹느라고 가족과 아이들과 단란하게 보내야 할 저녁 한때도 거른 적이 있었나? 다시 말해서 자네를 기분 나쁘게 한 그 사람이 자네의 모든 에너지를 빼앗아가 버린 그런 적이 있었나? 아예 폭발하거나 돌아버릴 것 같은 그런 기분 말일세."

링컨은 상체를 앞으로 숙이면서 물었다.

"그런 엄청난 분노를 느낀 적이 있었나?"

"예, 있습니다."

데이비드가 고개를 끄덕였다. 링컨은 의자의 등받이에 다시 등을 기대면서 포개었던 다리를 풀었다.

"그래, 나도 그런 적이 있었지. 나는 그런 분노 때문에 사업 실패, 부부 갈등, 선거에서의 실패를 겪었지. 하지만 아주 간단한 비결을 하나 발견함으로써 상당한 성공을 거둘 수 있었어."

"어떤 비결인데요?"

"그건 용서의 비결일세."

링컨이 대답했다.

"이 비결은 누구나 볼 수 있는 곳에 있지만, 실은 잘 보이지 않는 비결이지. 돈은 한 푼도 들지 않지만, 수백만 달러의 가치가 있는 비결이야. 누구나 이 비결을 실천할 수 있는데, 실천하는 사람은 극소수에 불과해. 만약 자네가 용서의 힘으로 무장할 수 있다면, 자네는 존경을 받고 어디서나 필요한 사람이 되고, 또 부자가 될 걸세. 그리고 당연한 일이지만, 자네도 남에게서 용서를 받게 되네!"

데이비드는 의아한 표정을 지었다.

"그럼 어떤 사람을 용서해주라는 말씀인가요?"

"모든 사람을 다."

"하지만 그들이 용서를 구하지 않으면요?"

링컨은 짙고 검은 눈썹을 치켜뜨며 미소를 지었다.

"대부분의 사람들은 용서를 구하지 않아. 우리의 감정을 그토록 상하게 하고, 또 우리를 그토록 화나게 만든 많은 사람들이 어떻게 생각하는 줄 아나? 그들은 우리에게 잘못을 했다는 생각은 조금도 하지 않고, 그들의 인생을 살아가고 있지!"

"그건 확실히 그렇습니다. 하지만 용서를 청하지도 않는 사람을 어떻게 용서할 수 있습니까? 전 잘 이해가 되지 않습니다!"

데이비드는 얼굴을 찌푸렸다.

"그 기분 이해하네."

링컨이 대답했다.

"나도 여러 해 동안 용서란 기사도 정신 비슷한 것이라고 생각해왔지. 내 발밑에 엎드려서 나에게 용서를 비는 불쌍한 사람에게 내려주는 것이라고 생각했어. 하지만 나는 그후 좀더 원숙해지고, 또 성공한 사람들을 잘 관찰하면서 용서에 대하여 새로운 생각을 갖게 되었지. 데이비드, 한번 잘 생각해보게! 내가 사람들을 용서해주기 위해서는 먼저 그들이 용서받을 자격이 있어야 한다. 이렇게 주장하는 법이 이 세상 어디에 있는가? 나의 용서를 받기 위해 상대방은 3번 이하, 7번 이하, 혹은 17번 이하만 잘못을 저질러야 한다. 이렇게 적혀 있는 법이 어디에 있는가? 용서는 힘들게 노력해서 벌어야 하는 것이 아니라네. 다시 말해 용서는 공짜로 나누어주는 선물이라는 거지. 내가 남을 용서해주면 내 마음속에 있는 분노와 증오를 해소시켜 나의 영혼을 자유롭게 풀어놓을 수 있어. 이처럼 남에게 그저 베풀어준 용서는 또한 나 자신을 위한 선물이 되기도 하지."

데이비드는 서서히 고개를 끄덕였다.

"나는 용서를 내가 마음대로 나누어줄 수 있는 선물의 개

넘으로 생각하지 않았습니다."

바로 그때 천막 밖에서 함성 소리가 터져 나왔고, 우레와 같은 박수 소리가 이어졌다. 대통령은 양복 조끼에서 휴대용 시계를 꺼냈다.

"에버릿 씨가 연설을 마친 것 같군. 자, 이제 이야기할 시간이 그리 많이 남지 않은 것 같네."

데이비드는 의자에서 일어섰다.

"여보게. 아들 같은 친구, 그래도 잠시 앉아 있게."

링컨이 부드러운 어조로 말했고, 데이비드는 다시 의자에 앉았다.

"데이비드, 자네는 지금 자네 인생에서 아주 중대한 순간에 와 있네. 그런데 자네가 지금껏 아주 오랫동안 용서해주지 않은 사람이 하나 있어. 자네를 이곳 게티즈버그에 초대한 이 짧은 만남의 주인으로서 자네에게 한 가지 경고를 하고 싶네. 자네가 용서하는 마음을 갖지 못한다면, 자네의 남편, 아버지, 사람들의 리더 역할은 끝장난 거나 다름없게 될 걸세. 자네의 꿈을 현실로 바꾸어주고, 자네의 미래를 위해 도와주는 힘은 용서라는 걸 잊지 말게."

데이비드는 놀라서 입이 떡 벌어졌다. 그의 두 눈동자에는 당황하는 기색과 놀라는 빛이 완연했다. 그는 믿어지지 않는다는 듯이 눈을 깜빡거리며 물었다.

"방금, 저에게 용서해주지 않은 사람이 하나 있다고 하셨습니다. 각하, 제가 그 사람이 누구인지 여쭤봐도 되겠습니까?"

링컨은 물끄러미 데이비드를 쳐다보기만 했다.

"각하, 그 사람이 도대체 누구입니까?"

링컨은 의자에서 일어나 양복 상의와 바지를 훌훌 털었다.

"대통령 각하, 밖으로 나가시기 전에 꼭 알려주십시오!"

링컨은 물잔을 들어서 바닥까지 쭉 비웠다. 그는 천막 문 쪽으로 걸어갔고, 데이비드는 링컨의 팔에 매달렸다.

"제 부탁을 물리치지 마십시오!"

데이비드가 다급하게 말했다.

"이제 각하가 저 연단으로 나가시면 저는 다시는 각하를 뵙지 못할 겁니다. 각하께서는 그 사람을 용서해주지 않으면 내 인생이 끝장난 거나 다름없다고까지 말씀하셨습니다. 정말 그토록 중요한 문제라면, 지금 당장 말씀해주십시오! 그 사람이 도대체 누구입니까?"

대통령은 데이비드의 눈을 한참 동안 들여다보더니 간단하게 말했다.

"바로 자네 자신일세."

"나는 차마 내가……."

데이비드는 고개를 저었고, 눈에는 눈물이 맺혔다.

"데이비드."

링컨은 데이비드의 어깨에 부드럽게 양손을 얹었다.

"자네의 아내는 자네에게 화를 내지 않아. 자네의 딸 또한 마찬가지지. 나를 포함하여 자네의 친구들도 자네에게 화를 내지 않아. 그러니 데이비드……."

링컨은 잠시 말을 끊고 부드럽게 미소 지어 보였다.

"그러니 자네 또한 자신에게 화를 내지 말게. 자네 자신을 용서하게. 그리고 다시 시작하게."

"감사합니다."

데이비드가 셔츠 소매로 눈물을 닦으면서 말했다.

"자네에게 도움을 주게 되어 영광스럽게 생각하네."

책상에서 중산모를 집어 들며 링컨이 물었다.

"나를 따라 밖으로 나가지 않겠나? 자네도 저기 청중들 사이에 껴서 내 연설을 들어도 좋네."

"그거 멋지군요."

데이비드가 말했다.

"감사합니다! 여기 천막 안에서 연설 준비를 하셨어야 할 텐데, 이렇게 시간을 빼앗아서 죄송합니다."

"그건 전혀 문제가 안 돼. 이미 2주 전에 연설문을 준비해 두었으니까."

대통령이 말했다.

"그러세요? 그거 흥미로운데요. 링컨 연구가들의 말에 의하면……아니 미래의 연구가들 말에 의하면, 각하께서 게티즈버그로 오는 기차 안에서 이 연설문을 쓰셨다고 하던데요."

링컨은 미소를 지었다.

"아니. 나는 오늘 사용할 연설문을 워싱턴에서 준비했네. 게티즈버그로 오는 기차 안에서 뭔가 썼기 때문에 그런 오해가 생겼는지는 모르겠지만……."

링컨은 중산모 안쪽의 비단 띠에 끼워 넣었던 종이 한 장을 꺼내서 데이비드에게 내밀었다.

"사실 나는 기차 안에서 이걸 썼지. 자네에게 주려고 말이야."

데이비드는 링컨을 따라 문 앞까지 갔다. 합창대는 찬송가를 부르고 있었고, 천막 안에 있는 두 사람은 2만 명의 사람들이 몸을 뒤척이고 기지개를 켜는 소리를 들었다. 링컨은 출입문을 빠져나가기 위해 허리를 숙이다가, 갑자기 동작을 멈추고 뒤를 돌아보았다. 데이비드를 빤히 쳐다보는 대통령의 얼굴에 궁금해하는 표정이 스쳐 지나갔다.

"조금 전 사람들이 미래에 나를 연구한다고 했지?"

"예, 각하."

데이비드가 대답했다. 링컨은 눈을 가느다랗게 뜨면서 낮은 목소리로 물었다.

"그럼, 우리가 이 전쟁에서 이기게 되어 있지. 그렇지 않은가?"

"물론입니다, 각하."

대통령은 다시 한 번 슬쩍 웃으면서 눈썹을 치뜨더니 마지막으로 물었다.

"그랜트 장군이 말이지?"

"그렇습니다, 각하."

데이비드는 환히 웃으며, 이 위대한 인물을 따라 천막에서 나왔다. 밖으로 나온 데이비드는 뒤로 처질 수밖에 없었다. 존 헤이와 몇 명의 장교들이 즉시 대통령을 둘러싸고 연단 쪽으로 수행했다. 링컨은 에드워드 에버릿과 악수를 나누었다. 에버릿 목사는 대통령의 연설을 듣기 위해 임시 무대 근처에서 기다리던 중이었다. 합창대가 노래를 마치고 무대에서 사라지자, 검은 턱시도를 입은 사회자가 연단에 다가와 큰 소리로 알렸다.

"신사 숙녀 여러분, 미합중국의 대통령, 에이브러햄 링컨입니다."

그러자 2만 명의 사람이 일제히 일어서서 박수를 보냈다. 데이비드는 연단 앞쪽으로 가서 다른 사람들과 함께 섰다. 데이비드는 링컨 대통령의 오른쪽 바로 밑에 서 있었다. 링

컨 대통령은 높고 카랑카랑한 목소리로 분열된 국가의 치유
를 시작하게 되는 저 유명한 연설문을 읽어 내려가기 시작
했다.

"지금부터 87년 전에 우리의 선조는 만인은 태어나면서
부터 평등하다는 대전제와 자유의 깃발 아래 이 대륙에 신
생국을 창설했습니다. 오늘 우리는 이렇게 창안되고, 또 이
렇게 헌정된 우리 나라가 과연 오래도록 지속될 수 있는지
시험하는 큰 내란을 겪고 있습니다. 우리는 전쟁이 크게 벌
어졌던 싸움터에서 지금 만나고 있습니다. 우리는 이 나라
를 영원히 지키기 위하여 이곳에서 목숨을 바쳤던 사람들
의 마지막 휴식처가 되도록 기리기 위해서 이곳에 왔습니
다. 우리의 행동은 옳습니다. 그러나 더 큰 의미에서 우리
가 이 땅을 헌정하거나 봉헌하거나 거룩하게 할 수는 없는
일입니다. 왜냐하면 생존자이건 사망자이건 이곳에서 싸웠
던 용사들이 이미 이 땅을 신성하게 했으므로, 우리의 빈약
한 힘으로는 도저히 그 신성함을 가감할 수 없기 때문입니
다. 세상은 우리가 이곳에서 드리는 추도사를 주목하지 않
을 것이고, 오래 기억하지도 않을 것입니다. 그러나 용사들
이 이곳에서 이룩해놓은 업적은 영원히 잊혀지지 않을 것입
니다. 그러므로 이곳에서 싸웠던 사람들이 그처럼 탁월하
게 진척시킨 그 미완성의 작업을 모두 완성하기 위하여 이

곳에서 헌신해야 할 사람은 오히려 생존자인 우리들인 것입니다. 우리 자신 스스로 이곳에서 우리 앞에 남아 있는 대과업에 헌신해야 합니다. 우리는 명예롭게 죽은 용사들로부터 커다란 헌신을 받아들였으므로, 그들이 남겨놓은 그 대의를 널리 펼쳐나가야 하겠습니다. 우리는 이곳에서 그들의 죽음을 결코 헛되게 하지 않을 것이라고 굳게 결의하는 바이며, 하느님의 가호 아래 우리 나라가 자유의 새로운 탄생을 누리게 되리라는 것과 '국민에 의한' '국민을 위한' '국민의' 정부가 지구상에서 멸망하지 않으리라는 것을 굳게 결의하는 바입니다."

잠시 동안 청중은 아무런 말이 없었다. 이어 데이비드는 온 사방에서 사람들이 환호하는 소리를 들었다. 그도 사람들을 따라 발을 구르고 박수를 치면서 링컨 대통령이 사람들의 환호에 고개를 끄덕이며 무대에서 저 멀리 떨어진 사람들에게까지 손짓을 하는 것을 보았다. 이어 대통령은 무대 바로 아래 서 있는 데이비드를 보고 미소를 지었다. 대통령은 다시 한번 청중들에게 손을 흔든 뒤 몸을 돌려 무대 뒤로 사라졌다.

데이비드는 사람들 사이를 헤치면서 언덕의 완만한 경사지에 혼자 서 있는 커다란 너도밤나무 쪽으로 걸어갔다. 그는 이제 수천 명의 사람들로부터 떨어져 나무 그늘에 앉아 있었다. 연단에서 또 다른 찬송가를 부르는 합창대의 노래를 들으면서, 데이비드는 미국의 제16대 대통령이 건네준 쪽지를 펴서 읽기 시작했다.

나는 매일 용서하는 마음으로 오늘 하루를 맞이하겠다

아주 오랫동안 나의 용서하는 힘은 잊혀지고 내 눈에서 사라져 있었다. 그동안 내내 용서의 힘은 나의 눈길을 기다렸고, 또 어떤 가치 있는 사람에게 발휘되기를 기다렸다. 나는 대부분의 사람들이 나의 소중한 용서를 받을 자격이 없다고 생각했고, 또 그들이 용서를 청하지 않았으므로 용서해줄 생각이 없었다. 그리하여 내가 마음속에 억압해두었던 용서는 비틀린 씨앗이 되어 검은 열매를 맺을 뿐이다.

이제 더 이상 그런 일은 없을 것이다! 이 순간 나의 인생은 새로운 희망과 확신으로 차고 넘친다. 이 세상의 수많은 사람들 중에서 나는 이제 분노와 적개심을 풀어낼 줄 아는 사람이 되었다. 나는 이제 용서는 아무 대가 없이 주어야 한다는 것을 안다. 그냥 용서해주는 이 간단한 행위 하나로 나는 버거워했던 과거의 악마들을 모두 물리칠 수 있다. 그리고 나 자신 속에 새로운 마음, 새로운 시작을 창조한다.

나는 매일 용서하는 마음으로 오늘 하루를 맞이하겠다. 나는 나에게 용서를 빌지 않는 사람들조차도 용서하겠다. 과거에 생각 없고 배려 없는 사람들이 내 앞길에 무심코 내던진 말이나 행동에 분노로 펄펄 끓던 적이 여러 번 있었다. 나는 복수와 대결을 꿈꾸며 귀중한 시간들을 낭비했다. 이제 나는 내 구두 속에 아주 무겁게 들어 있는 이 심리적 돌덩어리의 진실을 알게 되었다. 내가 품고 있는 분노는 종종 일방적인 것이었다. 왜냐하면 나의 가슴을 아프게 한 사람은 자신의 소행을 조금도 의식하지 못하기 때문이다! 나는 앞으로 나의 용서가 필요 없다고 생각하는 사람들도 아무 조건 없이 용서할 것이다. 이렇게 용서함으로써 내 영혼은 다시 편안해질 것이고, 나의 동료들과는 다정한 사이가 될 것이다.

　나는 매일 용서하는 마음으로 하루를 맞이하겠다. 나는 나를 부당하게 비판한 사람들도 용서하겠다. 나는 그 어떠한 형태의 노예제도도 잘못된 것임을 안다. 따라서 남들의 의견을 좇아서 생활하는 사람 역시 노예에 지나지 않는다. 나는 노예가 아니다. 나는 나 스스로 결정을 내린다. 나는 선과 악의 차이를 안다. 엉뚱한 의견이나 부당한 비판은 나의 노선을 바꾸어놓지 못한다.

나의 목표와 꿈을 비판하는 사람들은 내 인생의 높은 목적을 이해하지 못하는 사람들이다. 따라서 그들의 냉소는 나의 태도나 행동에 조금도 영향을 미치지 못한다. 나는 그들의 비전 없음을 용서하고, 나의 앞길로 나아간다. 나는 이제 비판을 묵묵히 감수해야만 위대함으로 도약할 수 있다는 걸 안다.

나는 매일 용서하는 마음으로 오늘 하루를 맞이하겠다. 나는 나 자신을 용서하겠다. 지난 여러 해 동안 나의 가장 큰 적은 나 자신이었다. 내가 저지른 모든 실수, 모든 착오, 모든 좌절은 내 마음속에서 거듭거듭 반추되었다. 지키지 못한 약속, 낭비된 시간, 도달하지 못한 목표는 내 인생에 대한 혐오감을 더욱 부채질해왔다. 나의 당황하는 태도는 온몸을 마비시키는 결과를 가져왔다. 내가 나를 실망시키는 일이 발생하면 나는 무감각으로 반응했고, 그리하여 더욱더 실망의 수렁으로 빠져들었다.

나는 오늘 나의 머릿속에 들어 있는 적과 싸울 수 없다는 것을 안다. 나 자신을 용서함으로써 과거의 그림자가 빚어내는 의심, 공포, 좌절을 말끔히 씻어낸다. 오늘부터 나의 과거가 나의 운명을 통제하는 일은 없을 것이다. 나는 나 자신을 용서했다. 나의 인생은 방금 새롭게 시작했다.

나는 나를 부당하게 비판한 사람들도 용서하겠다. 나는 나 자신을 용서하겠다.

나는 매일 용서하는 마음으로 오늘 하루를 맞이하겠다.

9

가브리엘

데이비드는 청바지 주머니에서 담배쌈지를 꺼내어 조심스럽게 접은 그 종이를 쌈지 안에다 밀어 넣었다. 그의 손에 솔로몬 왕이 준 부드러운 양피지가 만져졌다. "하나, 둘, 셋, 넷, 다섯, 여섯." 데이비드는 그 귀중한 종이를 소리내어 세어보았다. 그 리곤 생각했다. '나는 일곱 장의 쪽지를 받기로 되어 있는데, 마지막 한 장은 어디 가서 받지?'

데이비드는 긴장되었다. 시간과 공간을 뛰어넘는 역사 여행은 그를 불안하게 했고, 또 피곤하게 만들었다. 그는 멀리 들판을 바라보면서 말을 탄 링컨 일행이 공동묘지에서 빠져나가는 것을 발견했다. 하얀 장갑과 햇빛에 반짝이는 높은 중산모를 쓴 대통령은 일행 중 단연 돋보였다. 데이비드는 미소를 지으며 정말 믿어지지 않는다는 듯이 머리를 가볍게 흔들었다.

그때 피곤함이 데이비드의 전신을 덮쳐왔다. 그는 눈을

뜰 수가 없어서 쌈지를 주머니에 다시 찔러 넣고 땅에 드러누웠다. 그는 잠드는 것이 두려워서 어떻게든 눈을 뜨고 있으려 했다. 하지만 몰려드는 잠을 떨쳐내지 못했다. 아내 엘렌과 딸 제니의 모습이 스치고 지나갔다. "아빠, 어디 계세요?" 제니가 울면서 소리쳤다. "집으로 돌아오세요." 데이비드는 그게 꿈이라는 것을 알았지만, 깨어날 수가 없었다. 그는 아내와 딸을 만져보려 했지만, 그들은 점점 멀어질 뿐이었다. '이러면 안 돼! 나는 꿈을 꾸고 있어. 어서 깨어나야 해!'

아내 엘렌은 울고 있는 딸의 어깨에 양손을 얹고 제니를 위로하며 서 있었다. "여보, 우리는 당신이 너무 보고 싶어요." 아내가 말했다.

'깨어나라!' 데이비드는 그 자신을 향해 소리쳤다. "난 자네가 큰일을 할 거라고 믿네." 한 남자의 목소리가 들려왔다. 데이비드는 재빨리 고개를 돌려서 그의 장인을 보았다. 장인의 눈에는 눈물이 어려 있었다. "자네는 내 딸을 행복하게 해주겠다고 하지 않았는가?"

데이비드는 온몸이 땀에 흠뻑 젖은 채로 꿈에서 깨어났다. 그는 심한 구역질을 느꼈고, 다시 눈을 감는 것이 두려웠다.

"너무 생생해. 정말 너무나 생생한데."

그가 일어나 앉으며 혼잣말을 했다. 데이비드는 잠시 멍한 상태였으나, 자신이 종이 같은 걸로 둘러싸인 콘크리트 바닥에 앉아 있다는 사실을 깨달았다. 그는 앉은 자세를 가다듬으면서 눈을 비벼댔다. 그러자 시야가 점점 맑아졌다. 그의 바로 앞에는 더 많은 종이가 있었다. 그는 무릎에 힘을 주면서 일어섰다. 그의 주위에 있는 수많은 종이는 그냥 종이가 아니라 사진들이었다. 그리고 그 사진은 모두 어린아이를 찍은 것이었다. 엄청나게 많은 선반이 있었고, 그 위에는 고무줄로 묶은 사진 묶음들이 켜켜이 쌓여 있었다. 수백 장의 사진들이 들어 있는 커다란 바구니 세 개가 한 선반 밑에 놓여져 있었는데, 보아하니 분류되기를 기다리고 있는 듯했다. 사진 한 장에 아이가 둘 찍혀져 있는 것도 있었지만, 대부분 혼자였다. 데이비드는 어떤 사진에는 아이 셋 혹은 넷, 심지어 다섯, 여섯까지 찍혀 있는 것도 보았다.

데이비드는 왼쪽의 공터로 들어갔다. 그것은 일종의 통로처럼 보였는데, 그 뒤에는 엄청나게 큰 옷걸이 대臺가 있었다. 데이비드는 그 대에 가까이 다가서면서 밝은 색깔의 옷감을 발견하고, 그 자그마한 코트를 가볍게 쓰다듬어보았다. 그는 다른 옷의 소매를 들춰보면서 그것이 또 다른 코트임을 발견했다. 커다란 것, 작은 것, 각종 외투와 재킷이 옷걸이에 걸려 있었다. "수천 벌이군." 데이비드가 중얼거렸다. "아니야, 수십만 벌도 넘겠어."

그때 데이비드는 사진들이 쌓여 있던 쪽으로 고개를 돌렸다. 통로 이쪽편에 와 있기 때문에 그는 방금 전, 잠에서 깨어났던 곳의 윤곽을 살펴볼 수 있었다. 그는 그 사진들이 서로 빽빽이 이어진 채 하늘 끝까지 쌓여 있는 것을 보고 너무 놀라 숨이 막혔다. 그가 아무리 고개를 돌리며 이리 쳐다보고 저리 쳐다보아도 끝은 보이지 않았다. 서로 포개어놓은 사진의 선반이 문자 그대로 끝간 데 없이 이어져 있었다.

그곳에는 조명 장치라곤 전혀 없었다. 그런데도 모든 것이 부드럽고 은은한 빛 속에 잠겨 있었다. 그의 오른쪽에 있는 통로는 끝없이 앞으로 뻗어 있었다. 왼쪽도 마찬가지였다. 그게 건물인지 뭔지는 알 수 없으나, 아무튼 뚜렷한 구조는 없는 듯했다. '내가 아직도 꿈을 꾸고 있는 것일까?' 데이비드는 의아한 생각이 들었다.

사진들을 보관해놓은 곳 옆에 뭔가 다른 물건이 있었다. 통로를 따라 100미터쯤 천천히 걸어 내려간 곳에는 휠체어가 있었다. 수천 개의 휠체어가 차례대로 선반 위에 놓여 있었다. 휠체어 옆에는 다양한 크기의 침대가 있고, 그다음에는 온갖 종류의 자전거들이 있었다.

자전거 맞은편에는 등록 서류들이 있었다. 데이비드가 다가 가서 자세히 살펴보니 자동차 등록증이었다. 그 서류들은 사진들과 마찬가지로 켜켜이 쌓여 있었는데, 그 보관 장소는 집 열 채 크기의 넓이였고, 천장이 보이지 않을 정도로 높이 쌓여져 있었다.

자동차 등록증이 쌓여 있는 곳 옆에는 온갖 크기의 구두가 한 켤레씩 별도의 작은 공간에 놓여 있었다. 어린아이 구두는 길이가 50~60미터, 높이는 무한대인 캐비닛 속에 들어 있었다. 그 캐비닛 옆에는 어른의 정장 구두, 고무 덧신, 운동화로 가득 찬 캐비닛이 있었다. 수십만 켤레, 아니 수백만 켤레가 가지런히 놓여 있었다.

데이비드는 이런 곳을 본 적이 없었다. 실내인지 알 수 없었지만 온도도 아주 적당했다. 음악도, 냄새도 없었다. 건물의 벽이나 기둥, 그리고 사람도 보이지 않았다. '여기는 도대체 어디일까? 도대체 저 물건들은 다 뭐지? 나는 지금 어디에 와 있는 걸까?'

그는 더 걸어나가 새로운 통로들을 발견했으나, 그것들 역시 끝이 없기는 마찬가지였다. 그는 청바지, 약, 주택 사진들을 보았다. 혼인신고서, 지붕에 없는 널판, 음식 등도 있었다. 그는 뒤로 돌아서서 천천히 아이들의 사진이 있던 곳으로 왔다.

되돌아오는 길에 그는 돈다발이 가득 쌓인 지역을 지나쳤다. 각 나라의 지폐가 고액권과 저액권의 순서대로 나란히 쌓여 있었다. 데이비드는 허리에 양손을 얹고 입술을 오므

리며 깊은 숨을 뱉어내면서 큰 소리로 말했다. "도대체 어떻게 된 거야? 뭐가 뭔지 전혀 알 수가 없잖아." 그는 계속 걸어가면서 자신의 발걸음 수를 셌다. 그가 209보를 세자 돈은 더 이상 그의 옆에 있지 않았다.

곧 데이비드는 자신이 시작했던 지점으로 되돌아왔다. 그는 잠시 머뭇거리다가 다시 한 번 주위를 돌아봐야겠다고 생각했다. 데이비드가 크게 원을 그리며 주위를 한 바퀴 돌아보고 있는데, 위쪽에서 사진 같은 것이 나풀거리며 내려왔다. 그것은 데이비드가 서 있는 곳에서 그리 멀지 않은 곳에 사뿐히 내려앉았다. 그는 그 사진을 집어들고 다시 원래 자리에 놓으려다 동작을 멈추었다. 그 사진이 그의 시선을 확 끌었던 것이다.

그것은 예닐곱 살쯤 된 남녀 아이의 컬러 사진이었다. 둘은 남매인 것 같았는데, 그의 딸 제니와 아주 비슷하게 생겼다. 두 아이의 눈은 아내 엘렌과 딸 제니처럼 푸른빛이었고, 금빛 머리카락 몇 올이 왼쪽 이마 위에 보기 좋게 곧추서 있었다.

데이비드는 믿을 수 없다며 고개를 흔들었다. 그는 그 사진에서 눈을 뗄 수가 없었다.

그때 데이비드는 뭔가 움직이는 소리를 들었다. 그가 재빨리 고개를 돌려보니, 방금 걸어온 통로 쪽에서 한 사람이 그를 향해 걸어오고 있었다. 그 사람은 수백 미터 떨어진 지점에서 천천히 자신감 넘치는 걸음걸이로 걸어왔다. 그는 아주 덩치가 큰 남자였다. 키가 188센티미터인 데이비드를 내려다볼 정도로 그 남자는 키도 컸다.

데이비드는 두려움에 떨며 사진 선반 쪽으로 두 발자국 걸어 갔다. 그 남자의 황금색 곱슬머리는 눈썹을 가리고 귀를 덮을 정도였다. 그는 어깨에서 시작하여 무릎까지 내려오는 가운 스타일의 옷을 입고 있었다. 그 옷은 흰색, 아니 빛의 색깔이었다. 그가 이제 15미터 전방까지 다가오자, 데이비드는 그가 빛의 갑옷을 입은 것 같다고 느꼈다.

그 남자는 더 가까이 다가오자 미소를 지었고, 발걸음을 멈추더니 오른쪽으로 몸을 돌려 옆에 있던 휠체어를 똑바로 세워놓았다. 그 순간 데이비드는 너무 놀라서 입이 딱 벌어졌다. 그 남자의 몸에는 날개가 달려 있었던 것이다.

그 날개는 순수한 흰색이었고, 그의 어깨 빗장뼈 가까운 곳 뒤쪽에 붙어 있었다. 그 남자가 휠체어를 움직이기 위해 허리를 가볍게 숙이는 순간, 그 날개가 거의 바닥에 닿을락말락했다. 그가 다시 일어서자 날개는 자동적으로 접혀 등에 딱 달라붙었다. 그는 재빨리 데이비드 앞으로 다가오더니 걸음을 멈추고 말했다.

"안녕하시오, 데이비드 폰더. 나는 가브리엘이오."

그는 단단한 근육질의 남자였지만 전체적인 분위기는 부드러웠다. 그의 코는 오똑하면서도 길었고, 입술은 풍만했으며, 얼굴 피부는 매끈하여 잔털이 하나도 없었다. 하지만 그의 눈빛은 너무나 아름다워서 데이비드는 그 눈동자 속에 금세라도 풍덩 빠질 것 같았다. 그 눈은 데이비드가 일찍이 본 적이 없는 신비한 푸른빛이었고, 그 반짝이는 광채는 황금 가루를 뿌려놓은 듯 했다.

데이비드는 다시 한 번 놀라움을 감출 수 없었다.

"당신은 천사로군요."

그가 가까스로 말했다.

"그냥 천사가 아니라 대천사입니다."

가브리엘이 미소를 짓자, 가지런한 치열이 아름답게 드러났다.

"천사와 대천사는 다르답니다."

"죄송합니다. 저는 잘 몰랐습니다. 물론 차이가 있겠지요."

데이비드가 말을 더듬었다.

"상관없어요, 데이비드 폰더."

가브리엘이 대답했다.

"이렇게 당신을 만나게 되어 영광입니다. 그런데……그건 뭔가요?"

그는 데이비드가 아직도 손에 들고 있는 사진을 쳐다보면서 물었다.

"아, 이거요?"

데이비드가 엉겁결에 대답하며 그 사진을 내밀었다. 가브리엘은 사진을 잠시 살펴본 다음, 다시 데이비드에게 주었다.

"아름다운 아이들이군요."

데이비드는 동의한다는 듯이 고개를 끄덕였고, 가브리엘은 그것을 사진들이 들어 있는 바구니에 넣었다.

"그러니까 나는 죽은 겁니까?"

데이비드가 느닷없이 물었다.

"뭐라고요?"

가브리엘은 눈썹을 몰리며 당황하는 표정을 지었다.

"당신과 함께 있는 것을 보니 나는 하늘나라에 온 게 분명합니다. 내가 하늘에 있는 게 확실하다면 난 죽은 거지요."

가브리엘은 웃음을 터뜨렸다.

"아니요, 당신은 죽지 않았어요. 여긴 잠시 거쳐가는 중간 기착지입니다. 하지만 당신의 여행에서 가장 중요한 기착지이지요. 모든 여행자들은 이곳을 반드시 거쳐가야 합니다."

"다른 여행자들도 많이 있나요?"

데이비드가 묻자, 가브리엘이 바로 답했다.

"별로 많지는 않습니다. 문명이 시작된 이래 여기를 다녀간 사람들의 숫자를 모두 감안해도 말입니다. 하지만 여행자로 뽑힌 사람들은 그들의 진정한 사명감을 바로 여기서 깨달았지요. 잔 다르크, 조지 워싱턴, 마틴 루서 킹……이런 사람들은 당신이 지금 서 있는 곳에서 그들의 운명을 향해 첫걸음을 떼어놓았지요."

"그곳이 정확히 어디입니까? 아니, 그보다 먼저 여기가 도대체 어디입니까?"

데이비드가 양손으로 손짓을 하면서 물었다. 그러자 가브리엘은 손가락으로 입술을 가리며 조용히 하라고 했다.

"아직 그 이야기는 할 때가 아닙니다. 먼저, 우리 함께 걸어봅시다."

가브리엘은 방금 전에 걸어왔던 그 길로 데이비드를 안내했다. 괴상하게 말아놓은 카펫들이 단정하게 진열되어 있는 거대한 지역에 가까이 다가가자, 걸음을 멈춘 가브리엘은 갑자기 몸을 돌리며 느닷없이 물었다.

"데이비드 폰더, 당신은 당신 자신이 믿음을 가진 사람이라고 생각합니까?"

데이비드는 얼굴을 찌푸렸다. 그런 질문을 갑작스럽게 받아서인지 대답이 쉽게 나오지 않았다.

"나는 그 말씀의 뜻을 잘 모르겠습니다."

가브리엘이 눈썹을 치켜올리자 그의 이마에 굵은 주름살

이 잡혔다.

"아주 간단한 질문입니다. 당신은 당신 자신이 믿음을 가진 사람이라고 생각합니까? 당신은 일상생활 중에 믿음을 가지고 당신의 행동과 감정을 조절하고 있습니까? 모든 사람의 행동은 믿음과 두려움 중 하나로부터 비롯된답니다. 사실 따지고 보면 그 둘은 동전의 앞뒷면 같은 것입니다. 믿음과 두려움은 아직 벌어지지 않은 일에 대한 기대감이거나, 아니면 볼 수도 없고 만질 수도 없는 어떤 것에 대한 마음의 자세이지요. 두려움을 갖고 인생을 살아나가는 사람은 늘 정신 이상의 가장자리를 맴돕니다. 하지만 믿음을 가진 사람은 영원한 포상 속에서 살아가지요."

"포상이라고요?"

데이비드가 의아하다는 듯이 물었다. 가브리엘은 다시 걸어 가면서 말했다.

"믿음은 자기가 보지 못하는 것을 믿는 마음가짐입니다. 믿음의 포상은 궁극적으로 자신이 믿는 것을 보게 되는 것이지요. 데이비드 폰더, 당신은 당신 자신이 믿음을 가진 사람이라고 생각합니까?"

"솔직히 말씀드리면, 나는 내가 언제나 이성을 신봉하는 사람이라고 생각해왔습니다."

데이비드가 대답했다. 가브리엘은 오른쪽으로 방향을 틀

면서 그의 손님을 넓은 통로 아래쪽으로 안내했다.

"이성에는 기적의 여지가 없지요. 그리고 궁극적으로 볼 때 이성보다는 믿음이 더 충실한 안내자입니다. 이성은 어느 정도까지만 통하나, 믿음의 효력은 끝이 없습니다. 당신의 내일을 실현하는 데 당신을 가로막는 게 딱 하나 있습니다. 그것은 당신이 지금 현재 집착하고 있는 의심이라는 물건입니다."

"기적을 기대하면서 사는 것이 과연 현실적인 방안입니까?"

데이비드가 물었다. 가브리엘은 웃음을 터뜨렸다.

"당신은 정말 재미있는 사람이군요. 데이비드 폰더. '현실적'이라는 단어는 도대체 무슨 뜻입니까? 그런 말은 여기에서 사용되지 않아요."

데이비드는 우뚝 걸음을 멈추었다.

"당신은 농담을 하고 계신 거지요, 그렇지요?"

"그래요."

가브리엘이 여전히 미소를 지으며 말했다.

"농담 한번 해보았습니다. 하지만 위대한 지도자들, 성공한 사람들은 다른 사람들의 기준으로 볼 때 결코 현실적인 사람들이 아니었습니다. 성공한 사람들은 때때로 괴짜라는 칭호를 듣기도 했는데, 그들은 부정적인 예상이나 느낌은 아예 무시하거나 듣지 않으면서 앞으로 나아갔습니다. 그들은 '그건 안 돼'라는 말을 인정하지 않음으로써 하나씩 하나씩 위대한 일을 이루어나갔습니다. 바로 이런 이유에서 젊은이들은 '이것은 안 돼', '저것은 안 돼' 하고 한계를 두는 행동은 절대 하지 말아야 합니다. 하느님께서는 벌써 여러 세기 동안 '이건 왜 안 돼?', '저건 왜 안 돼?' 하고 따지면서, 바로 그런 일을 성취하는 사람들을 기다리고 계십니다."

데이비드는 잠시 가브리엘에게서 시선을 돌렸다. 그들은 이제 벽돌, 쌀, 컴퓨터, 흔들의자, 데이비드가 보기에 전혀 무관한 물품들이 가득 쌓여 있는 지역을 지나갔다. 그리고 그 옆에는 좀 색다른 지역이 있었다. 약 10제곱미터 크기의 지역이었는데, 한 가운데에 자그마한 받침대가 하나 놓여 있었다. 데이비드가 가까이 다가가서 보니, 받침대 위에는 얇은 종이들이 겨우 6밀리미터 두께로 쌓여 있었다.

무엇보다도 데이비드의 시선을 사로잡은 것은, 그 받침대에 집중된 불빛이었다. 스포트라이트 같은 아주 밝은 빛이 받침대 위의 종이를 비추고 있었다. 데이비드는 그 받침대를 향해 걸어 가면서 강한 빛의 시작이 어디인지 살펴보았다.

"이 환한 빛은 어디서 오는 거죠?"

그가 물었다. 가브리엘은 그저 미소만 지었다.

"이걸 한번 들춰봐도 됩니까?"

"물론이오."

가브리엘이 대답했다. 그곳에는 40~50장쯤 되는 종이가 쌓여 있었다. 어떤 것은 아주 새것이었고, 어떤 것은 오래되어 색이 누렇게 바래 있었다. 첫 번째 장과 두 번째 장에는 복잡한 수학 공식이 적혀 있었다. 세 번째 장과 그 뒤의 여러 장은 서로 다른 기계를 제작하는 다차원의 설계도였다. 데이비드는 재빨리 종이를 넘기면서 화학 방정식이 쓰어 있는 종이들, 처방전인 듯 싶은 종이들, 종이 한가운데에 딱 한 단어만 적혀 있는 오래된 구겨진 종이 등을 보았다. 데이비드는 오래전 생물 시간에 그 단어를 배운 적이 있는데, 어떤 풀을 가리키는 라틴어였다.

데이비드는 그 종이들을 왼손으로 움켜쥐면서 가브리엘에게 물어보았다.

"도무지 이해가 되지 않는군요. 이 종이들은 뭐죠?"

"그중에 하나는, 아마 여덟 번째 장인 것 같은데, 췌장, 간, 대장의 암을 고쳐주는 치료법이오."

가브리엘이 데이비드에게 걸어오며 말했다. 데이비드는 놀라서 가브리엘을 쳐다보았다. 그 종이 뭉치를 들고 있는 그의 손이 가볍게 떨렸다.

"뭐라고요? 정말입니까?"

그가 말했다.

"그렇소."

가브리엘이 계속해서 말했다.

"거기에는 시신경을 회복시켜 선천적 맹인의 시력을 회복시켜주는 기계의 제작법도 들어 있습니다. 또 그와 유사한 기계를 만드는 방법이 그 다음 장에 들어 있지요. 예를 들어 척추신경을 회복시켜주는 기계 같은 것 말입니다. 당신은 근위축증, 대뇌 마비증, 사람들이 잘 걸리는 감기 등의 치료법과 백신 배양 방법이 들어 있는 종이들을 들고 있어요. 스물여섯 번째 종이는 유아 돌연사 증후군을 치료하는 방법이고, 열네 번째 종이는 어린아이의 편도선 질환을 액체로 치료하는 방법입니다. 그 용액을 사용하면 여섯 시간 이내에 어린아이의 편도선을 부분 절제하거나 완전 절제할 수 있지요."

데이비드는 깜짝 놀라면서 가브리엘의 설명을 믿지 못하겠다는 듯이 종이들을 천천히 다시 들춰보았다.

"이런 엄청난 것이……."

그는 말을 하다 말고 멈추었다.

"제가 이 종이들을 가지고 가도 되겠습니까?"

"안 됩니다."

가브리엘이 말했다. 데이비드는 분노와 당황스러움으로 얼굴이 붉어지면서 자기도 모르게 중얼거렸다.

"그럼 왜 그런 말을 해주시는 겁니까? 도대체 왜……?"

그는 그다음 말을 잇지 못했다. 피로와 절망의 눈물이 그의 눈에서 솟구쳤다. 그는 한편으로는 화를 내고, 또 한편으로는 쑥스러워하면서 종이 뭉치를 받침대 위에 내려놓았다. 그는 목소리가 갈라져 나오는 것도 개의치 않고 큰 소리로 말했다.

"도대체 어떻게 된 겁니까? 이 모든 것들이……이런 좋은 치료법이……내 딸은 지금 당장 편도선을 절제하지 않으면 안됩니다. 당신은 그 사실을 알고 있습니까?"

"알고 있습니다."

데이비드는 할 말을 잊은 채 몇초 동안 대천사를 쳐다보았다. 그는 아무리 이해하려고 머리를 쥐어짜도 이해가 되지 않았다. 곧 그의 입 가장자리가 일그러지면서 속절없는 눈물이 뺨을 타고 흘러내렸다. 마침내 데이비드가 소리쳤다.

"내가 수술비를 댈 돈이 없다는 것도 알고 계십니까?"

"알고 있습니다."

그 순간 평생의 고뇌가 데이비드의 영혼을 쥐어짰다. 그가 쪼그려 앉는 순간, 그의 목구멍에서 격심한 고통의 비명소리가 터져나왔다. 왼팔은 무릎 위에 올려놓고 오른손은 땅바닥을 짚은 채로 그는 꺼이꺼이 울었다. 그는 아내 엘렌과 딸 제니가 너무 불쌍하다는 생각이 솟구쳤고, 가족이 너무나 보고 싶었다. 가족들을 다시 볼 수나 있을까? 아니, 그들을 다시 만날 자격이나 될까? 그는 자기가 그동안 실망시킨 사람들, 부모님, 친구들, 그의 동료들을 생각하며 울었고, 또 그 자신이 너무 불쌍해서 울었다. 그렇게 몇 분이 흘러간 후 데이비드는 바닥에 엉덩이를 대고 앉았고, 무릎을 세워 그 위에 턱을 올려놓았다. 이제 다소 진정이 된 그는 숨을 고르면서 셔츠 소매로 얼굴을 닦았다. 가브리엘은 그동안 꼼짝도 하지 않았다. 그의 얼굴에는 약간의 연민이 감돌았으나, 위안이나 위로의 말은 해주지 않았다. 데 이비드는 고개를 들어 대천사를 보면서 물었다.

"나는 왜 여기에 온 것입니까?"

가브리엘은 한 손을 내밀었다. 데이비드는 그 손을 잡으면서 일어섰고, 바지 엉덩이의 먼지를 털어냈다. 가브리엘은 그런 그를 바라보며 미소 지었다.

"왜 여기에 왔다고 생각합니까?"

"모르겠습니다."

데이비드가 아직도 울음 섞인 목소리로 말했다.

"그러면 아직 알 때가 아닌 겁니다. 자, 나를 따라오세요."

가브리엘이 말했다. 그들은 받침대를 지나서 걸어갔다. 데이비드는 그 받침대가 잘 안 보이는 지점에 이르자, 다시 한번 고개를 돌려서 그것을 쳐다보았다. 곧 많은 제품들이 끝없이 펼쳐지는 선반들이 나오기 시작했다. 어떤 것은 전기 코드나 전구 같은 아주 평범한 물건들이었지만, 어떤 것은 평범하지 않았다.

"이건 무엇입니까?"

데이비드는 어떤 기계 옆을 지나가면서 물었다.

"그 장비는 모든 움직이는 물체들로 하여금 충돌을 피하게 해주는 기계입니다. 그 디자인은 레이저 기술과 음파 기술을 합쳐서 만든 것인데, 자동차에서 점보제트 비행기에 이르기까지 모든 움직이는 물체에 사용할 수 있습니다."

데이비드는 두 손을 머리카락 속에 집어넣어 머리를 뒤로 빗어 넘겼다.

"조금 전 여기가 어디이고, 또 내가 왜 여기에 왔는지 말해주시지 않았습니다. 이번에 다른 질문을 하나 더 드려도 될까요?"

가브리엘이 고개를 끄덕였다.

"여기에 왜 이렇게 많은 물건들이 쌓여 있는 겁니까?"

그들이 지나가는 길을 막고 있던 진공청소기를 옆으로 치우면서 가브리엘은 깊은 생각에 잠겼다.

"데이비드 폰더, 사람들이 절망적인 상황에 이르렀을 때 각자 다르게 반응하는 이유는 무엇입니까? 왜 어떤 사람은 자살을 하고, 어떤 사람은 지금보다 훨씬 더 위대하게 되는 겁니까?"

"그건 제 질문에 대한 답이 아닌데요. 하지만 그 문제에
대해서 저는 잘 모르겠습니다. 그건 별로 심각하게 생각해
보지 않았습니다."

데이비드가 대꾸했다. 가브리엘은 여전히 걸어가면서 고
개를 돌려 말했다.

"그렇다면 지금 한번 생각해보십시오."

"모르겠습니다. 아마도 상황의 차이가 아닐까요?"

"상황은 허약한 사람들을 지배하는 힘이지요. 하지만 현
명한 사람은 그 상황을 자신의 무기로 삼습니다. 당신은 어
떤 상황을 만날 때마다 그 상황에 허리를 숙이고, 또 그 상
황이 시키는 대로 합니까?"

데이비드는 그렇지 않다는 듯이 얼굴을 찌푸렸다. 가브리
엘은 미소를 지으면서 자신의 요점을 강조했다.

"데이비드 폰더, 그게 바로 문제의 핵심입니다. 당신의 감
정과 결단력은 상황에 의해서 좌우됩니까, 그렇지 않습니
까?"

"아닙니다. 물론 그렇지 않습니다."

데이비드가 단호하게 말하자, 가브리엘은 고개를 끄덕였
다.

"그렇지요. 상황이 사람을 앞으로 밀거나 뒤로 당기거나

하지는 않습니다. 상황은 곰곰이 연구해야 할 일상의 교훈이고, 또 새로운 지식과 지혜를 얻는 터전입니다. 일상생활에 지식과 지혜를 잘 응용하면 좀 더 밝은 내일을 가져올 수 있습니다. 우울해하는 사람은 현재의 자기 상황에만 몰두하고, 그가 앞으로 고쳐나갈 수 있는 상황에 대해서는 깊이 생각하지 않는 사람입니다."

데이비드는 생각에 잠긴 채 1분쯤 걸어갔다. 이어 매트리스로 가득 덮여 있는 지역을 손가락으로 가리키면서 물었다.

"이 물건들은 왜 다 여기에 와 있는 겁니까?"

가브리엘은 여전히 그 장소에 대해 궁금해하는 데이비드를 쳐다보며 불쑥 말했다.

"상황입니다."

데이비드는 더욱 무슨 소리인지 모르겠다는 듯 커다랗게 한숨을 내쉬었다. 가브리엘은 웃으면서 말했다.

"자, 이리로 걸어갈까요, 데이비드 폰더?"

데이비드는 대천사를 따라서 한쪽에는 전화기가 있고, 다른 한쪽에 목재가 쌓여 있는 통로를 걸어 내려갔다. 곧 그들은 어린 아이들의 사진이 수북이 쌓인 곳으로 돌아왔다.

"이제 다 본 겁니까?"

데이비드가 물었다.

"당신은 이곳의 아주 작은 부분만을 보았습니다. 평생 여기를 걸어다녀도 다 보지는 못할 겁니다. 그리고 참으로 슬픈 일이지만, 여기에 들어오는 물건은 매일 더 많아지고 있어요."

가브리엘이 말했다. 데이비드는 낱장 사진들이 담겨 있는 바구니 옆에 멈춰 섰다. 그는 손을 내밀어 조금 전 가브리엘이 집었던 그 사진을 꺼냈다. 제니를 닮은 두 아이가 있는 사진이었다.

"그 아이의 이름은 제이슨이지요, 그 소녀는 줄리아이고요."

가브리엘이 조용한 목소리로 말했다. 데이비드는 이맛살을 찌푸리면서 그 사진을 들여다보았다. 여전히 사진에 시선을 준 채 그가 말했다.

"나는 그 두 이름을 늘 좋아했어요. 나의 할아버지 이름이 제이슨이었거든요. 사실 제니가 남자애였다면 엘렌과 나는 그 애 이름을 제이슨으로 하려고 했어요. 또 우리 부부는 둘째 딸 이름은 줄리아로 하자고 했지요. 우리는 여러 명의 아이를 키우고 싶었지만, 상황이 여의치 않아서……."

말을 뱉자마자 상황이라는 말이 하나의 망치가 되어 데이비드의 뒤통수를 무겁게 때렸다. 그 순간 그는 깨달았다. 그 두 아이는 그가 낳을 수 있었으나 낳지 못한 아이였다. 그는 갑자기 구토가 일어나는 것을 느끼면서, 커다란 바구니에 왼손을 내밀어 비틀거리는 자기 자신을 부축했다. 그는 무겁게 숨을 내쉬면서 말했다.

"당신은 이 상황을 이미 알고 있었지요, 그렇지요?"

"그렇답니다."

"왜 나에게 이 사진을 보여주는 겁니까?"

가브리엘은 두 눈을 가늘게 뜨면서 그를 쳐다보았다.

"데이비드, 당신의 말을 좀 더 쉽게 해주겠습니까?"

"왜 지금 내가 이 사진을 보아야만 하는 거죠?"

"위대한 지식과 지혜를 얻게 되어 있는 사람에게 내려진 특별 조치입니다."

"이해하지 못하겠습니다."

"그런 것 같군요."

데이비드는 숨을 깊이 들이쉬었다.

"나는 어쨌든 그런 지혜를 얻게 되어 있는 건가요?"

"이제 모든 것이 당신에게 분명해질 겁니다."

대천사가 말했다. 데이비드는 가브리엘에게 고개를 돌리면서 물었다.

"여기는 도대체 어떤 곳입니까?"

가브리엘은 등 뒤의 날개를 가볍게 흔들면서, 데이비드에게 다가와 귀한 손님을 맞이하듯 오른손을 한번 들어 보였다.

"데이비드 폰더, 이곳은 존재할 뻔했지만 결국 존재하지 않은 것들을 모아놓은 장소입니다."

데이비드가 충격으로 거의 숨을 쉬지 못하고 있는데, 대천사가 그의 손에서 아이들 사진을 가져갔다. 그 사진을 쥔 채 대천사는 그곳의 주위를 크게 가리키면서 말했다.

"여기에 있는 물건들은 지상에 있는 사람들이 조금만 더 열심히 일을 하고, 또 기도를 올렸더라면 그들에게 주려고 마련해놓았던 물건입니다. 하지만 그들이 더 이상 기도하지 않고 일하지도 않기 때문에 취소되어 여기에 쌓이게 된 것입니다. 이 창고는 용기 없는 사람들의 꿈과 목표로 가득 차 있습니다."

데이비드는 깜짝 놀랐다. 그는 입을 딱 벌린 채 통로 주위의 무수한 코트와 구두, 자전거와 담요, 환풍기와 에어컨, 타이어와 시계 등을 바라보았다. 또 받침대 위의 종이 뭉치도 기억났다. 그는 다시 가브리엘의 손에 있는 그 사진을 보았다. 그는 손을 내뻗으며 말했다.

"그 사진을 내가 가질 수 있을까요?"

"미안합니다."

대천사가 그 사진을 거대한 바구니에 다시 집어넣으며 말했다.

"제이슨과 줄리아는 존재하지 않습니다. 그들이 지상에

도착할 시간은 이미 지나갔습니다. 기회를 상실한 거예요. 두 번째 기회라는 것은 없습니다."

그 순간 데이비드는 무릎에 힘이 풀리면서 주저앉았고, 오른손으로 땅을 짚으면서 간신히 중심을 유지했다. 그런데도 계속 무릎이 흐물흐물하여 대천사의 발을 부여잡고 있었다. 그는 비명을 지르거나 악을 쓰지는 않았다. 눈물도 이미 메말라버린 상태였다. 그는 온몸의 힘이 다 빠져나가고 온몸의 피가 다 말라버린 듯 숨조차 제대로 쉴 수 없었다.

데이비드는 1시간 동안이나 그렇게 쪼그려 앉아서 있으면서 정신을 차리려고 애썼다. 가브리엘은 그 시간 내내 서 있었다. 마침내 데이비드는 위를 올려다보면서 꺼져가는 목소리로 물었다.

"나는 여기서 무엇을 배우기로 되어 있습니까?"

가브리엘은 온유한 미소를 지으면서 데이비드 옆에 함께 쪼그리고 앉더니 나직이 말하기 시작했다.

"인생이라는 게임에서 하프타임의 스코어는 정말 아무것도 아닙니다. 인생의 비극은 인간이 그 게임에서 진다는 것이 아니라, 거의 이길 뻔한 게임을 놓친다는 것입니다."

데이비드는 천천히 고개를 저었다.

"그런데 왜 우리 인간은 그 게임에서 중도 하차하는 겁니까? 왜 나는 이리도 그 게임을 그만두고 싶은 겁니까? 왜 나는 그 게임에서 도망친 겁니까? 왜 나는 자꾸만 내 인생의 모든 것을 회피하고 싶어집니까?"

"인간인 당신이 도망치고 우회하는 것은 올바른 이해가 부족하기 때문입니다. 당신은 믿음이 없기 때문에 그 게임을 놓쳐버리는 겁니다."

"무엇에 대한 이해 말입니까?"

"계속 회피하기만 하면 당신은 위대함의 상태로 들어갈 수가 없습니다. 우회는 힘을 길러주지 않습니다. 우회는 인생의 교훈을 주지 않습니다. 당신과 당신이 이루고자 하는 위대한 일 사이에는 언제나 거인 같은 장애물이 도사리고 있습니다. 우회는 당신의 앞길을 조금도 편안하게 해주지 않습니다. 또 원하는 목적지로 데려다주지도 못합니다. 대부분의 사람들은 상황이 나쁘면 뒤로 물러섭니다. 앞길이 험난하면 속도를 늦춥니다. 그러나 이런 순간들이야말로 당신의 미래가 당신의 어깨 위에 걸린 바로 그 순간입니다. 펄떡거리고 고동치고 제지할 수 없는 운명의 힘이 당신의 정맥 속으로 빠르게 흘러가는 순간인 것입니다. 재앙과 고난의 시기는 언제나 위대한 사람들을 만들어내는 배경이었습니다. 가장 강한 쇠는 가장 뜨거운 불에서 만들어집니다. 가장 밝은 별은 가장 깊은 어둠에서 빛을 내뿜는 것입니다."

데이비드는 잠시 아무 말이 없었다. 그는 깊은 생각에 잠긴 것 같았다. 그러다가 갑자기 대천사의 말이 생각난 듯 그가 말했다.

"가브리엘, 당신은 내가 믿음이 없다는 말도 했습니다."

"나는 당신보다는 믿음이 없는 사람들을 전반적으로 가리켜 말한 것이었습니다."

"당신의 말은……."

"내 말은 인간이라는 종을 가리킨 것이었지요. 몇몇 예외적인 사람을 빼놓고 인간은 위대함을 만들어내는 믿음이 부족합니다."

가브리엘은 한숨을 내쉬었다.

"하지만 늘 그랬던 것은 아니었습니다. 인간의 문명은 한때 생기 넘치고, 발랄하고, 생산적이고, 영광 속에 빛나는 보물이었습니다. 그런데 이제 당신네 인간들의 모습을 한번 보십시오. 파괴의 벼랑 끝에서 비틀거리면서 방랑하는 반항자들의 무리가 아니고 무엇입니까?"

"뭐라고요?"

데이비드가 자신의 귀를 믿지 못하겠다는 듯이 말했다.

"우리는 지구의 역사상 가장 문명화된 시대에 살고 있습니다."

가브리엘은 슬프다는 듯이 고개를 가로저었다.

"당신들은 당신들의 역사에 대해 진정한 기억이나 지식을 가지고 있지 못합니다. 때때로 당신들의 문명을 바라보고 있노라면, 당신들의 그 오만함에 깜짝깜짝 놀랄 때가 많습니다. 당신들의 문명이 가장 발달되어 있다고 생각합니까? 정말 재미있군요. 지구상에는 한때 당신들의 문명을 어린아이 소꿉장난으로 보이게 만들만큼 아주 발달된 문명이 존재했습니다. 그들의 수학, 야금술, 엔지니어링, 건축술은 당신들이 오늘날 구축한 것보다 훨씬 더 발달해 있었습니다. 그 사람들은 위대한 지식, 위대한 지혜, 위대한 믿음을 가지고 있었습니다."

"그런데 왜 우리는 그런 사람들 이야기를 한 번도 못 들어본 거죠?"

"왜냐하면 당신들은 시간이라는 아주 비좁은 기준틀 속에서 작업을 하고 있기 때문입니다. 하지만 당신들 중 몇몇 사람은 그런 문명이 아스텍이나 잉카보다 3만년 정도 앞서 있다는 것을 추측하기 시작했습니다."

"그런 추측에 무슨 증거라도 있습니까?"

가브리엘은 껄껄 웃었다.

"지금은 별로 남아 있는 것이 없습니다. 하지만 솔직히 말해서 당신들은 능력이나 시간 면에서 이들 민족과 너무 멀리 떨어져 있어서 이해하려 해도 이해하지 못할 겁니다. 당신들의 문명은 이제 그들의 존재를 아주 희미하게 인식하는 단서를 찾아내기 시작했습니다."

"어떤 단서 말입니까?"

가브리엘은 잠시 말이 없더니 입을 열었다.

"쿠엔칸 사원은 당신들이 남아메리카라고 부르는 곳에 아직도 서 있지요. 이 사원을 짓는 데 직사각형 크기에 개당 무게가 100톤이 넘는 돌들을 사용했답니다. 레바논의 발벡 건설자들은 5층 건물 높이의 주춧돌을 놓았어요. 이 돌들의 무게는 각각 600톤이 넘지요. 이 두 경우에, 또 다른 많은 경우에 저 무거운 돌을 통째로 석산에서 파내 모르타르를 사용하지도 않고 정교하게 짜맞추었어요. 이와 똑같은 크기의 돌을 만들려면 오늘 날의 엔지니어는 끝에 다이아몬드가 달리고 레이저로 유도되는 돌톱을 사용해야 돼요. 하지만 그렇게 해도 똑같은 치수의 돌은 얻을 수가 없지요."

가브리엘은 말을 계속 이어갔다.

"당신은 이집트 아부 심벨 조상들을 기억하십니까? 그것들은 높이가 36미터, 너비가 43미터, 무게는 33톤이지요. 오늘날의 뛰어난 엔지니어 팀이 아스완 댐 공사 이전에 그 조상들을 옮기기 위해 실측을 했는데, 그것들을 옮길 수 있는 유일한 방법은 조상을 조각조각 분해하여 높은 땅으로 옮긴 다음 다시 조립하는 것뿐이라고 판단했지요. 하지만 이 신전을 건설한 사람들은 수천 킬로미터나 떨어진 석산에서 그 돌을 통째로 아부 심벨까지 옮겨왔습니다. 그들의 천문학 지식은 오늘날보다 훨씬 더 뛰어났습니다. 그들은 하늘의 돔이 고정되어 있고 해, 달, 그리고 여러 별들이 그 주위를 돈다는 것을 알고 있었습니다. 그들은 지구의 정확한 원주율을 알고 있었고, 그것을 이용하여 전 세계의 치수를 잴 수 있었습니다. 당신들의 수학자와 엔지니어들은 남아메리카와 유럽의 잔존 건물에서 이 수치를 알아내어 건축 설계를 할 때 그 수치를 사용하고 있습니다. 당신들은 1957년 스푸트니크 호가 지구를 일주할 때까지 정확한 수치를 알지 못했습니다."

가브리엘은 미소를 지으며 말을 이었다.

"물론 진실은 증거를 필요로 하지 않지요. 하지만 당신이 증거를 이야기했기 때문에 몇 가지 사례를 들어보았습니다. 당신에게 깊이 생각해볼 자료를 좀 안겨주기 위해서 말입니다."

데이비드는 잠시 가만히 앉아 있었다. 그는 가브리엘이 방금 말해준 역사의 수수께끼를 거의 이해하지 못했다. 하지만 그것이 진실임에 틀림없다는 생각이 들었다.

"왜 그것들은 사라졌습니까? 왜 그 문명은 없어진 것입니까?"

데이비드가 물었고, 가브리엘이 조심스럽게 답했다.

"현재 당신들의 문명을 위기로 몰아넣고 있는 것과 똑같은 이유지요. 거만하고, 감사할 줄 모르고, 믿음이 없었던 겁니다. 당신들은 아주 짧은 시간에 똑같은 벼랑에 떨어지게 될 것입니다."

"그것을 되돌릴 수 있는 방법은 없습니까?"

"물론 있습니다. 바로 그 때문에 당신이 여기에 와 있는 것입니다."

가브리엘은 일어서서 손을 내밀어 데이비드가 일어서는 것을 도와주었다. 대천사는 빛의 갑옷 속으로 손을 집어넣더니 자그마한 두루마리 하나를 꺼내어 데이비드 앞에 내밀었다.

"이 결단 사항이 마지막입니다. 자, 받으세요."

데이비드는 손을 내밀어 그것을 받아들었다. 가브리엘은 잠시 얼굴을 찌푸렸다.

"데이비드 폰더, 나는 왜 당신이 이런 커다란 영광을 받게 되었는지 잘 모르겠습니다. 나는 전령에 불과하니까요."

그는 잠시 말을 끊고 심호흡을 했다.

"당신이 마지막 방문자입니다. 이제 더 이상의 방문자는 없습니다. 당신에게 당신의 문명을 바꿀 수 있는 선물이 주어졌습니다. 앞으로 모든 것이 당신에게 달려 있습니다. 당신은 일곱 가지 결단 사항을 한 번에 하나씩 24일간 숙지하십시오. 그 기간 동안 매일 두 번씩 큰소리로 읽으세요. 아침에 잠에서 깨어서 한 번, 저녁에 잠들기 전에 한 번, 이렇게 두 번씩 읽으십시오. 단 하루도 걸러서는 안 됩니다. 각각의 결단 사항은 당신이라는 존재의 일부분이 되고, 당신의 가슴속에 깊이 새겨져 영혼의 일부가 되어야 합니다. 또한 남들과 이 일곱 가지 결단 사항의 선물을 널리 나누도록 하십시오. 이 지혜를 받아들여 적극 실천하는 사람은 위대하게 되고, 또 남들에게 영감을 주어 그들까지도 위대한 사람으로 만들 수 있습니다. 이 두루마리의 가르침을 무시하는 사람이 한동안은 성공할지도 모릅니다. 하지만 속지 마십시오. 그들의 삶은 일시적인 환영일 뿐 곧 지나가 버리고, '후회의 거울'에 매이게 될 것입니다. 그 거울 앞에서 그들은 자신이 이룩할 수도 있었던 존재의 모습을 들여다보면서 평생을 보내게 될 겁니다."

가브리엘은 양손으로 데이비드의 얼굴을 가볍게 감싸쥐었다.

"데이비드 폰더, 당신은 필요한 건 모두 가지고 있습니다. 당신은 당신 혼자서 헤쳐나가지 않아도 된다는 것을 알고 있습니다. 당신은 늘 인도를 받을 것입니다. 그러니 믿음을 잃게 될 이유는 전혀 없습니다. 당신이 선택하는 대로 당신의 미래가 결정될 것입니다. 명심하십시오. 당신의 선택에 따라 당신의 미래가 달라진다는 것을. 하느님께서는 이 일곱 가지 결단 사항을 통해 당신에게 놀라운 힘을 주셨습니다. 하지만 하느님께서는 당신에게 자유 의지도 주셨습니다. 당신이 이 지혜를 따르지 않고, 또 이 지혜의 힘을 활용하지 않기로 선택한다면, 당신의 미래는 영원히 사라지고 말 것입니다."

데이비드는 가브리엘의 손을 꼭 잡으면서 말했다.

"감사합니다. 나는 이 선물을 최대한 활용하겠습니다."

가브리엘은 미소를 짓더니 뒤로 물러섰다. 그는 이제 통로의 한가운데 서 있었다.

"그래요. 나는 당신이 그렇게 할 것으로 믿습니다."

대천사는 그렇게 말하더니, 서서히 날개를 머리 위로 펼쳤다. 그는 곧 공중으로 올라가더니 사라졌다.

잠시 동안 데이비드는 하늘을 쳐다보며 생각에 잠겼다. 이어 그는 천천히 걸음을 떼어놓았다. 받침대가 있던 지역에 들어서면서 데이비드는 주위를 한 번 더 둘러보았다. 마치 그곳의 지형과 의미를 잘 기억해 두려는 듯이. 이어 조금 전까지만 해도 엄청난 고통을 느꼈던 그 바닥에 다시 주저앉았다. 그는 가브리엘이 준 두루마리를 펼쳐서 읽어 내려갔다.

성공을 위한 일곱 번째 결단

나는 어떠한 경우에도
물러서지 않겠다

나는 이제 퍼즐의 마지막 조각을 맞추어 넣는다. 나는 인간에게 부여된 가장 큰 힘, 즉 선택의 힘을 가지고 있다. 오늘 나는 어떠한 경우에도 물러서지 않는 것을 선택한다. 나는 더 이상 망설임의 세계에서 살지 않는다. 나는 물에 선 갈대처럼 이리저리 흔들리지 않겠다. 나는 내가 원하는 결과를 안다. 나는 나의 꿈에 꼭 매달린다. 나는 나의 길을 바꾸지 않는다. 나는 뒤로 물러서지 않는다.

대부분의 사람들은 지치고 힘든 상황이 오면 뒤로 물러선다. 나는 그 '대부분의 사람들'이 아니다. 나는 대부분의 사람들보다 강하다. 평균적인 사람은 다른 사람과 자신을 비교한다. 그렇게 하기 때문에 그들은 평균적인 사람인 것이다. 나는 나 자신을 나의 잠재력과 비교한다. 나는 평균적 인간이 아니다. 나는 힘든 상황을 승리의 전주곡으로 생각한다.

어린아이는 실제 걷기까지 얼마나 많이 걷기 연습을 해야 하는가? 나는 어린아이보다 더 많은 힘을 가지고 있는가? 더 많은 이해심을 가지고 있는가? 내가 실제로 성공하려면 얼마나 더 많이 노력해야 하는가? 어린 시절, 나는 이런 질문을 하지 않았다. 그 질문의 대답은 중요하지 않았기 때문이다. 어떠한 경우에도 물러서지 않음으로써 나의 결과, 나의 성공은 보장된다.

　나는 어떠한 경우에도 물러서지 않겠다. 나는 결과에 집중한다. 내가 바라는 결과를 이루기 위해서 그 과정을 즐기지 못해도 개의치 않겠다. 내가 결과에 집중하면서 그 과정을 계속하는 것이 무엇보다도 중요하다. 운동선수는 훈련의 고통을 즐기지 않는다. 운동선수는 훈련을 완수했다는 결과를 즐긴다. 어미 매는 무서워서 떠는 새끼 매를 둥지에서 꺼내와 벼랑 아래로 떨어뜨린다. 날기를 배우는 고통은 결코 즐거운 경험이 아니다. 하지만 어린 매가 하늘을 향해 솟구칠 수 있을 때, 그 고통은 순식간에 잊혀진다. 뱃전을 강하게 때리는 폭풍우를 두려움에 떨면서 바라보는 선원은 엉뚱한 해로를 선택하게 될 것이다. 그러나 현명하고 노련한 선장은 그의 시선을 등대에 고정시킨다. 그는 자신의 배를 특정한 장소로 직접 인도함으로써 불편함의 시간을 줄일 줄 안다. 등대에서 흘러나오는 불빛에 시선을 고정시킴으로써 단 한 순간의 낙담도 끼어들지 못하게 한다. 나의 빛, 나의 항구, 나의 미래가 시야에 있다고 생각한다!

나는 어떠한 경우에도 물러서지 않겠다. 나는 커다란 믿음을 가진 사람이다.

앞으로 나는 나의 밝은 미래에 대하여 믿음을 가지겠다. 나의 믿음을 의심하며, 나의 그런 의심을 믿으며, 너무 많은 시간을 허송했다. 앞으로는 그런 일이 없을 것이다! 나는 나의 미래에 믿음을 가지고 있다. 나는 앞을 내다본다. 나는 계속 전진할 수 있다.

나는 이성보다 믿음이 더 훌륭한 인도자라고 생각한다. 이성은 한계가 있지만, 믿음은 한계가 없다. 믿음은 기적을 만들어 내는 힘이 있기 때문에 나는 나의 생활에서 그런 기적을 기대한다. 나는 내가 보지 못하는 미래를 믿는다. 그것이 바로 믿음의 핵심이다. 이러한 믿음의 보상은 내가 믿는 미래를 보게 해주는 것이다.

나는 피곤함에도 불구하고 계속 앞으로 나아가겠다. 나는 결과에 집중한다. 나는 커다란 믿음을 가진 사람이다.

나는 어떠한 경우에도 물러서지 않겠다.

10

결단

데이비드는 깊은 숨을 들이쉬었다가 내뱉었다. 그는 조심스럽게 그 두루마리를 말아 줬었다. 잠시 선 채로 그는 불룩한 청바지 주머니에서 담배쌈지를 찾아보았다. 데이비드는 체임벌린 이 선물로 준 그 쌈지를 얼른 꺼내지 않고, 부드러운 표피를 가볍게 쓰다듬어보았다.

이어 덮개에 달린 황금 단추를 만지작거리면서 쌈지를 꺼냈다. 독수리가 새겨진 그 단추는 아주 맵시 있었고, 데이비드는 그 섬세한 수공에 감탄했다. 그는 검지의 손톱으로 쌈지 덮개에 장식되어 있는 X자 모양의 쌍칼을 더듬어보았다. '이건 싸우는 사람의 상징이야. 그게 바로 나지. 나는 절대 뒤로 물러서지 않아. 나는 싸우는 사람이야.' 갑자기 데이비드는 미소를 지었다. "나는 어떠한 경우에도 물러서지 않겠다." 그는 큰소리로 말했다.

그는 재빨리 단추를 끄르고 가브리엘이 준 자그마한 두

루마리를 쌈지 안으로 밀어 넣었다. 그것은 콜럼버스의 양피지 밑, 솔로몬 왕의 메시지 옆에 안착했다. 데이비드는 쌈지 뒤쪽에 잘 접힌 채 있는 두 대통령의 쪽지도 흘깃 보았다. 그것들 옆에는 체임벌린 대령이 써준 낡은 종이도 있었다. 그리고 그 종이들 맨 위에 안네 프랑크의 일기장에서 찢어낸 자그마한 종이들이 눌려 있었다. 그는 마음속으로 다짐하듯이 쌈지의 덮개를 꾹 눌러 닫았다.

"고맙습니다." 그는 쌈지를 주머니에 다시 밀어 넣으며 중얼거렸다. 데이비드는 그동안 만났던 사람들이 해준 이야기에 큰 감동을 받았다. 이어 데이비드는 동작을 멈추었다. 그는 갑자기 마음속에 거대한 영상이 떠오름을 느끼며 눈을 감았다. 그리고 고개를 숙이며 같은 말을 되풀이했다. "하느님, 고맙습니다."

* * *

데이비드가 눈을 떠보니 거대한 주차장 한가운데였다. 그는 자신이 어디에 있는지 알지 못했으나, 이제 더 이상 자기 자신에 대해 두렵지도 않았고 불안하지도 않았다. 스스로 이런 느낌이 들다니 신기하기도 했다. 날씨가 차가운 것을 보니 밤중이었다. 하지만 휘황찬란한 조명은 그곳을 대낮처럼 환히 밝히고 있었다. 차들이 가득 들어찬 그 주차장은 몇 백 미터 떨어진 곳에 있는 거대한 유리 빌딩을 둘러싸고 있었다. 데이비드는 그 빌딩에 강하게 마음이 끌리면서 그쪽으로 걸어갔다.

차들과 나무들 사이를 조심스럽게 걸어가던 데이비드는 갑자기 자신이 와 있는 곳을 깨닫고 가슴이 펄쩍 뛰었다. 그가 다가가고 있는 건물 왼쪽으로 우뚝 솟은 건물은 다름아닌 리유니온 타워였기 때문이다.

그의 오른쪽에는 왼쪽에 있는 빌딩들보다 더 높은 '졸리 그린 자이언트'가 있었다. 가만있자, 저 빌딩은 우리 딸 제니가 건물 전면을 가득 장식한 초록색 네온사인을 보고서 졸리 그린 자이언트라고 이름 붙인 바로 그 건물이군. 그 빌딩은 내셔널 뱅크 건물이었는데, 벌써 몇 년 동안 댈러스에서 가장 높은 고층 건물로 명성을 날리고 있었다. 데이비드는 이제 집으로 돌아온 것이었다.

'내가 이제 돌아왔구나.' 데이비드는 그런 생각을 하면서 재빨리 발걸음을 떼어놓았다. 하지만 뭔가 이상했다. 주차장 앞의 그 건물을 향해 걸어가면서 데이비드는 또다시 졸리 그린 자이언트를 쳐다보았다. 그런데 졸리 그린 자이언트 바로 너머 약간 동쪽으로 1천 5백 미터 정도 되는 지점에 그것보다 더 높은 건물이 들어서 있었는데, 데이비드는 알아보지 못했다. 외부를 하얀 화강암으로 장식한 아름다운 건물인데, 바닥에서 옥상까지 환하게 불이 밝혀져 있었다.

데이비드는 걸음을 멈추고 천천히 돌아섰다. 그는 북쪽의 스카이라인을 살펴보았고, 이어 동쪽, 남쪽, 서쪽순으로 시선을 돌렸다. 전에 보지 못하던 빌딩들이 즐비했다. 데이비드는 양손을 허리에 올려놓고 얼굴을 찌푸리며 생각에 잠겼다. '이거, 어떻게 된 거야? 댈러스가 하룻밤 사이에 팽창해 버렸나?' 데이비드는 바로 앞에 있는 차로 걸어가 눈을 가늘게 뜨면서 살펴보았다. 그것은 붉은색 재규어 컨버터블 자동차였는데, 전에 한 번도 본 적이 없는 모델이었다. 재규어 옆에는 짙은 다홍색 포드 트럭이, 또 그 옆에는 하얀색 링컨이 세워져 있었다. 그 차들은 모두 전에 보던 것과는 약간 달랐다. 정확하게 말하면 훨씬 더 화려했다. 승용차에 새로운 칠을 한 걸까?

그는 다시 고개를 들어 전에 보지 못했던 빌딩들을 세어 보았다. 모두 열한 개나 되었다. 데이비드는 고개를 갸우뚱하다가 눈썹을 찌푸리더니 미소를 지었다. 그는 재규어를 다시 한 번 돌아다보았고, 곧이어 큰 웃음을 터뜨렸다. 그는 상황을 파악한 것이었다. "이제 알겠군. 내가 알고 있는 모델보다 적어도 10년 혹은 20년 미래의 모델인 거야."

"나는 미래에 와 있는 거야."

데이비드는 혼자 중얼거리면서 주차장 앞의 건물을 향해 걸어가기 시작했다.

"나는 미래에 와 있어."

그는 깊은 숨을 들이쉬었다가 세게 내뿜으며 머리를 가볍게 흔들었다. 손에는 약간 땀이 나는 것 같기도 했다.

"이거 아주 흥미로운데."

그 거대한 건물을 향해 걸어가면서 데이비드는 일렬로 늘어 선 택시들을 지나 넓은 보도 위로 올라섰다. 건물 앞에는 몇몇 잘 차려입은 사람들이 허둥대며 달려가고 있었다. 그들은 아마도 약속 시간에 늦은 듯 회전문을 재빨리 밀고 들어갔다. 데이비드는 잠시 그 주위를 서성이면서, 사람들이 회전문 안으로 허겁지겁 들어서는 광경을 지켜보았다. 그는 돈이 없다는 것을 알았지만, 그래도 주머니를 뒤져보았다. 혹시 주머니에서 돈 대신 티켓이라도 나올지 몰랐다. 하지만 티켓도 없었다.

데이비드는 그 거대한 빌딩을 올려다보면서 생각했다. '그래, 난 티켓도 없고 돈도 없어. 그런데다 너무 추워서 얼어죽을 지경이야. 이제 어쩐다지?' 혹시 그의 이름으로 된 티켓이 있을지도 모른다고 생각하며, 데이비드는 출입문 오른쪽에 있는 티켓 박스를 향해 걸어가서 유리창 뒤에 앉아 있는 여자에게 말했다.

"실례합니다."

그 여자는 자신의 붉은 머리카락을 강조하는 진녹색 스웨터를 입고 있었다. 그 여자는 50대 초반이나 중반 정도 되어 보였다. 그녀는 안경을 코에 걸친 채 열심히 티켓 수를 세고 있었다. 그녀가 계산기를 두드리는 동안 데이비드가 다시 말해보았다.

"실례합니다."

그녀는 고개를 들었다. 데이비드는 말을 하려고 하다가, 그녀가 그의 뒤에서 다가오는 남자에게 미소 짓고 있다는 것을 알았다.

"뭘 도와드릴까요?"

티켓 담당 여직원이 그 남자에게 물었다. 데이비드는 맥없이 옆으로 물러섰다. 그는 두 사람의 모습을 쳐다보면서 이런 생각을 했다. '그렇구나. 나는 미래에서도 모습이 보이지 않는구나.'

데이비드는 천천히 빌딩 주위를 걸었다. 여러 번 그는 빌딩 안에서 우레와 같은 박수 소리가 흘러나오는 것을 들었다. 그는 바로 몇 미터 앞에 표시도 없고 불도 켜 있지 않은 자그마한 출입구가 열리는 것을 보고 걸음을 멈추었다.

빼빼 마른 키 작은 사람이 어슴푸레한 어둠 속으로 걸어 나왔다. 위아래가 붙은 작업복에다 미는 걸레를 쥐고 있는 모습이 수위인 것 같았다. 그 남자는 건물의 콘크리트 벽에다 걸레를 기대어 세워놓고서 스키 모자를 꺼내 머리에 썼다. 이어 주머니에 손을 집어넣어 담배 파이프를 꺼냈다. 성냥이 반짝하고 켜지는 순간, 데이비드는 그 남자의 얼굴을 볼 수 있었다. '꽤 늙은 사람이로군' 하고 그는 생각했다.

그는 그 남자의 나이에 특별히 관심 있는 것은 아니었다. 단지 데이비드의 눈에 그렇게 비쳤을 뿐이었다. 데이비드가 앞쪽으로 걸어가자, 그 수위가 바로 몇 미터 지점에 서 있는 것이 보였다. 그 늙은 수위는 가까이 다가오는 데이비드를 쳐다보더니, 고개를 끄덕이며 파이프를 치켜드는 동작을 했다.

"안녕하십니까. 모든 게 편안하시지요?"

그가 말했다.

"좋아요, 감사합니다."

데이비드는 무의식적으로 대답했다. 이어 갑자기 흥분되면서 걸음을 멈추었다.

"여보세요! 당신은 나를 볼 수 있습니까?"

"물론이죠, 잘 보입니다."

그 남자가 약간 당황하면서 말했다. 그는 파이프를 다시 입에 물고 약간 기분 나쁘다는 투로 말했다.

"이봐요, 젊은 친구. 내가 나이 들었다고 시력까지……"

데이비드는 좀 더 가까이 다가갔다. 그 늙은 수위는 처음으로 데이비드의 얼굴을 가까이 보게 되었다.

"어이쿠, 이런 실례가!"

수위가 그렇게 말하는 바람에 파이프가 입에서 떨어져 땅바닥에 나뒹굴었다. 데이비드는 얼른 허리를 숙여서 그 파이프를 집어 들었다.

"제가 잘 알아보지 못했습니다……선, 선생님, 대단히 죄송합니다. 그리고 너무 감사합니다."

남자가 더듬거리며 말을 주워 삼켰다. 늙은 수위는 파이프를 받아서 얼른 호주머니에 집어넣었다. 데이비드는 파이프 담배에 불이 붙은 상태가 아닐까 걱정이 되었으나 물어보지는 않았다. 그는 수위의 행동이 너무나 의아했다. 그 늙은 남자가 말했다.

"선생님, 여기 체크를 하기 위해 나오셨나요? 오늘 밤 당신에게 감사하는 사람들이 저 안에 많이 있습니다. 나의 아내는 내 말을 믿지 않을 거예요! 내가 폰더 씨와 악수했다는 사실을 말이에요. 제 이름은 잭 밀러입니다."

데이비드는 머리를 가볍게 흔들면서 물었다.

"당신은 내가 누구인지 압니까?"

"걱정하지 마세요."

잭이 무슨 음모나 꾸미듯이 좌우를 돌아다보면서 말했다.

"사정을 충분히 이해합니다……. 아무에게도 말하지 않겠습니다. 사람들이 온통 내 애기를 한다면 나라도 저 건물 안에 들어가 무슨 애기를 하나 듣고 싶을 겁니다! 난 처음에는 당신인 줄 몰랐어요. 머리를 그렇게 염색하니까 옛날 모습 그대로시네요."

그는 잠시 말을 끊더니 걱정된다는 표정으로 다시 물었다.

"이렇게 가끔 혼자서 산책을 하십니까?"

데이비드는 눈썹을 슬쩍 치켜뜨면서 가볍게 미소지었다. 그는 뭔지 모르지만 상황이 흘러가는 대로 따라가보기로 했다.

"혼자 다녀도 아무 문제 없어요. 그런데 내가 이 문 안으로 좀 들어가봐도 되겠습니까?"

잭이 빙긋이 웃었다.

"물론이죠. 당신이 이 건물의 주인이지 않습니까. 어느 문이나 당신 마음대로 들어갈 수 있습니다! 나를 따라오세요."

그렇게 말하고 잭은 자신의 모자를 벗어서 호주머니에 찔러 넣더니, 데이비드에게 가까이 따라오라는 신호를 보냈다.

그들은 짧은 홀을 통과했고, 건물의 지하를 일주하는 듯한 거대한 통로 쪽으로 다가갔다. 데이비드는 자신이 이 거대한 건물과 연관이 있다는 사실을 이해하려고 애썼다. 잭은 여러 번 동료들에게 손짓을 했다. 그들은 손을 흔들고 고개를 끄덕이며 답례했고, 때로는 잭의 이름을 부르기도 했다.

"오늘 밤 당신의 변장은 완벽하군요. 아무도 당신을 못 알아 보잖아요!"

잭이 데이비드에게 큰 소리로 말했다. 데이비드는 터져나오려는 웃음을 꼭 참으며 이런 생각을 했다. '저들이 나를 못 알아 보는 것은 나를 보지 못하기 때문이야. 오히려 잭, 자네야말로 저들에게 웃음거리일 걸세. 저들이 볼 때 자네는 계속 혼자서 허깨비를 상대로 말을 하는 것처럼 보일 테니까 말이야.'

"아참."

잭이 갑자기 멈춰 서면서 말했다.

"내가 당신에게 물어보지 않았군요. 여기서 어디로 가실 생각 입니까? 당신의 전용석으로 모셔다드릴까요?"

데이비드는 고개를 저었다. 아무리 예기치 못한 상황이라도 그건 좀 너무한 것 같았다.

"나 혼자서 여길 좀 둘러보고 싶습니다. 괜찮지요?"

잭이 잠시 얼빠진 사람처럼 데이비드를 멍하니 쳐다보았다.

"정말 그렇게 하시겠어요? 원하신다면 함께 따라가겠습니다."

"아니요, 그럴 필요는 없을 것 같습니다. 하지만 그렇게 말씀해주셔서 정말 고맙습니다. 그리고 말입니다. 당신을 만나서 영광입니다."

데이비드가 손을 내밀며 말했다.

"하!"

잭은 데이비드의 손을 꼭 잡으면서 감탄했다.

"나를 만나서 영광이라구요? 어서 빨리 우리 마누라한테 이걸 말해주어야 하는데."

데이비드는 거기서 늙은 수위와 헤어져 통로를 계속 걸어갔다. 곧 대강당으로 들어가는 출구가 나왔다. 대강당으로 들어선 데이비드는 그 엄청난 인파에 깜짝 놀랐다. 건물의 규모로 보아 대강당의 좌석 수가 만만치 않겠구나 하고 생각했지만, 사람이 그렇게 많이 들어차 있으리라고는 예상하지 못했다. 1층에만 4천여 명의 사람들이 앉아 있었다. 출입구의 그늘에서 빠져나오면서 데이비드는 천천히 고개를 돌려 주위를 살펴보았다. 그는 천장에 매달려 있는 대형 비디오 스크린을 보았다. 그 스크린은 행사의 진행 상황을 관중들에게 좀 더 자세히 보여주려고 마련한 것 같았다. 대강당의 메인 홀 좌우로는 3층 높이로 좌석이 준비되어 있었다. 물론 그 좌석도 만원이었다. '전부 해서 2만 5천 명쯤 될까, 아니 3만 명은 될 것 같은데?' 데이비드는 그렇게 생각했다.

데이비드는 건물 밖에서 여러 번, 그리고 통로에서 두 번 우레와 같은 박수와 격려 소리가 터져나오는 것을 들었다. 밖에서도 그렇게 크게 들리니, 강당 안에서는 더 말할 것도 없었다. 그러나 잠시 침묵이 찾아와 그는 깜짝 놀랐다. 좌석 사이로 돌아다니는 사람은 아무도 없었다. 헛기침하는 사람도, 침을 넘기는 사람도 없었다. 대강당의 모든 사람들이 무대 위로 시선을 집중시켰다.

그 엄청난 좌석수에 비교해볼 때 무대는 오히려 비좁아 보였다. 초록색 화초들과 높이가 5미터는 되어 보이는 로마식 기둥 여섯 개로 정교하게 장식되어 있었다. 무대는 대강당의 맨 앞쪽에 설치되어 있는 것이 아니라, 2층 좌석에 앉아 있는 사람들을 마주 보도록 강당의 가장자리에 설치되어 있었다. 연단의 뒤는 탁 터져 있어서 어느 각도에서도 연단을 바라볼 수가 있었다. 마치 원형극장과도 같았다.

데이비드는 그 무대를 주목했다. 그는 무대의 중간에 있는 유리 연단의 뒤를 살펴보았다. 그곳에 있는 수만 명의 사람들과 마찬가지로 데이비드의 눈은 연설하는 사람에게 집중되었다. 대강당의 맞은편에 서 있었지만 데이비드는 무대를 직접 볼 수 있었고, 또 연사가 대단히 키가 큰 사람이라는 것을 알 수 있었다. 그는 호리호리한 몸매에 키가 190센티미터 정도는 되어 보였던 것이다. 40대 중반의 잘생긴 그 남자는 값비싼 연회색 더블 양복을 입었는데, 그 양복은 그의 검은 머리카락과 좋은 대조를 이루었다. 그리고 그는 울고 있었다.

데이비드는 그 남자를 빤히 쳐다보았고, 자신이 제대로 보고 있는지 확인하기 위해 가까이에 있는 스크린을 보았다. 정말로 그 남자의 얼굴에는 눈물이 흘러내리고 있었다. 그 연사는 이렇게 말했다.

"겨우 6년 전이었습니다. 우리는 돈도 없고, 희망도 없었습니다. 열두 살 난 내 딸아이는 위독한 상태로 병원에 누워 있었고, 나는 하루 24시간을 일해도 병원비를 감당할 수가 없었습니다. 보험금을 탈 것도 없었고, 도움의 손길도 모두 끊어진 상태였습니다. 그날 밤 일을 마치고 낡은 차를 몰아 집으로 돌아가는데, 조수석 앞의 선반에 세워놓은 딸애 사진을 쳐다볼 수가 없었습니다. 그것은 딸애가 초등학교 3학년 때 찍은 사진이었습니다. 나는 이제 유일하게 남아 있는 보험, 나의 생명보험을 가족들이 타게 해야겠다고 생각하고 있었습니다."

데이비드는 자신의 이야기와 아주 비슷한 그 남자의 인생 스토리를 숨죽이며 들었다.

"그 돈을 타서 빚을 갚고 새로운 시작을 하면……"

그 남자의 입 가장자리는 축 처졌고, 목소리는 갈라져 나왔다.

"그러면 아내는 새 남편을 만나고, 딸애도 좋은 아빠가 생길 것 같았습니다. 그들을 실망시키지 않을 그런 아빠 말입니다. 그렇게 하면 내 가족에게 그럴듯한 삶을 제공할 수 있을 것 같았습니다. 나는 차를 갓길에다 세우고, 운전석에 멍하니 앉아서 생각에 잠겼습니다. 딸애의 사진을 양손에 들고 말입니다. 병원에 입원하여 온몸에 튜브가 꽂혀 있는 딸애의 모습이 생각났습니다. 눈을 감으면 인공호흡기가 딸애의 폐 속에 공기를 주입하는 소리가 들렸습니다. 그러다가 갑자기 나는 부끄러운 생각이 들었습니다! 그 애를 내버리고 이 세상을 떠날 생각을 하다니, 인생을 포기할 생각을 하다니, 너무나 부끄러웠던 것입니다. 그러면서 한편으로 강한 힘이 내 안에서 솟구치는 것을 느꼈습니다. 나는 그 순간, 지금이야말로 내 인생에서 성공을 위한 첫 번째 결단을 적용해야 할 때임을 알았습니다. 나는 내 딸, 내 혈육, 내 책임인 그 아이를 내려다보면서 크게 소리쳤습니다. '공은 여기서 멈춘다. 나의 삶을 위해 열심히 싸운다면, 밝은 미래를 위해서도 열심히 싸울 수 있다!'"

데이비드는 그 남자가 일곱 가지 결단 사항을 언급하는 것을 듣고 너무나 놀랐다. 또 그 남자의 진실한 고백에 감동한 나머지 청중석에서 갑작스럽게 우레와 같은 박수 소리가 터져 나오자 깜짝 놀랐다. 강당에 있던 사람들은 모두 기립하여 박수를 보냈다. 청중들은 그의 정직과 용기에 격려를 보냈고, 그 연사는 얼굴에 눈물이 흐르는 채로 박수 소리가 가라앉기를 기다렸다.

박수 소리가 잦아들고 청중들이 앉기 시작하자, 데이비드는 무대에서 열댓 줄 정도 떨어진 통로에 빈 의자가 있는 것을 발견했다. 그는 재빨리 그리로 걸어가서 앉았다. 그는 편안한 자세를 취하면서 연단을 올려다보았다. 연사는 계속해서 말했다.

"그것은 정말 간단한 선택이었습니다. 강요에 못 이겨 이루어진 선택이었지요. 하지만 이제 우리의 생활은 금전적으로, 정서적으로, 정신적으로, 문자 그대로 모든 면에서 바뀌었습니다. 나의 가족은 자유로워졌습니다. 내가 성공을 위한 일곱 가지 결단 사항을 알고 있다거나, 그 의미를 잘 이해했다는 것만으로는 충분하지 않았습니다. 그 사항들을 완전히 받아들여 내 몸의 일부가 되게 했을 때부터 우리 가족의 미래는 완전히 보장받을 수 있었습니다."

연사는 말을 멈추고 물잔을 들어 한 모금 마셨다. 그는 손수건을 꺼내 이마와 눈을 닦은 다음, 연단 옆으로 비껴섰다. 그는 왼쪽 팔꿈치를 연단에 걸치면서 오른손으로 그 자신을 가리켰다.

"이제 나처럼 한번 생각해보십시오. 우리는 이 세상, 세상의 역사, 우리의 이웃 너머에 있는 어떤 것에 영향을 미칠 수 있는 힘이 대부분의 경우 제한되어 있습니다. 개인의 역사와 유산의 관점에서 보자면, 우리의 손자 세대, 좀 길게 잡으면 증손자 세대까지 내다보는 것이 고작입니다. 그래서 우리들 중 많은 사람들이 증조부의 이름조차 제대로 모릅니다! 지금부터 여러 해 전 데이비드 폰더는 이 세상 모든 사람에게 성공의 가능성이라는 선물을 주었습니다. 우리가 오늘 밤 여기에 이렇게 나와 있게 된 것도 그 선물의 결실입니다. 오늘 밤 내가 여기 나온 것도 여러분들에게 현재의 생각과 행동을 훨씬 뛰어넘는 미래를 붙잡으라고 권유하기 위해서입니다. 누구나 인생에서는 결단이 필요할 때가 옵니다. 그리고 당신이 내린 그 결단은 아직 태어나지 않은 세대에게까지 광범위한 영향을 미치게 됩니다. 당신으로부터 시작되어 수십만의 사람들에게까지 이어지는 가느다란 줄이 있습니다. 당신의 모범, 당신의 행동, 심지어 당신의 결단 하나가 문자 그대로 이 세상을 바꾸어놓을 수 있습니다. 다시 한 번 말씀드리겠습니다. 당신의 결단 하나가 이 세상을 바꾸어놓을 수 있습니다."

연사는 그렇게 말하고 나서 몇 초 동안 청중들과 시선을 맞추었다. 이어 그는 다시 연단 뒤로 돌아가서 물잔에 남아 있는 물을 쭉 들이켰다. 그는 비어버린 물잔을 연단 아래에 내려놓더니 껄껄 웃으며 청중을 바라보았다.

"여러분도 알다시피, 수천 명의 사람들로부터 동시에 의심을 받으니 아주 이상한 느낌이 드는군요!"

청중들이 웃으며 반응하자, 그도 미소를 지으며 화답했다.

"좋습니다. 다시 한 번 말씀드리겠습니다. 당신의 결단 하나가 문자 그대로 이 세상을 바꾸어놓을 수 있습니다!"

그렇게 말한 다음, 연사는 무대의 가장자리로 가서 열띤 목소리로 이야기 하나를 들려주기 시작했다. 데이비드는 그 연사가 무대 전후좌우로 움직이면서 청중들의 마음을 사로잡는 광경을 넋 놓고 바라보았다. 그가 해준 이야기는 100년 전에 벌어진 사건이었지만, 그 세부 사항은 아주 정확했다. 데이비드는 그 이야기가 사실이라는 것을 알았다. 왜냐하면 그는 그 현장에 있었기 때문이다.

"1863년 7월 2일, 그날은 덥고 축축한 날이었습니다. 그런데 메인 주의 학교 선생 출신인 그 사람은 인생의 커다란 싸움을 눈 앞에 두고 있었습니다. 그의 이름은 조슈아 로런스 체임벌린. 전에 보도인 칼리지의 수사학 선생이었고, 지금은 북군의 대령으로 뛰고 있는 서른네 살의 군인이었습니다. 그 장소는? 펜실베이니아 주 게티즈버그였습니다."

연사는 체임벌린의 군대가 로버트 리 장군의 북부 버지니아 군에 맞서서 싸워야 하는 위험한 상황을 설명했다. 반군의 공격을 다섯 번이나 격퇴했지만, 체임벌린은 자신의 부대가 더 이상 반군을 격퇴할 힘이 없다는 것을 알았다.

연사는 이어서 말했다.

"그의 연대 병력은 절반 이상이 전사했고, 남아 있는 병사들도 상당수가 부상병이었습니다. 그야말로 5대 1 정도로 병력이 열세였습니다. 양군의 마지막 전투는 얼굴을 보며 싸우는 백병전이었습니다. 그는 어떻게 반군을 언덕 아래로 물리쳐야 할지 방법을 알지 못했습니다. 그가 나중에 회고한 바에 따르면, 일부 부하들은 맨주먹으로 적과 싸우고 있었습니다. 그들이 재빨리 탄약 상황을 점검해보니 한 사람 앞에 총알이 두 발 정도밖에 남아 있지 않았습니다. 실제로 메인 20연대는 탄약이 떨어진 상태였습니다. 언덕 아래에서 체임벌린의 군대는 반군이 최후의 일격을 준비하고 있었습니다. 이제 마지막 공격을 앞에 놓고 패배와 죽음이 너무나 빤히 보였습니다. 그래서 체임벌린의 장교들은 퇴각을 건의했습니다. '중과부적입니다. 적의 병력이 너무 많습니다.' 부하들이 말했습니다. '게다가 우리는 싸울 수 있는 수단이 전혀 없습니다. 희망이 없습니다. 희망이 없습니다.' 조슈아 체임벌린은 잠시 가만히 서 있었습니다. '저기 그들이 다가옵니다.' 체임벌린은 대답하지 않았습니다. 그는 아무것도 하지 않고 가만히 서 있을 경우의 이해득실을 따져보았습니다. 그는 가만히 서 있는다는 것은 달아나는 것과 마찬가지라고 판단했습니다.

'조슈아!' 이번에는 그의 동생인 톰 중위가 소리쳤습니다.

'명령을 내려주십시오!' 그래서 그는 명령을 내렸습니다. 체임벌린은 자신이 실패하기 위해 이 세상에 온 것은 아니라고 생각했습니다. 실패는 인생의 현재 상태를 있는 그대로 받아들일 때의 필연적인 결과였습니다. 그는 앞으로 전진하든지, 죽든지 둘 중의 하나일 뿐이라고 생각했습니다. '총검을 착검하라.' 그가 소리쳤습니다. 그의 부하들은 그가 혹시 미친 것이 아닐까 생각하며, 그를 쳐다보기만 했습니다.

'뭐라고요, 대령님?' 상사가 물었습니다. 잠시 동안 부하들은 멍하니 쳐다보기만 했습니다. '저기 그들이 다가옵니다.' 담벼락을 지키던 부하가 소리쳤습니다.

'총검을 착검하라!' 체임벌린이 소리쳤습니다. '그리고 돌격하라!' 부하들이 총구에 총검을 꽂는 순간, 체임벌린은 칼을 뽑아들고 담벼락 위로 뛰어올라갔습니다. 이제 적이 50미터 전방까지 접근해온 상황에서 그는 칼을 적에게 겨누며 힘껏 소리쳤습니다. '돌격하라! 돌격하라! 돌격하라!' 포토맥 군의 정예이며 메인 주 20연대의 용감한 병사들은 담벼락을 뛰어올라 학교 선생이었던 그 사람을 따라 역사 속으로 걸어 들어갔습니다!

남군 사람들은 적군의 지휘자가 담벼락에 올라서서 호령을 하자, 무슨 일인지 몰라 즉시 걸음을 멈추었습니다. 그리고 체임벌린이 그들에게 칼을 겨누며 부하들에게 전면적인 공격을 명령하자, 그들은 몸을 돌려서 달아났습니다. 많은 남군 병사들이 총알이 장전된 총을 내던지고 도망갔습니다. 그들은 지금 상대하는 병사가 이미 얼마 전의 그 병사가 아니라는 것을 알아차렸던 것입니다. 그들은 돌격해오는 북군 뒤에 엄청난 증원군이 도사리고 있다고 짐작했습니다. 그들이 볼 때 패배할 것이 분명한 군대가 일제히 돌격에 나선다는 것은 조금도 가능성이 없는 일 이었습니다.

　　10분도 안 되어 체임벌린 휘하의 남루한 군대는 탄약도 변변히 없는 상태에서 앨라배마 15연대와 앨라배마 47연대의 병력 400여 명을 생포했습니다. 물론 이 모든 일이 단 한 사람의 돌격 결정에 의하여 이루어진 것이었습니다. 조금 전 말했듯이, 한 사람의 결단이 이 세상을 바꾸어놓은 것입니다!"

　　청중들은 일제히 박수를 치면서 자리에서 일어섰다. 데이비드도 그들과 함께 일어서서 박수를 치면서 환호했다. 그들은 모두 연사의 그 말에 공감했다. 조슈아 체임벌린의 이야기가 그들에게 영감을 주는 건 당연했다. 미국의 역사 속에서 벌어진 그 경이적인 사건을 데이비드는 직접 목격했기 때문에, 연사의 모든 말이 진실이라는 것을 알았다.

박수 소리가 잦아들자 데이비드는 연사가 아직도 무대 위에 서 있다는 것을 알아차렸다. 사실 그는 팔짱을 끼고 양 팔꿈치를 연단 위에 무겁게 내려놓았다. 그는 얼굴에 가벼운 미소를 지으며 침착하게 기다리고 있었다. 이제 마지막 사람이 좌석에 앉고 대강당이 완전한 적막 속에 잠기자, 그의 미소는 더욱 환해졌다.

"여러분은 내 연설이 끝난 줄로 아셨죠?"

데이비드는 다른 사람들과 마찬가지로 웃음을 터뜨렸다.

"자, 여러분."

그가 다시 말을 이어갔다.

"저는 지금 여러분이 무슨 생각을 하는지 알고 있습니다. 그래서 그 생각을 내버려둔 채 여러분과 작별할 수는 없습니다."

그는 잠깐 웃음을 지어 보였다.

"나는 정말 여러분이 무슨 생각을 하는지 압니다!"

그는 이제 무대의 가장자리까지 걸어갔다.

"여러분은 이렇게 생각하고 계실 겁니다. '맞아, 아주 멋진 스토리로군. 하지만 내가 이 세상을 변화시킬 수 있다고 말하는 건 아니겠지? 그런 농담은 아예 하지 말라고.' 그리고 여러분은 아마 이렇게 말할지도 모릅니다. '조슈아 체임벌린도 한 전투의 작은 부분에서 결과를 바꾸어놓은 것뿐이라고!' 과연 그럴까요, 여러분? 만약 그렇다면 이렇게 한번 생각해보십시오.

게티즈버그 전투 당시 북군은 아주 어려운 상황에 있었습니다. 남군은 포트 섬터를 장악했고, 그 기세를 몰아 매너새스에서 북군을 패주시켰습니다. 리 장군의 부하들은 7일 전투 중 리치먼드에서 혁혁한 승리를 거두었고, 2차 불런 전투 중 또 다시 매너새스에서 대승을 거두었습니다. 남군은 후커 장군의 부대를 챈슬러스빌에서 패배시켰고, 프레데릭스버그에서 번사이드 장군에게 결정타를 가했습니다. 만약 남군이 게티즈버그 전투마저 승리를 거두었다면, 그해 여름이 가기 전에 전쟁은 끝났을 거라고 대부분의 역사가들이 동의하고 있습니다. 남군은 이제 한 번만 더 이기면 전쟁 자체를 이길 수 있는 상황이었습니다. 하지만 그들은 이기지 못했습니다.

메인 주 출신의 교사는 리틀 라운드 톱 전투에서 보여준 그 무공으로 의회 훈장을 받았습니다. 그의 상급 지휘관들은 이 한 사람의 무용으로 북군이 패배를 모면했다고 판단했습니다. 이 한 사람이 전투의 결과를 바꾸어놓은 것입니다. 그리하여 조슈아 로런스 체임벌린은 남북전쟁의 흐름을 돌려놓은 것입니다.

여러분, 이 한 사람의 행동이 무엇을 의미하는지 아십니까? 만약 남군이 전쟁에서 이겼더라면, 오늘날 우리가 알고 있는 미국은 존재하지 않았을 겁니다. 그 대신 두 개 혹은 세 개의 나라가 들어서 있을 것입니다. 100년 전, 한 평범한 사람이 뒤로 물러서지 말고 앞으로 나아가야 한다는 결단을 내렸기 때문에, 우리는 지금과 같은 나라에서 살게 된 것입니다. 오늘날 우리가 살고 있는 이 세상은 대체로 보아 한 사람이 돌격을 명령한 결과입니다. 100년 전 한 교사가 내린 결단의 결과인 것입니다!"

연사는 잠시 말을 멈추더니, 결연한 표정으로 다시 외쳤다.

"당신이 세상을 바꾸지 못한다고 절대로 생각하지 마십시오! 당신은 할 수 있습니다! 당신은 할 수 있습니다! 당신이 내리는 단 하나의 결단이 세상을 바꾸어놓을 수 있습니다!"

또다시 청중은 일제히 기립하여 우레와 같은 박수를 치며 환호했다. 데이비드는 깜짝 놀랐다. 그는 박수를 치면서도 한 사람의 행동으로 벌어진 그 후의 저 믿어지지 않는 연쇄반응이 잘 이해되지 않았다. 그다음에 체임벌린은 어떻게 되었을까? 데이비드는 문득 그런 생각이 들었다. 청중의 박수 소리가 잦아들고 모두 자리에 앉자, 연사는 계속 말했다.

"사람들은 '나를 따르라'고 말하는 사람들을 따릅니다. 아이러니하게도 리더십은 발휘해야만 비로소 리더십의 자격이 생기는 것입니다. 여러분이 남들을 성공으로 이끌어주고, 또 그들의 꿈을 실현시켜줄 때, 여러분이 추구하고 보상받기 원하는 삶이 여러분에게 드러나는 것입니다. 조슈아 체임벌린은 우리의 세상을 바꾸어놓는 결단을 내렸습니다.

한 개인이 아주 중요한 결단을 내리는 순간에는 가시 울타리가 그의 주위에 둘러쳐지게 됩니다. 성서(《욥기》 1장 10절)에 처음 언급된 이 가시 울타리는 세상에 결정적 영향을 미치는 사람에게 둘러쳐진 신의 보호막을 말합니다. 바로 이것이 있기 때문에 당신이 이 지상에서 하기로 되어 있는 일을 완수할 때까지 당신은 다치지 않고, 또 다칠 수도 없습니다. 무더운 7월의 여름날 펜실베이니아 주의 한 언덕 위에 서서, 이제 막 돌격 명령을 내리기 일보 직전이던 조슈아 체임벌린의 주위에는 가시의 울타리가 쳐져 있었습니다."

검은 머리카락을 곱게 빗어 넘기고 더블 양복을 입은 연사는 상의 안쪽 호주머니에 손을 집어넣더니, 자그마한 종이 하나를 꺼냈다. 모든 사람이 볼 수 있도록 그 종이를 높이 치켜든 연사는 이렇게 말했다.

"이것은 전쟁 후 메인 주 주지사에 당선된 조슈아 체임벌린이 받은 편지입니다. 이 편지는 전쟁이 끝나고 몇 년 후 주지사 관저에 도착했습니다."

연사는 그 편지를 연단 위에 내려놓고 천천히 펼친 다음 읽어 내려가기 시작했다.

"주지사님께, 펜실베이니아 주 게티즈버그의 라운드 톱 전투에서 당신과 나 사이에 있었던 일을 알려드리기 위해 몇자 적게 되었습니다. 나는 지금 그 일을 떠올리면 얼마나 잘되었는지 모른다고 생각합니다. 그 전투 중에 나는 두 번이나 당신을 쏴 죽일 기회가 있었습니다. 두 바위 사이의 안전한 곳에 매복한 나는 당신에게 총을 겨누고 정확히 조준했습니다. 당신은 그때 담벼락의 중앙에 우뚝 서 있었는데, 온몸이 노출된 상태였습니다. 나는 당신의 제복과 행동으로 당신의 계급을 알아보았고, 당신을 제거하려고 했습니다. 나는 소총을 바위 위에 올려놓고 찬찬히 조준을 했습니다. 그리고 막 방아쇠를 당기려고 하는데, 갑자기 기이한 느낌이 강력하게 나를 내리눌렀습니다. 나는 결국 방아쇠를 잡아당기지 못했고, 그래서 당신을 쏴 죽이는 것을 포기할 수밖에 없었습니다. 나는 지금 포기한 것을 기쁘게 생각하고 있고, 또 당신도 그렇게 생각하기를 바랍니다. 그럼, 건강히 안녕히 계십시오. 앨라배마 15연대의 소총병 올림."

연사는 천천히 그 종이를 접었고, 그사이 청중석에서는 쥐 죽은듯한 침묵이 흘렀다. 그는 종이를 상의 안주머니에 집어넣고 무대의 가장자리 끝으로 걸어갔다. 데이비드는 그 연사가 자기를 빤히 응시하는 것을 보았다. 연사는 부드러운 목소리로 말했다.

"당신 또한 지금 이 순간 가시 울타리의 보호를 받으면서 살고 있습니다. 당신은 두려움을 느낄지도 모르지만, 그 두려움은 하나의 환상에 지나지 않습니다. 당신이 이 지상에서 하기로 되어 있는 일을 완수할 때까지 당신은 다치지 않고, 또 다칠 수도 없습니다."

이어 그는 청중 모두를 가리키듯이 양팔을 번쩍 높이 치켜들었다.

"여러분, 오늘 내 연설의 결론은 이것입니다. 여러분의 이야기, 여러분의 상황, 여러분의 타이밍은 조슈아 체임벌린처럼 드라마틱하지 않을지도 모릅니다. 하지만 인생의 판돈은 정확하게 똑같은 것입니다. 모든 사람의 인생에는 결단을 내려야 할 때가 옵니다. 그리고 당신이 내린 그 결단은 아직 태어나지 않은 세대에게 영향을 미칠 것입니다. 당신으로부터 시작되어 수십 만의 사람들에게까지 이어지는 가느다란 줄이 있습니다. 당신의 모범, 당신의 행동, 심지어 당신의 결단 하나가 문자 그대로 이 세상을 바꾸어놓을 수 있습니다."

그는 여기서 잠시 말을 끊더니 다시 이어갔다.

"그러니 앞으로 나아가십시오. 돌격하십시오. 당신의 인생을 바꾸십시오. 당신 가족의 미래를 바꾸십시오! 세상을 바꾸십시오!"

청중들은 숨조차 쉬지 않았다. 연사는 청중을 똑바로 쳐다보았다. 그는 부드러운 목소리로 속삭이듯 말했다.

"돌격하라! 돌격하라! 돌격하라!"

영원처럼 느껴지는 그 몇초 동안 아무도 움직이지 않았다. 이어 우레와 같은 박수 소리가 터져 나오면서, 수천 명의 사람들이 자리를 박차고 일어나 희망과 영감을 준 그 연사에게 환호했을 뿐만 아니라, 그들 자신의 미래를 축복했다. 박수 소리가 오랫동안 계속되었고 통로 쪽으로 사라졌던 연사는 그 환호에 답례하기 위해 다시 무대로 돌아와 손을 흔들었다. 그는 온 사방을 향해 다시 한 번 손짓을 한 다음 곧 사라졌다.

안내 방송을 통해 간단한 안내가 있었으나, 그날 저녁의 행사는 분명 끝난 것 같았다. 데이비드는 사람들이 강연장을 빠져나가는 것을 지켜보면서 한쪽에 서 있었다. 그는 그들의 얼굴에서 단호함, 이해와 위안의 눈물, 확신에서 오는 평화로움 등을 보았다.

30분도 채 되지 않아 대강연장은 텅 비었다. 데이비드는 마지막으로 강연장을 한번 둘러보고 쌀쌀한 밤공기 속으로 걸어나 왔다. 정처 없이 걷던 데이비드는 주차장을 빠져나오기 위해 이리저리 움직이는 차량들의 빨간 미등을 보았다. 그는 도시의 스카이라인을 쳐다보면서, 친숙한 것 같기도 하고 신기한 것 같기도 하다는 느낌이 들었다. 데이비드는 걸으면서 이제 다음은 어디로 가야 할지 전혀 감이 잡히지 않았다. '나는 누군가를 더 만나게 되어 있는 걸까? 무엇을 찾아야 하는가? 어디로 가야 하는가?' 온갖 생각이 그의 머릿속에서 교차했다.

데이비드는 아무런 생각 없이 주차장 안으로 들어갔다. 밤공기는 차갑지만 청명하여 상쾌했다. '사실 난 기분이 아주 좋은 걸' 하고 데이비드는 생각했다. 그는 텅 빈 주차장을 살펴보았다. 검은 아스팔트와 하얀 주차선이 끝도 없이 펼쳐져 있었다.

그날 밤의 행사가 끝난 지 1시간이나 경과했으므로 주차장에는 모든 차가 사라졌으나 딱 한 대가 남아 있었다. 데이비드가 서 있는 곳에서 약 60미터 떨어진 나무 그늘 밑에 세워진 차였다. 데이비드는 가볍게 머리를 흔들면서 그곳으로 걸어갔다. 그것은 아주 낯익은 차였다. 차체는 색바랜 은색이었는데, 유독 오른쪽 범퍼는 검은색이었다. 그 차는 바로 자신의 차 다지 콜트였다.

"어, 어?"

데이비드가 그 차에 다가가면서 큰 소리로 말했다.

"그렇다면 히터와 브레이크 등은 여전히 작동하지 않겠구면."

차의 문은 닫혀 있지 않았을뿐더러 키까지 꽂혀 있었다. 데이비드는 그 자그마한 차 속에 비집고 들어가면서 자신이 뒷좌석에 벗어놓은 검은색 점퍼를 보았다. 가만, 저 점퍼를 집어던진 게 언제였지? 오늘 아침? 머릿속이 너무 혼란스러워서 잘 생각이 나지 않았다. 그가 키를 돌리자, 작은 차는 왜앵 소리를 내며 시동이 걸렸다. 데이비드는 손을 뻗어 머리 위의 햇빛 가리개를 만져보았다. 거기에 지갑과 그 위에 벗어놓은 싸구려 금줄 달린 시계가 있었다.

"와우!"

그는 미소를 지으며 시계를 손목에 찼고, 지갑을 옆의 조수석 위에 내려놓았다.

'자, 이제 어디로 가지?' 그가 차를 천천히 빼면서 생각했다. 그는 주위를 살피다가 조금 전에 보았던 하얀 아름다운 마천루가 백미러의 오른쪽에 잡히는 것을 보았다. "좋았어, 저 빌딩으로 한번 가보자구."

그는 여러 번 차의 방향을 꺾은 다음 주차장을 빠져나왔고, 이제 하얀 건물 쪽으로 향해 달렸다. 데이비드는 그 건물이 다른 빌딩과 나무들 사이에서 간헐적으로 나타났다가 사라지는 것을 보았다. 그 건물은 도시에서 가장 높은 빌딩이었기 때문에 찾기가 쉬웠다.

데이비드는 그 건물로 들어서는 마지막 거리를 발견했을 때 차를 멈춰 세웠다. 그는 도로 표지를 보았을 때, 자신의 눈을 믿을 수가 없었다. 그는 다시 한 번 주위를 둘러보았다. 이미 시간은 자정이 넘어 있었다. 차량 통행이 끊어졌는지 주위를 오가는 차는 없었다. 그래서 그는 차 문을 열고 밖으로 나갔다. 그는 재빨리 코너 쪽으로 걸어가 도로 표지를 유심히 살펴보았다. 그는 묵묵히 돌아서서 차가 있는 곳으로 갔다. 그는 다시 기어를 넣고 심호흡을 한 뒤, 데이비드 폰더 불레바드(가로수길) 쪽으로 우회전을 했다.

그의 바로 앞에 거대한 하얀 건물이 떡 버티고 서 있었다. 그 건물 앞길의 양옆은 참나무들이 일렬로 늘어서 있었고, 좀 더 가까이 다가가자 주 출입구 가까이에 하늘 높이 물을 쏘아 올리는 분수가 있었다. 그는 그 아름다운 건축물로부터 시선을 뗄 수가 없었다. 건물 바로 앞까지 오자, 그는 커브 길에다 차를 세우고 보도로 내려섰다.

거리에서 건물까지 약 30미터의 거리에 회색 대리석을 깔아 놓은 광장이 있었다. 광장은 건물을 빙 둘러싸고 있었다. 데이비드는 그 광장을 천천히 걸어갔다. 빌딩을 장식하는 네온사인이 건물의 그림자를 광장의 대리석 위에 비추었기 때문에, 검게 보이는 회색 대리석은 물을 뿌려놓은 것처럼 번들거렸다.

그는 중앙 출입구에 설치되어 있는 다섯 개의 회전문 쪽으로 걸어갔다. 문들은 잠겨 있었다. 데이비드는 오른쪽으로 비켜서면서 유리문에 얼굴을 대고 내부를 들여다보았다. 내부에서 흘러나오는 빛을 가리기 위해 양손으로 눈을 가렸다. 1층은 전 층이 리셉션 지역으로 사용되는 로비였는데, 5층 정도 높이의 천장에 거대한 돔을 둘렀다. 높이가 7미터는 됨직한 커다란 야자나무들이 거대한 화분 속에서 자라고 있었는데, 그것들은 여섯 개의 엘리베이터 사이사이에 배치되어 있었다.

천장에서 호화 카펫이 깔린 바닥까지 사면 벽에는 대형 태피스트리가 걸려 있었다. 굉장히 넓은 현관 바닥의 한가운데에 있는 초호화 장식은 거대한 화강암 바위로부터 12미터 이상 곧게 떨어지는 폭포였다. 폭포물은 엘리베이터 기둥 주위에 마련된 소형 연못으로 흘러내려 거대한 리셉션 데스크 옆으로 빠졌다. 그 데스크의 크기로 보아 접수계원이 대여섯 명은 될 듯했다. 중앙 출입구를 마주 보는 데스크 위에는 돌 명패가 세워져 있었는데, '폰더 인터내셔널'이라는 글씨가 선명했다.

데이비드는 유리문에서 얼굴을 뗐다. 그는 이제 별로 놀라지 않았다. 물론 흥분은 되었지만 놀랄 것까지는 없었다. 그는 성공한 미래의 현실을 똑똑히 보고 있는 것이었다. '당신으로부터 시작하여 수십만의 사람들에게까지 이어지는 가느다란 줄이 있습니다.' 데이비드는 그 연사가 한 말을 기억했다. '그렇다면 이 빌딩 안에도 내가 영향을 미친 사람들이 여러 명 있겠구먼'하고 그는 생각했다.

데이비드는 자신의 차로 돌아가면서 건물 앞 분수 옆에서 잠시 걸음을 멈추었다. 거기에 세워진 표지판에는 짧은 글귀가 적혀 있었다.

"이 분수에 던진 동전들은 댈러스 시, 제니 폰더 동물원 지원금으로 사용됩니다."

그는 미소를 지으며 차로 다가갔다.

잠시 후 데이비드는 드라이브를 즐겼다. 거리에는 차량들이 거의 없었고, 도시는 아주 적막했다. 그는 고속도로 근처에 오자 아무 생각 없이 고속도로를 탔다. 그는 특별히 어디라고 할 것도 없이 한 시간쯤을 달렸다. 그는 오버패스에서 엘렌 폰더 아동병원을 발견하고, 고속도로 출구로 빠져나가 그 병원의 주차장에 몇 분 동안 앉아 있다가 나왔다.

데이비드는 널빤지로 입구를 막은 마셜 철물점을 지나갔다. 그 가게는 망한 지 몇 년이 된 것 같았다. 마치 자동항법 장치로 차가 움직이는 양 그는 자신이 살던 이웃 동네로 들어갔고, 우편 함에서 '맥클레인'이라는 동네 사람 이름을 보았다. 그와 제니가 집 옆에 심었던 산딸나무는 지붕 높이로 자라 있었다. 그는 그들이 다니던 교회를 보았고, 제니가 다니고 있는 초등학교를 지나갔으며, 그가 여러 해 동안 일했던 회사의 소유주가 또다시 바뀐 것을 보았다.

곧 데이비드는 이번에도 아무 생각 없이 도시를 빠져나가는 고속도로에 올라탔다. 그는 자신이 이제 매우 다른 사람이 되어 있다는 것을 알았다. 그가 그레이턴 나들목을 빠져나갈 때, 그는 전에 여기 와보았다는 어렴풋한 느낌이 들었다. 그의 머릿속은 사람의 마음을 꿰뚫어보는 푸른 눈을 가진 트루먼에 대한 생각으로 혼란스러웠다. 그는 속도계를 보았다. 시속 120킬로미터였다. 그는 솔로몬의 보좌를 생각하고 희미하게 미소를 지었다. 왕은 그게 의자일 뿐이라고 말했지!

그의 시야에는 다른 자동차가 보이지 않았다. 그 작은 차의 헤드라이트는 펜실베이니아 언덕 위에 터지는 포탄처럼 어둠에 구멍을 뚫었다. 그는 가속기를 세게 밟으면서 수평선을 바라보는 선장의 얼굴에 떠오른 자신감을 보았다. 시속 130킬로미터, 140킬로미터⋯⋯. 안네, 그 귀엽고 상냥한 어린 소녀.

"아빠는 말했어요. '두려움은 미래를 조각하는 데는 도움이 되지 않는 연장이다.'"

데이비드는 언덕을 올라가고 커브길을 돌면서 서서히 속

도감을 잊어버렸다. 난 에이브러햄 링컨을 만나 대화를 나누었지, 그가 생각했다. 그분이 내게 말해주었어.

"용서의 비결은 돈 한푼 안 들지만 수백만 달러의 가치가 있는 비결이라네."

데이비드의 마음은 이제 아주 빠른 속도로 회전했다. "당신이 마지막 방문자입니다."

대천사가 말했다.

"이제 더 이상의 방문자는 없습니다. 당신에게는 당신의 문명을 바꿀 수 있는 선물이 주어졌습니다. 앞으로 모든 것이 당신에게 달려 있습니다."

그 순간 데이비드 폰더의 운명은 살얼음이 덮인 다리와 교차했다. 자그마한 개울 위에 걸린 그 다리는 길이가 겨우 15미터 정도였으나, 노면에 살얼음이 끼어 있어서 그 위를 빠르게 달리던 콜트 차는 바퀴가 헛돌며 빙글빙글 회전하기 시작했다. 타이어에서 끼익 하는 소리가 났으나 차는 달리던 속도 때문에 비틀거리면서도 그 짧은 다리를 건너서 다시 고속도로 위에 올라섰다. 하지만 회전이 걸린 차는 계속 요동쳤고 좌우로 크게 흔들렸다.

흥미롭게도 데이비드는 차의 흔들림을 제압하려고 애쓰지 않았다. 차는 계속 흔들렸고, 마침내 길에서 벗어났다. 그는 마치 슬로비디오를 보듯이 차창을 들여다보며 눈앞에 펼쳐지는 사건을 관찰했다. 콜트 차가 거대한 참나무를 들이박는 순간, 그는 모든 것을 기억하려고 애썼다. 아직 의식이 남아 있는 그 짧은 순간, 데이비드는 운전대를 꼭 잡으며 눈을 감았다. 그러자 대강연장의 연사가 해준 말이 들려왔다. "당신이 이 지상에서 하기로 되어 있는 일을 완수할 때까지 당신은 다치지 않고, 또 다칠 수도 없습니다."

그리고 데이비드는 어둠의 블랙홀 속으로 빠져들어갔다.

11

희망

"여보? 데이비드?"

데이비드는 자신의 앞에 있는 사람에게 초점을 맞추려고 해도 자꾸 시야가 흐려졌다.

"데이비드, 나 엘렌이에요. 내 말 들려요?"

그는 또 다른 목소리를 들었다. 남자였다.

"시간이 좀 걸릴 겁니다, 폰더 부인."

그는 모든 사람이 너무나 아득하게 멀리 떨어져 있는 것처럼 느껴졌다.

"아빠, 사랑해요."

제니?

"데이비드, 나 엘렌이에요. 여보, 나 여기 와 있어요."

데이비드는 시야가 좀 밝아지면서 아내의 손이 자신의 뺨을 쓰다듬는 것을 느꼈다. 그는 이제 그녀의 손과 얼굴을 볼 수 있었다. 아내의 얼굴은 여전히 아름다웠다.

"엘렌."

그는 뭔가 말을 하려고 했으나 머리가 너무 아팠다.

"엘렌."

그는 또다시 아내의 이름을 부르면서 그녀에게 손을 뻗으려고 했다.

"여보, 나 여기에 있어요."

그녀가 남편의 팔을 도로 침대에 내려놓으면서 말했다.

"제발 움직이지 말아요."

그녀의 뺨에는 눈물이 줄줄 흐르고 있었다.

"데이비드, 당신은 사고가 났어요. 그래서 지금 병원에 와 있는 거예요."

"울지 마."

데이비드가 힘 없는 목소리로 말했다.

"우린 모든 게 다 괜찮아질 거야."

그는 일어나 앉으려고 했다. 엘렌이 그를 부드럽게 다시 침대에 눕혔다.

"그래요, 여보. 당신은 괜찮아질 거예요. 당신은 심한 타박상을 입었어요. 그러니 절대 안정해야 돼요."

그의 시각과 청각은 왔다 갔다 했고, 가까워졌다 멀어졌다 했고, 작아졌다 커졌다 했다.

"아니야."

그는 어렵사리 말했다.

"내 얘기를 하고 있는 게 아니야, 우리 얘기를 했어. 우리는 괜찮아질 거야. 우리 가족 말이야. 제니는 어디 있어?"

"바로 여기 있어요."

"아빠, 나 여기 있어요."

제니가 침대 가까이 다가서며 말했다.

"아빠, 사랑해요."

"나도 너를 사랑한단다. 네 목은 좀 어떠냐?"

"아파요. 하지만 그렇게 아픈 건 아니에요."

데이비드는 손을 들어 딸아이의 부드러운 머릿결을 만져보았다.

"네 편도선은 곧 고쳐줄게. 약속하마. 엘렌?"

그는 아내의 이름을 생각했던 것보다 크게 불렀고, 그래서 방 안에 있던 사람들이 깜짝 놀라며 쳐다보았다.

"데이비드, 나 여기 있어요. 여기 있다고요."

그녀는 여전히 그의 손을 잡고서 곁을 떠나지 않았다.

"엘렌, 우린 괜찮아질 거야. 난 이제 깨달았어. 난 여러 군데를 다녀왔는데⋯⋯."

그리고 그는 갑자기 깨어났다. 단 몇 초 사이에 머리가 맑아지고, 초점이 또렷해졌다. 그는 주위를 돌아다보면서 아내, 딸, 하얀 가운을 입은 키 작은 남자를 보았다. 그가 물었다.

"여기가 어디지?"

"여보, 당신은 병원에 와 있어요."

엘렌이 대답했다.

"당신은 사고를 당했어요."

"내가……?"

"폰더 씨, 당신은 곧 회복될 겁니다."

키 작은 남자가 앞으로 나서며 말했다.

"나는 닥터 그린입니다. 당신은 아주 운이 좋았어요."

"나는 나무를 들이받았습니다."

"그래요, 그랬지요."

의사가 대답했다.

"하지만 당신이 그렇게 기억해내는 걸 보니 부상의 예후는 아주 좋습니다. 당신은 심한 타박상을 입었어요. 그 밖에 기억나는 것은 없습니까?"

"나는 대강당에 다녀왔습니다."

"아니에요, 데이비드. 당신은 직장에 갔다 오는 길이었어요. 당신은 왜 그 먼 데까지 차를 몰고 나갔지요?"

엘렌이 이맛살을 찌푸렸다. 그러자 의사가 그녀의 어깨에 손을 얹으며 말했다.

"폰더 부인, 잠시 동안 생각에 혼란이 올 수도 있습니다. 황당한 꿈, 혼란스러운 대화, 이상한 생각 등이 그런 현상이지요."

의사는 데이비드에게 미소를 지으면서 말했다.

"머리에 충격을 받았기 때문에 그래요. 하지만 솔직히 말씀드리면 이런 경우는 처음 봅니다. 당신의 두개골은 골절되지 않았어요. 당신을 이곳에 데려온 의무 요원들은 당신이 차에서 튕겨져나갔다고 했어요. 하지만 타박상 이외에는 뼈 하나 부러진 데가 없어요. 정말 운이 좋은 케이스입니다."

의사가 엘렌에게 부상의 예후, 치료 방법, 예상 입원 기간 등을 말해주는 동안 데이비드는 아내와 딸을 쳐다보았다. 그는 자신이 운 좋은 사람이라는 것은 알았다. 하지만 짙은 안개 같은 기이한 실망감이 그의 전신을 휩쌌다. 꿈? 그럼 그게 모두 꿈이었단 말인가? 저 의사가 말하는 대로 황당한 꿈, 혼란스러운 대화, 이상한 생각이었단 말인가?

"물론 우리가 이런 일들을 하는 데는 시간이 좀 걸립니다."

의사가 설명을 마무리하고 있었다.

"그러니 잠시 따님을 데리고 집에 가서서 쉬는 게 좋을 것 같습니다."

의사가 엘렌과 제니를 보면서 말했다.

"여보, 제니를 일단 집에 데려다놓고 와야겠어요."

엘렌이 말했다.

"친정 부모님이 우릴 도와주기 위해 집에 와계세요. 제니를 집에 데려다놓고 곧바로 올게요."

엘렌은 데이비드의 뺨에 키스를 하고 돌아섰다.

"여보, 사랑해요."

그녀가 덧붙였다. 데이비드는 의사가 이미 입원실에서 나가 버렸다는 것을 알았다. 눈물이 그의 뺨을 타고 흘러내렸다.

"엘렌, 나도 당신을 사랑해. 일이 이렇게 되어 너무 미안해."

그녀는 다시 침대 옆으로 와서 데이비드의 눈을 빤히 내려다 보았다.

"데이비드, 당신은 미안해할 게 하나도 없어요. 제니와 나는 당신을 사랑하고 믿어요. 당신이 어서 빨리 집에 돌아오기를 바라고 있어요. 당신은 조금 전 내게 우리 모두가 괜찮아질 거라고 말했지요?"

그녀가 미소 지었다.

"난 당신 말을 믿어요."

데이비드는 자그마한 병실에 혼자 누워 있었다. 엘렌은 그에게 다시 한 번 키스해주고 병실 밖으로 나갔다. 그는 아내의 하이힐과 제니의 운동화가 복도 아래로 내려가는 소리를 들었다. 꿈? 그는 그런 생각을 하면서 긴 한숨을 내쉬었다.

그는 졸리지 않았다. 아직 몸은 욱신거리고 머리도 아팠지만 졸리지는 않았다. 그는 고개를 들어 침대 옆 테이블을 살폈다. 삐삐 소리가 나는 모니터가 그곳에 있었다. 침대 반대편에는 용액을 걸어놓은 쇠막대기가 있고, 용액이 담긴 플라스틱 백에서 나온 튜브가 그의 팔뚝에 꽂혀져 있었다.

병실 한쪽 구석에는 작은 야전 침대가 있었다. 엘렌이 저기서 잤을까? 도대체 나는 여기 입원한 지 얼마나 되었지? 그의 맞은 편 벽에는 텔레비전이 놓여 있었다. 그 옆에 또 다른 문이 있었는데, 아마도 화장실인 것 같았다. 텔레비전 밑에 의자가 하나 놓여 있는 것 빼고는 방 안에는 어떤 가구도 없었다. '별로 쳐다 볼 것도 없네' 하고 그는 생각했다. 그래서 그는 천장의 자갈 무늬를 쳐다보기로 했다.

그건 정말 진짜처럼 보였다. 그는 실제로 그곳에 다녀왔다! 그는 포츠담에도 갔었고, 암스테르담에도 갔었고, 산타 마리아 호에서 콜럼버스를 만나기도 했다. 그는 교통사고를 한 번 만난 게 아니라 두 번 만났다! 하지만 데이비드는 아무도 그의 말을 믿어주지 않으리라는 것을 알았다. 아니, 그 자신도 이제 확신이 서질 않았다.

데이비드는 생각했다. '아무튼 중요한 것은 거기에 정말 갔다 왔느냐가 아니잖아? 무엇을 배웠는가가 중요하잖아? 난 그게 꿈이었다고 해도 상관없어. 그렇다고 해서 성공을 위한 일곱 가지 결단 사항의 가치가 없어지는 것은 결코 아니야.' 데이비드는 정신을 집중하여 그 일곱 가지 원칙의 주요 표현과 기본 철학을 생각했고, 그러자 미소가 빙그레 그의 입가에 떠올랐다.

데이비드는 자신이 혹여나 그것들을 잊어버릴까봐 적어놓아야겠다고 생각했다. 마침 침대 옆 테이블 위에 펜과 종이가 있었다. 그는 일어나 앉아서 그 원칙들을 적어 내려갔다.

1. 공은 여기서 멈춘다. 나는 나의 과거와 미래에 대하여 총체적인 책임을 진다.

2. 나는 지혜를 찾아 나서겠다. 나는 남들에게 봉사하는 사람이 되겠다.

3. 나는 행동하는 사람이다. 나는 이 순간을 잡는다. 지금을 선택한다.

4. 나는 단호한 마음을 가지고 있다. 나의 운명은 이미 결정되었다.

5. 오늘 나는 행복한 사람이 될 것을 선택하겠다. 나는 감사하는 마음을 가진 사람이다.

6. 나는 매일 용서하는 마음으로 오늘 하루를 맞이하겠다. 나는 나 자신을 용서하겠다.

7. 나는 어떠한 경우에도 물러서지 않겠다. 나는 커다란 믿음을 가진 사람이다.

데이비드는 써놓은 것을 다시 읽어보고 고개를 끄덕였다. 그는 피곤했다. 쓰는 작업은 나중에 좀 더 해야겠다고 생각했다. 나중에는 더 자세하게 기억날 것 같았다. 그는 종이와 펜을 테이블 위에 내려놓았다. 데이비드는 가브리엘이 말한 것처럼 그 결단 사항을 철저히 숙지하여 마음속에 새길 생각이었다. 그는 깊은 숨을 들이쉬었다가 내뿜으며 자세를 똑바로 취해보았다. 가브리엘이 그에게 말해준 것처럼⋯⋯.

'그게 꿈이었어도 상관없어. 데이비드는 천장을 쳐다보며 생각했다. 나의 가족은 괜찮아질 거야. 우리의 미래는 보장되어 있어. 내가 반드시 그렇게 만들거야.' 천장의 자갈 무늬는 자그마한 빛을 반사했고, 데이비드는 별들이 생각났다. 그는 눈을 감았다. 그가 막 잠 속으로 떨어지려는데, 문이 살짝 열리는 소리가 났다. 간호사였다.

"미안합니다. 당신을 깨우려는 생각은 아니었어요."

간호사가 말했다.

"상관없어요. 나는 별로 졸리지 않아요."

데이비드가 말했다.

"그럼, 계속 휴식을 취하세요. 전 이걸 놓고 나갈 거예요."

그녀가 상냥하게 말했다. 그녀는 들고 있던 검은 플라스틱 가방을 의자 위에 내려놓았다.

"그건 뭐죠?"

데이비드가 물었다.

"당신 물건이에요. 지갑이랑 구두랑 뭐 그런 것이지요. 사고가 났을 때 당신이 입고 있던 옷도 들어 있어요. 응급실에서 우리 병동으로 올려보내준 거예요."

"그 가방을 좀 보여주시겠어요? 손목시계를 차고 싶어요."

데이비드가 말했다.

"그러세요."

간호사는 그렇게 말하면서 가방을 침대 가장자리에 놓았다.

"당신의 손목시계는 여기 들어 있어요. 물품의 리스트를 작성했거든요. 내가 직접 봤어요."

그녀가 미소 지으며 말했다.

"감사합니다."

간호사가 병실을 나가자, 데이비드는 가방을 열어서 구두를 꺼냈다. 양말은 가방 한쪽 구석에, 팬티는 다른 한쪽에 있었다. 그것들은 잘 개어진 셔츠와 청바지 위에 있었다. 데이비드는 구두와 옷을 침대 반대편 바닥에 떨어뜨렸다.

데이비드의 결혼반지가 옷들과 함께 쏟아져 나와 하얀 시트 위에 떨어졌다. 그는 반지를 다시 끼고 가방 속에 손을 넣어 시계를 꺼내 시곗줄을 늘인 다음 손목에 찼다. 그의 열쇠고리는 가방 속에 있었다. 그리고 지갑도 그 안에 있었다. 가만있자, 그는 순간적으로 생각했다. '내 지갑은 조수석에 있지 않았나? 아, 그래 누군가가 친절하게 나를 위해 꺼내놓았구나.' 그는 지갑을 테이블 위에 올려놓았다.

침대에서 치우기 위해 플라스틱 가방을 집어든 데이비드는 약간 무겁다는 생각이 들었다. 그는 뭔가 빠뜨렸나보다 생각하고 다시 가방을 열어보았다. 처음에 그는 아무것도 보지 못했다. 그러나 자세히 보니 깊숙한 곳에 플라스틱 가방과 거의 같은 색깔인 자그마한 검은 물체가 보였다.

데이비드는 갑자기 숨이 갑갑해지면서 가슴이 빠르게 뛰기 시작했다. 그는 가방 안으로 손을 넣어 그 자그마한 담배 쌈지를 꺼냈다. 그것을 쳐들어 불빛에 비춰보는 데이비드의 눈에는 눈물이 솟구쳤다.

그 쌈지는 진청색이었고, 단단한 천으로 만들었지만, 하도 자주 사용하여 반들반들했다. 그래도 여전히 멋있는 장교용 물건이었다. 쌈지의 덮개를 닫아주는 두 개의 황금 단추는 쇠로 된 것이었는데, 독수리 그림이 새겨져 있었다. 그 단추 바로 아래 덮개 부분에는 X자형 쌍칼이 새겨져 있었다. 쌍칼은 싸우는 사람의 상징이었다.

소설? 다큐멘터리? 그도 저도 아닌 한편의 우화?《폰더 씨의 위대한 하루 The Traveler's Gift》를 원서로 처음 읽고 난 후 이 감동적인 스토리에 어떤 이름을 붙여야 할지 아리송했다. 픽션임에는 틀림없으나, 그저 픽션이라고만 하기에는 그 누구의 감동 수기보다 깊은 울림을 가슴속에 전해주었기 때문이다. 어쨌든 이 책을 뭐라 규정한들 어떠랴, 이 느낌을 그대로 표현할 수만 있다면!

이 책은 데이비드 폰더라는 40대 중반의 가장이 인생의 막다른 상황에서 갑자기 역사 속으로 환상여행을 떠난다는 것을 플롯으로 삼고 있다. 폰더 씨는 여행을 통해 링컨, 안네 프랑크, 콜럼버스 등 7명의 역사적 인물들에게서 인생의 고귀한 메시지 하나씩을 선사받는다. 이 일곱 가지 선물로 인해 폰더 씨는 이제까지와는 완전히 다른 인생을 맞으리라는 것을 예감하면서 환상에서 깨어난다는 내용이다.

여행은 예로부터 문학작품 등에서 우리 인간이 중대한 삶의 문제에 부딪혔을 때 마지막으로 택하는 해결방안으로 곧잘 등장해 왔다. 가령 《길가메시 서사시》에서 영원불멸을 얻기 위해 저승으로 떠난 길가메시, 구약성서 〈열왕기〉에서 왕의 자리를 잃을까 두려워 엔도르의 무당을 찾아가 죽은 사무엘을 불러낸 사울 왕, 베르길리우스의 《아이네이스》에서 자살한 애인 디도를 한 번이라도 다시 보려고 저승을 찾아간 아이네이아스 등이 그런 대표적 사례이다. 이 책에서 그려낸 폰더 씨의 여행 역시 처음엔 다소 어리둥절하지만, 이야기가 전개되면서 전해오는 진솔한 감동에 우리는 작가의 의도를 어렴풋이 눈치챈다.

* * *

이 책의 1장과 2장은 폰더 씨의 여행을 소개하기 위한 도입부이다. 실직, 밀린 집세, 딸의 급한 수술, 텅 빈 통장……폰더 씨가 처한 막다른 상황은 같은 시대를 사는 한국 독자들에게도 깊은 공감을 자아낸다. 이런 상황에서 3장부터 시작되는 폰더 씨의 환상여행은 읽는 이를 몰입시키는 동시에 읽기의 폭발력을 점점 증폭시킨다. 모름지기 이처럼 시작은 차분하되 뒤로 갈수록 재미가 증폭되는 책이야말로 정말 좋은 책이리라. 마치 어둔 동굴 속을 들어갈 때 그 입구가 너무 넓으면 내부도 뻔해서 기대감이 반감되는 것처럼 말이다.

나는 주인공 폰더 씨가 안네 프랑크와 만나는 장면, 링컨 대통령과 면담하는 장면, 대천사 가브리엘을 만나는 장면에서 깊은 인상을 받았다.

"오늘 나는 행복한 사람이 될 것을 선택하겠다." _안네 프랑크

"무엇보다도 자네 자신을 먼저 용서해야 하네." _링컨 대통령

"인생이라는 게임에서 하프타임의 스코어는 정말 아무것도 아닙니다. 인생의 비극은 인간이 그 게임에서 진다는 것이 아니라, 거의 이길 뻔한 게임을 놓친다는 것입니다." _대천사 가브리엘

이 책에는 이처럼 감명 깊은 인생의 조언들이 구절마다 가득하다. 하지만 특히 나를 감동시킨 것은 체임벌린 대령의 이야기였다. 주인공 데이비드 폰더가 여행에서 만난 사람들은 해리 트루먼, 솔로몬 왕, 크리스토퍼 콜럼버스, 안네 프랑크, 에이브러햄 링컨, 대천사 가브리엘 등 유명한 인물이지만, 유독 조슈아 체임벌린만은 사람들에게 별로 알려지지 않은 평범한 사람이다. 그는 미국 남북전쟁에서 북군 장교로 활약한 인물인데, 영문판 브리태니커 백과사전에도 실리지 않은 그야말로 보통 사람이다. 작가가 이런 평범한 인물을 세계적 인물들과 같은 반열에 올려놓고, 그의 일화를 재현해낸 이유는 무엇일까? 그것은 '평범한

사람도 이 세상의 흐름을 바꾸어놓는 일을 할 수 있다'는 자신의
믿음을 설득하기 위해서다.

　남북전쟁의 가장 중대한 고비였던 게티즈버그 전투에서 북
군 메인 20연대의 체임벌린 대령은 패배 직전에 과감한 돌격 명
령을 내린다. 그 결단은 나라를 위해서도 타인을 위해서도 아니
요, 바로 자신의 인생을 위해서였다. 죽음 바로 앞에서 체임벌린
은 포기하기보다는 후회하지 않는 인생을 선택했던 것이다. 그
결과는? 체임벌린이 내린 인생의 결단은 미국의 미래를 정했고,
미국이 좌우하는 세상의 미래를 정한 것이나 마찬가지였다. 그
렇다! 지금 내가 내리는 인생의 결단은 세상의 흐름을 바꿀 수도
있는 것이다!

　체임벌린 에피소드는 낙담과 실의에 빠진 폰더 씨에게 희망
과 용기를 주고, 또한 폰더 씨의 이야기를 읽는 우리에게도 커다
란 위안을 준다. 사실 폰더 씨는 우리 보통 사람들의 표상이기도
하다. 폰더 씨가 어려움을 해결하고 지혜로 나아가는 과정은 오
래전 그리스의 비극작가 아이스킬로스가 설파한 것과 동일한 과
정이다.

　　결코 잊어버릴 수 없는 고통이 우리가 잠자는 동안에도 마치 낙
　　숫물처럼 한 방울 한 방울 우리의 마음 위로 떨어져 내릴 때, 우
　　리가 깊은 절망의 구렁텅이에 빠져 탈출의 염원을 간절히 호소

할 때, 저 전능하신 신의 놀라운 은총을 통하여 우리가 전혀 알지 못하는 사이에 지혜가 우리를 찾아오는 것이다.

폰더 씨의 여행은 이 지혜가 찾아오는 과정에 대한 생생한 기록인 것이다. 이렇게 볼 때 폰더 씨가 마지막으로 만나는 사람이 가브리엘 대천사라는 점은 시사하는 바가 크다. 가브리엘은 폰더 씨에게 사람들이 미처 이루지 못한 희망, 공상으로 끝낸 계획들이 가득 쌓인 창고를 보여주며 묻는다. "당신의 인생도 저기 넣어두고 싶은가?"라고.

보통 사람 체임벌린은 이런 질문을 "돌격하라!"는 단 한마디로 일축할 것이다. 체임벌린 정신의 핵심은 행동하는 사람의 파이팅 정신을 열정적으로 표현한 이 말에 모든 것이 함축되어 있다. 주인공 폰더 씨의 상황에 대한 최고의 조언으로 들리는 이 외침 "돌격하라!"를 나는 우리 인생에 대한 촉구로 읽었다.

마지막으로 데이비드 폰더는 여행을 마치고 환상에서 깨어난 다음, 이 모든 것이 꿈이라는 데 허망해한다. 그러나 손에 들고 있는 체임벌린의 담배쌈지 선물을 본 순간, 그 여행이 얼마든지 현실일 수 있음을 깨닫고 감동의 눈물이 솟구침을 느낀다. 나는 이 부분을 번역하면서 주인공의 그런 감회에 깊은 동감을 느꼈다. 행동하는 사람의 상징인 담배쌈지는 환상과 현실을 교묘히 이어주는 소도구로써, 마치 당대唐代의 전기소설傳奇小說처럼 전혀 예기치 않은 곳에서 강한 여운을 남겨놓는다.

* * *

정말로 좋은 책은 두 번째 읽을 때 그 맛을 제대로 알 수 있는 법인데, 여기 번역한《폰더 씨의 위대한 하루》야말로 그런 책이라고 믿는다. 나는 체임벌린 에피소드가 소개되는 5, 10, 11장을 다시 읽으면서 저자가 얼마나 꼼꼼하게 스토리텔링의 세공을 해놓았는지 느낄 수 있었다. 미국의 여러 평론가들은 이 책을 가리켜 '현대판 우화modern day parable'라고 평했으나, 우화라기 보다는 환상과 실제가 아름답게 어우러진 지혜서智慧書라고 하는 편이 더 적절하리라.

2003년 6월

이종인

폰더 씨의 위대한 하루

지은이	앤디 앤드루스
옮긴이	이종인
펴낸이	오세인
펴낸곳	세종서적(주)
주간	정소연
편집	이승민
디자인	김미령
본문디자인	김진희
마케팅	조소영, 유인철
경영지원	홍성우
출판등록	1992년 3월 4일 제4-172호
주소	서울시 광진구 천호대로132길 15 3층
전화	경영지원 (02)778-4179, 마케팅 (02)775-7011
팩스	(02)776-4013
홈페이지	www.sejongbooks.co.kr
네이버 포스트	post.naver.com/sejongbook
페이스북	www.facebook.com/sejongbooks
원고 모집	sejong.edit@gmail.com

초판	1쇄 발행	2003년 7월 25일
	148쇄 발행	2008년 5월 10일
2판	1쇄 발행	2008년 12월 15일
	10쇄 발행	2010년 10월 9일
3판	1쇄 발행	2011년 1월 5일
	25쇄 발행	2021년 6월 3일
개정판	1쇄 발행	2022년 9월 1일
	3쇄 발행	2024년 9월 15일

ISBN 978-89-8407-992-2   13840

- 잘못 만들어진 책은 바꾸어드립니다.
- 값은 뒤표지에 있습니다.